GOLDMANN

Buch

1999. Der Niedergang der westlichen Welt ist in vollem Gange. Androiden und Biker, Desperados und Kultgangs machen die Straßen unsicher, Oliver North ist Präsident der USA, die Erde wird von katastrophalen Klimaveränderungen heimgesucht, ganze Zivilisationen und sogar die Naturgesetze stehen vor dem endgültigen Kollaps.

Der Sektenführer Nguyen Seth strebt von seiner Zentrale in Utah aus nach der Weltherrschaft. Er sieht seinen Plan so gut wie verwirklicht, als er es schafft, einen Dämon aus der Hölle in die weltumspannenden Datanetze zu schleusen. Und nur eine Frau kann seine teuflichen Pläne verhindern: Chantal Juillerat, eine ebenso schöne wie intelligente und kampfkräftige Spezialagentin, die mit Nagellack genausogut umgehen kann wie mit hochkalibrigen Präzisionswaffen. Mit einem Unterschied: Sie ist unterwegs im Auftrag des Herrn. Und eine solche Nonne hat die Welt noch nicht gesehen.

Dark Future – der Riesenerfolg aus England, Cyberpunk-Fantasy mit Grips, Biß und Witz, schrägem Humor und Overdrive-Action.

Autor

Jack Yeovil ist das Pseudonym des 1959 geborenen Horror- und Filmexperten Kim Newman, einer der großen Genrehoffnungen der neunziger Jahre. Zu seinen Romanen gehören *The Night Mayor, Jago, Bad Dreams* sowie der bahnbrechende Ripper-Roman *Anno Dracula,* mit dem ihm in England endgültig der Durchbruch gelang. Kim Newman lebt in Crouch End, London. In der Reihe *Dark Future* folgen die Bände *Krokodilsjagd* (23679) und *Mutantenjagd* (23680).

JACK YEOVIL

DARK FUTURE 1

DÄMONENJAGD

Deutsch von Caspar Holz

GOLDMANN VERLAG

Die englische Originalausgabe erschien unter dem Titel
»Dark Future. Demon Download« bei GW Books,
A Division of Games Workshop Ltd., Nottingham

Umwelthinweis:
Alle bedruckten Materialien dieses Taschenbuches
sind chlorfrei und umweltschonend.
Das Papier enthält Recycling-Anteile.

Der Goldmann Verlag
ist ein Unternehmen der Verlagsgruppe Bertelsmann

Umschlaggestaltung: Design Team München
Umschlagillustration: Ferenc Regös
Satz: IBV Satz- und Datentechnik GmbH, Berlin
Druck: Elsnerdruck, Berlin
Verlagsnummer: 23678
Lektorat: Sky Nonhoff
Redaktion: Andreas Helweg
Herstellung: Peter Papenbrok
Made in Germany
ISBN 3-442-23678-9

1 3 5 7 9 10 8 6 4 2

Sie nennen dieses Land das Tor zur Hölle, und das ist es für die ersten Siedler auch gewesen. Als mein Vater hier ankam, gab es nichts, außer einem Haufen wilder Indianer und Jesuiten. Der alte Jefferson hat gesagt, er wäre Soldat gewesen, damit sein Sohn ein Farmer werden könnte, und dessen Sohn ein Dichter. Und ich züchte Vieh, damit mein Sohn ein Händler werden kann, und dessen Sohn nach Newport, Rhode Island, ziehen und sich ein Segelboot kaufen kann, damit er diese gottverfluchten, höllischen Berge nie wieder betreten muß.

Thomas McGuane, *The Missouri Breaks*

Für Vanessa,
die ein signiertes Exemplar
wollte.

TEIL I:
Slims Tank & Grillstation

»Sagen Sie mal, Mister, was für'n Akzent ist das eigentlich, den Sie da sprechen?« fragte der Tankwart und hängte den Stutzen in Durocs Wagen. Er trug eine Baseballkappe, deren Teamlogo ölverschmiert war, und eine an mehreren Stellen eingerissene Latzhose mit einem Namensschild. Slim Pickens. Wer immer ihm den Spitznamen Slim verpaßt hatte, war dreißig Jahre hinter der Zeit zurück. Unter dem Jeansstoff wabbelte der Bauch des Tankwarts, als ginge er mit Zwillingen schwanger.

»Französisch«, sagte Duroc mit zusammengebissenen Zähnen. Der Schmerz in seiner Seite war kaum zu ertragen, doch das ließ er sich nicht anmerken. Vor ein paar Stunden hatte das taube Gefühl nachgelassen, und jetzt fühlte er sich, als drehe jemand ein beidseitig geschliffenes Messer zwischen seinen Rippen immer im Kreis.

Der Dämon wollte allzeit in Blut gebadet werden.

»Mein Name ist Roger Duroc.« Sollte der Mann es ruhig erfahren. Er würde ohnehin bald sterben. Und außerdem, was konnte er mit dem Namen schon anfangen.

»Ro-jee, was? Sie sind wohl aus New Orleans? Louisiana?«

»*Non.* Aus Paris. In Frankreich.«

»Ach, Europa«, sagte Slim, tat, als ob er grinste und ließ dabei ein größtenteils verfaultes Gebiß sehen. »Hätte ich mir denken können, so wie Sie die Hand in die Jacke stecken, genau wie dieser Bonnyparty im TeeVee. Ihr Franzmänner müßt euch ziemlich toll finden, daß ihr euch ständig selbst an die Titten grabscht. Hier in der Gegend sieht man so gut wie nie Leute aus Europa. Japsen gelegentlich, aber Europäer nie.«

Duroc drückte die Kompresse fester auf die Wunde unter seiner schwarzen Jacke. Der Dämon regte sich, gab keine Ruhe, und das Blut sickerte immer noch durch. Die Schmerzen würden bald nachlassen, wenn er von seinem Auftrag entbunden war.

Der Pfad des Joseph war dornig. Dornig, aber lohnend.

Slim überließ es den Pumpen, Durocs Tank selbsttätig zu füllen, und tippte auf die Tasten des Außenterminals. Der Computer verschmolz mit den Systemen des Caddys.

»Ich checke nur ein paar Sachen durch, Ro-jee. Safer Sex für Autos, nenn ich das. Bei all den Viren, die hier umgehen, muß man aufpassen. Schließlich will ich nicht, daß das gute alte Beulah – so heißt mein Master-Programm, Beulah – sich irgendwelche französischen Computer-Wehwehchen fängt und mir auf dem Monitor zu Smileys zerfällt, oder?«

Duroc sagte nichts. Slim war untersetzt, tätowiert, voller Narben. Wahrscheinlich ein Kriegsveteran. Er war fett, aber wabbelig war nur sein Wanst. Er hörte sich an wie die Cowboys aus den alten untertitelten Western, in die ihn sein Onkel als Kind in die *Cinematheque Francaise* mitgenommen hatte. Sein Getippe auf der Tastatur wirkte leicht unbeholfen: Die Spitze seines linken kleinen Fingers fehlte. Das machte ihn zum *Yakuza*. Für jeden Fehler, den man machte, schnitten sie einem ein Fingerglied ab. Der Tankwart war also unvorsichtig gewesen. Allerdings nur einmal. Für jemanden hier draußen in der Wüste von Colorado war das gar nicht mal schlecht. Die Yaks mußten daran interessiert sein, daß ihre besten Leute ihnen die Nachschubwege offenhielten. Eine Tankstelle mitten im Wüstensand zu betreiben, war ein riskantes Unterfangen – wegen der Renegaten und Kultgangs. Slim mußte so manche Schlacht geschlagen, so manchen umgelegt haben. Da kam man wenigstens nicht aus der Übung.

»Aha, alles klar, Ro-jee. Ihr Auto hat keine Macken. Wirklich saubere Maschine. Aus Europa?«

»Amerikanisch. Ein 1962er Cadillac Coupé de Ville. Mit Sonderausstattung.«

Slim pfiff durch die Zähne.

»Donnerwetter!«

Duroc wußte, daß er fürchterlich schwitzte. Sein Kragen war völlig durchgeweicht. Sein Kiefer schmerzte vom Beißen auf eine imaginäre Patrone. Der Dämon veränderte leicht seine Position, und seine Rippen schienen aneinander zu reiben. Er drückte die Kompresse noch fester auf die Wunde und schluckte seinen Speichel.

Es war ein starker Dämon. Der Emissär hatte ihn in sein eigenes Blut getaucht, bevor er ihn Roger Durocs Obhut anvertraut hatte. Duroc war mit dem Biest den ganzen langen Weg von Salt Lake City heruntergekommen und hatte sich abgemüht, damit er nicht vorzeitig seinen Samen verteilte. Sollte er in seinem Körper laichen, wäre er innerhalb von Sekunden tot, und jemand anders müßte noch mal von vorn anfangen. Ein anderer Dämon, ein anderer Genosse. Der Emissär wäre alles andere als begeistert.

»Hier kommen nicht viele Privatleute durch, wissen Sie. Meist nur Konvoys. Die großen Gesellschaften brauchen einen Rastplatz auf der Interstate. Die GenTech leitet ihre Transporte hier vorbei. Manchmal kriegen wir ein paar Ops zu sehen, und ich kann wohl behaupten, daß dort, wo Sie jetzt stehen, so mancher Outlaw gestanden und aufgetankt hat. Richtig üble Kerle und Weiber, nehm' ich an, richtig übel. Aber was soll's, ihre Knete ist so gut wie die von jedem andern; außerdem gibt sich keiner mehr mit Tankstellen ab. Die Kultgangs brauchen sie genauso wie die Gesellschaften. Benzin, Wasser, Lebensmittel. Braucht man, wenn man hier draußen durchkommen will, und hier gibt's das alles. Wollen Sie vielleicht ein Jim's Special? Frittierte Ribetten aus eingedickter Bohnenmasse, dazu Fritten mit Chilisoße und ein Root-Bier? Shamburgers haben wir leider nicht. Ich weiß, ihr Franzosen seid dafür bekannt, daß ihr gutes Essen schätzt. Vielleicht noch einen Schluck Pappy Moe's Rum dazu?«

Duroc schüttelte den Kopf. Slim schien sich nicht zurückgewiesen zu fühlen.

»Sie wissen nicht, was Sie versäumen, Ro-jee. Mann, ich könnte ein paar Frösche für Sie fangen, ihnen die Beine abhakken, wenn Ihnen das lieber ist. Dazu eine Handvoll Schnecken und eine zusammengepanschte Feinschmeckersoße.«

»Nein, schon gut, vielen Dank. Ich habe schon gegessen.«

Als die beiden Tanks voll waren, hatte Beulah den Caddy komplett gewartet. Dem Wagen wurde bescheinigt, daß er wanzenfrei war.

»He, hat Ihnen schon jemand gesagt, daß Sie gar nicht gut aussehen, Ro-jee? Die Wüste bekommt Ihnen nicht, was? Schätze, drüben in Europa gibt's das nicht, meilenweit Sand, Sonne, die den ganzen Tag über herabbrennt, und diesen pfeifenden Wind, der Sie die ganze Nacht lang steif werden läßt. Und keine mutierten Coyoten, die sich in Ihre Reifen verbeißen? Verdammt, wie ich diese Mutanten hasse! Wenn's nach mir geht, brauchen Klapperschlangen keinen zweiten Kopf, oder?«

Duroc drehte sich der Magen um. Er hätte die Geschichte gerne hinter sich gehabt. Der Rückspiegel teilte ihm mit, daß sein Gesicht wie das einer wochenalten Leiche nach einem schlimmen Anfall Detroit-Fieber aussah.

»Papier- oder Spielgeld?«

»Cashplastik.«

»Na schön. Aber darauf bekommen Sie nicht so viele Rabattmarken.«

»Macht nichts.«

Duroc schälte die Kompresse von seiner Wunde und ließ sie in seine Jacke fallen. Er fuhr mit den Fingern über den Spalt und spürte die harte Kante des Dämons, der zwischen seinen Rippen hervorstach. Ganz vorsichtig lockerte er ihn, dann nahm er den herausschauenden Streifen zwischen Daumen und Zeigefinger.

»Alles in Ordnung, Ro-jee? Kann ich Ihnen ein paar Drogen anbieten? Heute sind Amphetamine im Angebot.«

»Nein, danke, mir geht's gut«, sagte Duroc und zog sich den Dämon aus dem Fleisch. »Meine Kreditkarte ist mir wohl ins Jackenfutter gerutscht. Ist mir schon mal passiert.«

Der Dämon löste sich. Er zog ihn heraus und hielt ihn hoch. Er war nicht rot verschmiert. Er hatte das Blut aufgesogen. Seine Wunde schloß sich, und er spürte ein leichtes Kribbeln, als das nachwachsende Fleisch vernarbte. Es war eine ungeheure Erleichterung, das Ding an die Luft gesetzt zu haben.

Der Tankwart nahm den Dämon in die Hand und betrachtete ihn. Er würde irgendwelche Symbole auf dem länglichen weißen Rechteck sehen. American Express, Disneycard, Staatsanleihen der US-Regierung. Was immer gerade am höchsten im Kurs stand.

Slim schob den Dämon in den Schlitz seines Terminals, und sie verschwand im Innern der Maschine.

Erledigt.

»Ich werde Ihnen Ihre GenTech-Märkchen geben.« Er zerrte eine Handvoll grün bedruckter Marken von einer Rolle. Duroc nahm sie.

»Sie haben Blut an der Hand, Mister.«

»Manchmal blute ich unter den Nägeln, wenn ich sie mir nicht maniküren lasse.«

»Klingt, als könnten Sie die Marken gebrauchen. Wenn Sie fünfzehn Bücher zusammen haben, können Sie auf Kosten von GenTech jede beliebige kleinere operative Korrektur durchführen lassen. Ich habe von einem Großabnehmer aus der Gegend von Flagstaff gehört, der sich für nur fünfzehn Bücher neue Nieren hat machen lassen.«

Duroc ging zu seinem Auto.

»He, Ro-jee...«

Er bückte sich und glitt auf den Fahrersitz.

»Sie haben was vergessen...«

Von Null auf Hundert in zwölf Sekunden.

»...Ihre...«

Der Caddy wirbelte einen Sandsturm auf.

»...Kreditkarte...«

Tief im Innern von Beulah machte der Dämon es sich bequem und begann, sich auszubreiten.

Das hier, dachte er, *das hier wird eine verdammt beschissene Angelegenheit.*

II

Hier ist ZeeBeeCee, der Sender, der es in sich hat. Rund um die Uhr bringen wir alles für Sie, was Ihr Herz begehrt. Gesponsort von GenTech, dem Hersteller biogenetischer Produkte, der wirklich für Sie da ist...

In der heutigen, bewegenden Folge von ›Meine Mutter, die Biochirurgin‹ *werden wir der Frage nachgehen, ob Bobby und Suki sich die neuen Hoden für Tommy wirklich leisten können. Cyke Steele, unser Selbsthilfe-Experte aus* ›Waffen und wie man sie benutzt‹ *wird Ihnen anschließend in unserem Kundenberatungsservice* »Wie man überlebt« *alles erklären, was Sie über die neuen Napalmgesetze wissen müssen. Aber lassen Sie sich zunächst von der sinnlichen Lola mit den Mittagsnachrichten aus ihrem wohligen Whirlpool ein wenig auf die Wirklichkeit einstimmen...*

»Hallo, Amerika! Heute ist der 10. Januar 1999, und hier ist

Lola mit der Einladung ins Wasser. Und jetzt Leute, die neuesten Nachrichten...

Washington D. C. Präsident North gab gestern abend ein Essen für seine noch lebenden Amtsvorgänger. Es nahmen die früheren Präsidenten Richard Nixon, Barry Goldwater, Spiro Agnew und Charlton Heston teil. Zum allgemeinen Bedauern fand das Ereignis mitten in Frank Sinatras Vortrag von ›You Did It Your Way‹ ein abruptes Ende, als die Ex-Präsidenten Nixon und Heston in einer ebenso heftigen wie grundlosen Auseinandersetzung aneinandergerieten. Dabei kam es in Mr. Nixons Hirnschrittmacher zu einem Kurzschluß. Der Ex-Präsident ist kein Kunde der Firma GenTech, und seine Störung stellt die letzte einer Folge von Rückschlägen der Thalamus Corporation dar, dem Hersteller des Gerätes. Mr. Nixon gilt zwar als ›klinisch tot‹, dennoch wird sein Zustand von seinen Ärzten als ›den Umständen entsprechend gut‹ bezeichnet. Vor seinem endgültigen Ableben ist ein Wiederbelebungsversuch mit Hilfe von Cerebralimplantaten geplant...

Salt Lake City, Deseret, früher Salt Lake City, Utah. Elder Nguyen Seth, Anführer der Josephiner, der die Experten Lügen gestraft und die bereits aufgegebene Stadt aus den Klauen der Wildnis zurückerobert hat, gab heute bekannt, er wolle das Gebiet für alle Christenmenschen öffnen, die bereit seien, ein neues Leben aufzubauen. Bewaffnete Convoys mit Wiederansiedlern sind in den vergangenen drei Jahren regelmäßig nach Salt Lake City gezogen, bislang jedoch fanden sich unter ihnen ausschließlich Anhänger des Josephinitischen Glaubens. Nun, so ließ Seth, ihr Ältester, verlauten, sei der Weg frei für alle guten Christen, die ihr Heil dort suchten, wo die Wüste erblühe...

Fort Comanche, Nevada. General Ernest Haycox und Ms. Redd Harvest von der Turner-Harvest-Ramirez Gesellschaft gaben bekannt, daß die Maniax Kultgang als Folge ihrer letzten gemeinsamen Aktion im Südwesten der Vereinigten Staaten keine Rolle mehr spielt. Häuptling Enchanted Bullmoose von den Maniax dagegen schickte die abgetrennten Köpfe von zehn ausgewählten Kavallerie- und T-H-R-Truppen zusammen mit einer offiziellen Erklärung des totalen Krieges an diese Radiostation. Wir halten Sie natürlich auf dem laufenden darüber, wie sich diese Fehde weiterentwickelt...

Haben Sie sich jemals überlegt, wie grausam es wäre, plötzlich blind zu werden? Wie es wäre, wenn Sie nie wieder fernsehen oder sich nicht mehr auf der Straße zur Wehr setzen könnten? Optische Implantate kosten weniger, als Sie denken. GenTech bietet Ihnen nur diesen Monat ein besonders kundenfreundliches Ratenzahlungsprogramm. Lassen Sie sich ein Auge zum halben Preis einsetzen, und prüfen Sie erst, bevor Sie die Behandlung abschließen. Die Welt wird Ihnen in einem völlig anderen Licht erscheinen. GenTech – die Biofachleute, die wirklich für Sie da sind...

Vatikanstaat, Rom. Papst Georgi, mit 56 seit Jahrhunderten der jüngste Inhaber dieses Amtes, hat die Gültigkeitsdauer von Vatikan LXXXV verlängert, jener umstrittenen Bulle, die die Gestalt der Katholischen Kirche grundlegend verändert hat. Frauen sind zwar nach wie vor nicht für das Priesteramt zugelassen, Nonnen jedoch erhalten innerhalb der Kirche einen gleichberechtigten Status und dürfen die Messe lesen. Angesichts der Bevölkerungsexplosion in der Dritten Welt revidierte Georgi die seit langer Zeit gültige päpstliche Haltung zur Familienplanung. Gerüchte, denen zufolge der Vatikan die Vermarktung eines offiziell abgesegneten Kondoms unter dem Namen ›Seiner Heiligkeit Schweizer Garde‹ plane, wurden bis jetzt allerdings nicht bestätigt...

London, England. Premierminister Archer verkündete im Heimat-Service des BBC-TV, daß die vorübergehende Rationierung von Butter, Zucker, Benzin und Munition noch mindestens bis zum Ende des kommenden Jahres dauern werde. Nach Schätzungen der Metropolitan Police erlitten während einer

Spontandemonstration der Royalisten 300 Menschen einen Hitzschlag und mußten stationär behandelt werden...

Moskau, Rußland. Premier Jelzin hat heute zum dritten Mal geheiratet. Seine Braut Tasha, die frühere Miss Musik aus den achtziger Jahren, sang auf dem Empfang für ihre Fans. Dabei widmete sie ihrem frisch angetrauten Ehemann den Millionenseller-Hit ›Love, Sex, Love‹...

Neapel, Italien. Bruno di Geronimo, rechtsgültig verurteiltes Verbrecheroberhaupt Süditaliens und angeblich Kopf von zwölf Mafiafamilien, brach heute zur Strafkolonie in Sizilien auf, wo er laut Gerichtsurteil den Rest seines Lebens verbringen muß. Wegen der hohen Sterblichkeitsrate auf der Insel, die ausschließlich von verurteilten Verbrechern der Europäischen Gemeinschaft bewohnt wird, beträgt seine Lebenserwartung nach allgemeinem Dafürhalten nur noch etwa drei Monate...

Berlin, Großdeutschland. Rudolf Hess zeigte sich von seiner Cyberoperation gut erholt. Er gewann seinen Prozeß gegen den Nachtklub ›Zum tanzenden Hakenkreuz‹ und bekam die Nutzungsrechte an sämtlichen Symbolen, Uniformen, Fahnen, Waffen, der Architektur und der Philosophie des Dritten Reiches zugesprochen. Wenn alle Organisationen, die sich gegenwärtig dieser Nazisymbole bedienen, Tantiemen bezahlen, dürfte Hess ein gemachter Mann sein. Ulrich Sturm von der Knoxville Kultur Kommando Kultgang aus Tennessee hat eine Presseveröffentlichung herausgegeben, in der es heißt ›wenn uns dieser alte Kraut an den Kragen will, reißen wir ihm seine beschissene Zunge raus und stopfen sie ihm in den Hals, bis er daran erstickt...‹

Puerto Belgrano, Antarktis. Letzte Woche flackerte der Falklandkrieg im Kleinen wieder auf, als sich eine Gruppe betrunkener britischer Molybdän-Minenarbeiter mit argentinischen Uniformierten ein Feuergefecht lieferte. Die Namen der Gefallenen sollen erst bekanntgegeben werden, wenn die nächsten Angehörigen informiert sind. Es wird jedoch vermutet, daß sich unter den Toten auch die berühmte Freischärlerin Ice Kold Katie befindet. Sheriff Felipe Almodovar, nach eigener Einschätzung ›die Verkörperung des Rechts südlich von Feuerland‹, ließ verlauten, Handfeuerwaffen dürften innerhalb des Stadtgebietes nur noch ausschließlich vom Sicherheitspersonal getragen werden. ›Wild‹ Charlie Mander, Sprecher der britischen Minengesellschaft, bemängelte, Almodovar käme dieser Anordnung nach, indem er jeden Argie im Umkreis von tausend Meilen zum Sicherheitspersonal mache und die Briten zum Freiwild erkläre...

Eine Hausfrau in **Utica, New York,** tauschte die Füße ihrer Hausente gegen ein Robo-Skateboard aus. ›Dribbles‹, so heißt die Gute, ›ist jetzt nicht nur viel besser zu Fuß, sondern auch viel zu schnell für Kinder aus unserem Block, die ständig auf sie schießen‹, erklärte sie. Die Wissenschaft staunt. Das nennen wir hier bei CBC flott gedacht, hehehe...

Das war **Lola Stechkin** auf **CBC**, die sich hiermit von Ihnen verabschiedet. Wenn es Ihnen Spaß gemacht hat, uns auf jeden Fall auch...«

Bleiben Sie auf CBC, dem Sender, der es in sich hat, wenn Sie an unserem laufenden GenTech-Wettbewerb teilnehmen wollen. Seien Sie der glückliche Gewinner, gewinnen Sie Ihre eigene Lola Stechkin Sexclone, oder Bio-Implantatbehandlungen im Wert von einhunderttausend Dollar. Sie brauchen nichts weiter zu tun, als drei einfache Fragen zu beantworten und den folgenden Satz zu beenden, »Ich hasse meinen Körper, weil...« Senden Sie Ihre Antworten per Fax zusammen mit den Coupons von drei verschiedenen GenTech-Produkten ein. Die Fragen lauten: a) Wer ist zum Zeitpunkt dieser Aufzeichnung Chef von GenTech in Korea? b) Welcher berühmte Filmschauspieler besitzt drei Penisse? c) Was ist ein Axolotl? GenTech – die Biofachleute, die wirklich für Sie da sind...

Als nächstes folgt auf CBC, dem Sender, der es in sich hat, unsere allseits populäre Familien-Quiz-Show Das Kain-Syndrom. *Stellen Sie fest, ob unser Kandidat der Woche alles hat, um in der Attica NoGo-Sperrzone zu überleben. Anschließend sehen Sie* Berühmte zeigen professionelle Sexgymnastik *mit unserem berühmten Team Dr. Ruth, Kermit dem Frosch und dem Vizepräsidenten der USA. Unsere heutigen Gäste: Voluptia Whoopee, der deutsche Porno-Star Billy Priapus und die große alte Dame des Hardcoregewerbes, Kittekat Gazongas. Wir wünschen fröhlichen Sex. Und jetzt noch etwas Wissenswertes über GenTech...*

III

Ken Kling, der Turner-Harvest-Ramirez Op, war schlichtweg ein völliges Arschloch. Er behandelte sämtliche Leute von der US-Kavallerie wie Arbeitsklone und hörte nie auf, sich mit den Erfolgen seiner Gesellschaft im Kampf gegen die Maniax zu brüsten. Sergeant Leona Tyree hatte den Eindruck, es müsse einfacher sein, sich einen Ruf zusammenzuballern, in dem man jeden in Sichtweite mit einem auf der Motorhaube montierten Laser abknallte, als dadurch, daß man den Frieden bewahrte. Jeder wußte, wie viele Panzerboys Redd Harvest in den Staub gelegt hatte, aber wie die Interstates offen gehalten, Streitigkeiten beigelegt oder die Wildnis von der Straßen-Kavallerie befriedet wurde, davon sah man nie etwas im Fernsehen. Titten und Ballerei, das war alles, wofür sich die Nachrichten interessierten.

Sie rutschte auf ihrem Sitz herum und drückte aufs Gaspedal. Auf den langen geraden Strecken konnte man es sich erlauben, den Cruiser mal richtig laufen zu lassen. Die Fahrt hatte die Patrouille bis hoch in die öden Berge geführt, und jetzt befanden sie sich wieder im Großen Nichts, jener Wüste, die sich über den größten Teil der Vereinigten Staaten erstreckte. Deshalb war man dankbar für klimatisierte Fahrzeuge. Draußen brannte die Sonne gnadenlos von einem wolkenlosen Himmel auf die endlose Sandfläche herab. Colaflaschen, die am Straßenrand lagen, schmolzen zu gläsernen Pfützen. Die Lebenserwartung eines Menschen, der hier tagsüber ohne Hut gemütlich spazieren ging, betrug etwa fünf Stunden.

»Klar«, sagte Kling. »Mrs. H. und ich kennen uns ziemlich gut, wenn du weißt, was ich meine. Eigentlich lasse ich sie nicht gerne solo arbeiten, aber sie will es nun mal so. Normalerweise bin ich da und gebe ihr Deckung. Ich werd' überall Ken, die Killermaschine, genannt.«

Tyree sah zu Trooper Nathan Stack, ihrem Beifahrer, hinüber, und der erwiderte ihren Blick. Sie waren sich einig, was von Ken Kling, der Killermaschine, zu halten war. Stack sah nach unten auf die Bildschirme. Nichts in Reichweite, was ihnen gefährlich werden könnte. Die Patrouillenfahrt schien ohne Zwischenfälle zu verlaufen. Nach einem Krieg wirkte immer alles ruhig. Kling hatte es sich hinten bequem gemacht und wischte sich die Krümel seines N-R-Gi-Riegels von den Bügelfalten seiner gestreiften Hose. Er trug einen schnöseligen Anzug, dessen Jacke weit geschnitten war, damit sie locker über dem Schulterhalfter hing, dazu eine Regenbogenbrille und eine Frisur, die einem riesigen Zuckerhut glich. Sein Musikgeschmack war nicht besser. Er erwartete tatsächlich, daß sie sich mit W. A. S. P. oder Mothers of Violence auf dem CD-Spieler abfanden.

»Die Maniax gehören der Vergangenheit an«, sagte er, »aus und erledigt. Mrs. H. hat sie in Grund und Boden gestampft. T-H-R hat sie in Grund und Boden gestampft. Scheiße, selbst eure Kavallerie hat sie in Grund und Boden gestampft. Häuptling Bullmoose ist am Ende. Ich bezweifle, daß er nach der letzten Säuberung noch mehr als zwanzig, dreißig Soldaten in den Sand stellen kann. Liebe Leute, unsere Sorgen sind vorbei.«

Mochte stimmen. Wenn die Maniax soweit aufgerieben waren, daß sie sich auflösten, brauchte die Kavallerie nicht länger mit der T-H-R zusammenzuarbeiten, und Tyree konnte dem unerwünschten Schnüffler einen Tritt verpassen und ihn aus dem Cruiser schmeißen. Und wenn man General Haycox glaubte, waren die Maniax diesmal wirklich geschlagen. Allerdings hatte er das letzte Mal dasselbe gesagt. Damals war es genauso gewesen. Haycox und Redd Harvest waren im Fernsehen erschienen, und Leona Tyree auf zahlreichen Begräbnissen. Eine bestimmte Redewendung war in zu vielen Presseverlautbarungen aufgetaucht: »akzeptable Verluste.«

Sie breiteten einem die Flagge über dem Sarg aus, selbst wenn von einem nicht mehr viel übrig war, das man in die Holzkiste hineinlegen konnte, und der Name wurde irgendwo auf eine Gedenktafel gemeißelt; die Überlebenden vermieden es, allzuoft hinzusehen. War man richtig abgeschlachtet worden, benannten sie vielleicht sogar ein Fort nach einem. Man war ein Held. Trotzdem, tot blieb immer noch tot, und dort draußen blieben immer noch Maniax. Selbst wenn es Häuptling Bullmoose nicht schaffte, seine Truppen neu zu formieren und wieder von vorne anzufangen, es gab genügend andere. Andere Namen, andere Kultgangs, aber die gleichen Toten.

»Jetzt, wo es die Maniax nicht mehr gibt...« setzte Stack an.

»Du meinst, *falls* es die Maniax nicht mehr gibt, Soldat«, sagte sie.

»Schön. Also, *falls* die Maniax erledigt sein sollten, wen hältst du dann für die gefährlichste Kultgang?«

»Die Voodoo Brotherhood«, meinte Kling vom Rücksitz, »aber ihr werdet sehen, die T-H-R wird bald mit ihr fertig sein.«

»Leona?«

»Die Voodoo Brothers sind harte Burschen. Aber die Bible Belts auch, oder die Daughters of the American Revolution, oder die Spritschlucker und noch ein paar andere. Aber ich schätze, den größten Ärger werden wir mit den Josephinern bekommen.«

»Den *Josephinern?*« Stack war überrascht. »Aber die sind doch angeblich so was wie die Mormonen oder die Amish-Leute. Wiederansiedler. Sie haben Utah umgekrempelt und sich ihr privates Paradies geschaffen, hab ich gehört.«

»Deseret«, sagte sie. »Utah heißt jetzt Deseret. Es gibt Sachen bei den Josephinern, über die man nichts hört. Ich bin mal ein paar von ihnen begegnet, als wir Fort Valens verlassen haben. Damals war ich noch bei Sergeant Quincannon. Mir sind einige Merkwürdigkeiten noch in Erinnerung. Dieser Typ, Nguyen Seth, ihr Führer in Salt Lake City, ist eine ziemlich mysteriöse Figur. Steht in keinem Bericht, aber Quince erinnert sich noch daran, und ich auch.«

Kling lachte. »Du bist schon zu lange auf dem Kriegspfad, Mädchen. Die Sonne hat dir dein Gehirn verbrannt. Die Josephiner sind die neuen Pioniere. Sie haben die volle Unterstützung der Presse.«

Tyree drehte sich halb herum. »Mag ja alles sein, trotzdem laufe ich lieber den Voodoo Brothers über den Weg als einer Gruppe Josephinermissionaren.«

Wie so oft, blitzte in ihrem Kopf die Erinnerung an Spanish Fork wieder auf. An jenem Tag waren eine Menge Leute umgekommen, als die Josephiner in die Stadt eingefallen waren und ihr Patrouillenfahrzeug bei einer Schießerei zwischen die Wiederansiedler, die Psychopomps und die Zivilbewohner der Stadt geriet. Es hatten sich noch andere an der Schlacht beteiligt, andere, die man nicht sehen konnte. Sie hatte dort einen guten Freund – Trooper Washington Burnside – gelassen und zusehen müssen, wie ein anderer – Trooper Kirby Yorke – seinen Verstand verlor. Und sie hatte für einen kurzen Augenblick das wahre Gesicht von Elder Nguyen Seth gesehen. Sie dachte daran, wie er den Kopf eines Mädchens immer wieder auf das harte Pflaster der Straße geknallt hatte, wie sich die Blutpfütze mit jedem Mal weiter ausgebreitet hatte, und – was am schlimmsten war – wie sie sich ihm hatte anschließen wollen, ihre Finger in das Blut des Mädchens tauchen und sich zu den Josephinern hatte gesellen wollen. Und Spanish Fork brannte.

»Jesus, ihr Gelbhosen seid doch ein Haufen Zimperlinge. In einer Sperrzone haltet ihr doch keine fünf Minuten durch. Überhaupt, Mrs. H. könnte...«

Stack drehte sich um und sprach mit leiser, eindringlicher Stimme zu Kling; der T-H-R Op verstummte mitten im Satz. Im Rückspiegel konnte Tyree verfolgen, wie er mürrisch tiefer in den Sitz rutschte und nervös die Schultern hochzog, um sein Halfter zurechtzurücken. Er gehörte zu den Ops, die gerne eine schwere Kanone mit sich rumschleppten. Damals in Fort Apache hatten sie über solche Leute gelästert. »Je größer die Knarre, je größer das Geprahle, desto kleiner der Schwanz.« Daran gemessen müßte das Gerät von Ken Kling, der Killermaschine, zwischen Büroklammer und Stecknadel liegen.

Der Cruiser teilte ihnen mit, daß sie innerhalb der nächsten dreihundert Meilen tanken und den Wagen warten lassen mußten. Stack rief eine Liste mit den in Frage kommenden Auto-Stops auf.

»Slim Pickens Laden?« fragte er.

Tyree ließ es sich einen Augenblick durch den Kopf gehen. Slim hing bei den Yakuzas drin, und das war nicht gut. Aber wenigstens hatte das japanische Verbrechenskonsortium den Ruf, ehrlich zu sein. Sie zuckerten den Treibstoff für die Kavallerie nicht, wie an manchen illegalen Tankstellen. Außerdem gehörte Slims Tank- und Grillstation zu den Sehenswürdigkeiten des Westens.

»Also schön.« Sie reprogrammierte den Kurs des Cruisers und bog bei der nächsten Gelegenheit von der Interstate ab. Die Nebenstraße war von Schlaglöchern übersät und holprig, aber das war Tyree egal. Ken Kling würde auf dem Rücksitz ordentlich durchgeschüttelt werden, und die bessere Federung vorne machte es ihr und Stack nach wie vor bequem. Draußen war alles ruhig. Nur Sand und Felsen, gelegentlich ein paar ausgebleichte Knochen. In diesem Teil Arizonas verhungerten selbst die Geier.

»Willst du etwas Musik hören?« fragte Stack.

»Gut, von mir aus. Vielleicht hebt das die Stimmung etwas.«

»Was hast du denn da?« fragte Kling.

»Beides, Ken«, gab Stack zurück. »Country und Western.«

Kling stöhnte, und Stack packte *The Best of Willie Nelson* aus. Der Cruiser fraß die trockene, gesprungene Wüstenstraße, als ginge sie runter wie Milch. Tyree überließ das Denken dem Wagen.

IV

Gemessen an anderen Computersystemen war Beulah eine willige Schwester und ließ sich leicht aufs Kreuz legen. Der Dämon verschmolz mit dem Cashplastikschacht und durchströmte, den Hauptschaltkreisen folgend, das Terminal, zapfte die Hauptprogramme an und räumte die Sicherungen ab wie Kegel auf der Bahn. Er war der Cybernetz-Master des Universums! Es gab kein Programm, das er nicht austricksen konnte, kein System, das er nicht pellen konnte wie ein hartgekochtes Ei, keine Sicherung, die er nicht über die vollen neunzig Yard kicken konnte. Rings um die Datenbanken und Hauptanweisungen für das Betriebssystem waren Yakuzasperren errichtet, der Dämon jedoch zerfetzte sie ohne Mühe und verteilte die in ihnen enthaltene Information neu im System. *Zip-a-dee-do-da,* jubelte er, *das wäre doch auch wohl gelacht.*

Der Sieg war alles andere als aufregend gewesen. Es handelte sich um ein kleines, in sich abgeschlossenes, von den Netzwerken isoliertes System. Dennoch war Beulah immer noch komplex genug, um als Basis für den großen Angriffsplan zu dienen.

Die Knochen waren noch gut geölt, und er war dabei, seine Show auf die Beine zu stellen und loszuschlagen.

Beulah wurde zermürbt, ihm wurde mehrfach Gewalt angetan. Der Neue fraß sich Schaltkreis um Schaltkreis in das System, und drei Minuten nach seinem Eintreten in die Anlage hatte er bereits vollkommen die Kontrolle über Slims Tankstelle übernommen. Jetzt kochte er schon mit Benzin!

Voller Verachtung gewährte er Beulah eine Weiterexistenz als bedingt empfindungsfähiges Wesen und vergnügte sich damit, wahllos in der Erinnerung des Systems zu stochern. Informationen konnten immer von Nutzen sein. Sekundenschnell lernte er Japanisch und dichtete ein paar Dutzend obszöner Haikus, dann langweilte er sich schon wieder. Er sah in jedem Terminal nach, was sich dort anstellen ließ.

Er schaltete die Lichter in jeder Toilette der Tankstelle an und aus, stellte sämtliche Ventilatoren und Kühleinrichtungen ab. Dann stellte er die selten benutzten Heizkörper an und experimentierte mit den Haushaltsgeräten. Er verbrannte leere Luft im Toaster, verwandelte das Innenleben des Kühlschrankes in einen soliden Eisblock, stellte sämtliche Radio- und Fernsehgeräte gleichzeitig an und benutzte das Telefon, um rund um die Welt Verbindungen mit irgendwem herzustellen.

»Ich weiß, wer du bist, und ich werde kommen und dich holen, dich holen, dich holen«, säuselte er auf mehreren Kontinenten den Anrufbeantwortern aufs Band. Ein klein wenig Paranoia hat noch niemandem geschadet.

Schließlich langweilte ihn auch das, und er machte es sich in den Tanksäulen bequem und wartete auf den Cruiser.

V

Trooper Nathan Stack mußte dringend mal raus. Es waren nicht nur die anstrengenden fünf Stunden, die er mit diesem Angeber Kling in der Maschine eingesperrt gewesen war, während derer er sich die dämlichen Kommentare des Ops über alles von A bis Z hatte anhören müssen. Es lag auch nicht nur an den vermutlich fünfundzwanzig Tassen Rekaffee, die in seiner Blase herumschwappten. Und auch nicht daran, daß er so lange auf die Monitore gestarrt hatte, bis die ganze Welt von einer grünen Begrenzungslinie umgeben zu sein schien. Genauso wenig war es das quälende Gefühl, in einem Schalensitz festgezurrt zu sitzen, nur wenige Zentimeter von der Frau entfernt, mit der er achtzehn Monate zusammengewesen war, bis sie schließlich ihre Beförderung zum Sergeant durchgebracht hatte. Es lag am Cruiser selbst. Stack hatte sich in der Hoffnung bei der Straßenkavallerie verdingt, sie würden ihn auf ein Motorrad setzen und ihn solo losschicken. Er war nicht der Typ für vier Räder und ein Dach über dem Kopf. Auf einem Bock konnte ihm keiner in der Truppe das Wasser reichen. Als Beifahrer in einem Cruiser war er nur einer der vielen schwitzenden Knopfdrücker mit Kopfschmerzen von den Überwachungsmonitoren. Langsam wurde er zu alt für so was.

Tyree hielt bei Slims Station, und Stack löste den Gurt und öffnete die Tür. Er stieg aus dem klimatisierten Innern ins Freie. Die Hitze brannte in seinem Gesicht. Er stülpte sich den Stetson auf den Kopf, so daß seine Augen im Schatten lagen, streckte Arme und Beine und zupfte seinen gelben Hosenträger zurecht. Kein Lüftchen regte sich; die Landschaft lag starr, wie festgenagelt, unter dem Wüstenhimmel. Ein alter Köter hatte sich in einem Lehnstuhl breit gemacht und schlängelte seinen Körper um die hervorspringenden Sprungfedern. Ein Windspiel hing still auf der Veranda, und die Gerippe von vor langer

Zeit vom Band gelaufener Automodelle rosteten auf dem Autofriedhof nebenan vor sich hin. Selbst die Fliegen hielten Siesta. Ein Boot Hill für Autowracks.

Eine dunkle Gestalt kam aus dem Klohäuschen geschlurft und fuchtelte mit einer Baseballkappe in der Luft herum.

»He, Slim!«

Der Tankwart winkte lahm zum Gruß und schlenderte herbei. Er war immer wieder verhaftet worden, wegen fünfundzwanzig verschiedener Delikte, angefangen bei vorsätzlichem Mord bis hin zur Verletzung des Urheberrechts durch das Kopieren von Ersatzteilen, aber verurteilt hatte man ihn nur ein einziges Mal – und das auch noch auf Bewährung – wegen rücksichtslosen Fahrens. Für einen Tankwart im Nirgendwo hatte er einen verdammt guten Japcorp Anwalt.

»'nabend, Trooper. Sie werden nicht glauben, was ich für einen Tag hatte. So gut wie jedes einzelne gottverdammte Dings in diesem Laden hat verrückt gespielt. Mein Toaster ist explodiert, der Ofen strahlt seine Mikrowellen in die Gegend, der Müllschlucker hat mein bestes Eßservice gefressen, und der Überwachungslaser knallt das Kollerkraut ab.«

»Die Zeit ist aus den Fugen, Slim, die Zeit ist aus den Fugen.«

Slim hatte den Einfüllstutzen in der Hand. »Da sagen Sie was.«

Stack öffnete den Tankdeckel. Slim tauchte den Stutzen in die Öffnung und stöpselte das System-Interface ein. Eine Reihe von verschiedenfarbigen Lichtern blinkte nacheinander auf, und der Apparat fiepte dabei eine nette Melodie.

»Heute früh hatte ich einen Kunden, der war tatsächlich aus Paris. In Frankreich. Hatte eine Kette aus Zwiebeln um den Hals, trug ein gestreiftes Hemd und eine Baskenmütze, so ungefähr jedenfalls. Und einen Akzent hat er gesprochen, das hätten Sie nicht für möglich gehalten.«

»Tatsächlich?«

Tyree war mittlerweile ebenfalls aus dem Cruiser gestiegen.

»Haben Sie ein paar Rippchen auf dem Grill, Slim?«

»Tut mir leid, Ma'am«, antwortete er. »Die Küche hat heute nachmittag ihren Geist aufgegeben. Das Bar-B-Q ist zu.«

Tyree spuckte in den Staub. Das bedeutete wieder die üblichen Rationen. N-R-Gi-Riegel und Mineralwasser.

»Vielleicht kann ich etwas Rekaffee aufsetzen, wenn der Kessel nicht zum Teufel gegangen ist.«

»Verzichte.«

Stack versuchte, Leona Tyree nicht anzusehen. Er versuchte, nicht darauf zu achten, wie ihr Haar sich aus dem vorgeschriebenen Knoten befreien wollte, versuchte, ihren Körperrundungen nicht mit seinen Blicken zu folgen. Sie sah verdammt gut aus in der Uniform, in den engen blauen Hosen mit den gelben Streifen an der Seite, der kurzärmeligen Uniformjacke mit dem hohen Kragen und den Sergeantenstreifen, den schweren Handschuhen, die sie gerade von den Händen pellte. Vielleicht sollte er sich wieder für die Sergeantenprüfung anmelden, wenn sie zurück in Fort Apache waren. Wenn sie wieder den gleichen Dienstgrad hatten, kam vielleicht neuer Schwung in ihre Affäre. Aller guten Dinge sind vier, wer weiß?

»He, Mädchen«, brüllte Kling aus dem Fond des Cruisers, während er die getönte Scheibe heruntersirren ließ. »Bring mir ein paar Dosen Cola mit, wenn du schon mal draußen bist.«

Tyree tat, als hätte sie ihn nicht gehört, und massierte sich die Schmerzen aus Knien, Ellenbogen, Handgelenken und Händen. Stack bewunderte ihre Art, wie sie Kampfkunsttechniken dazu benutzte, die Schmerzen zu bezwingen, die unvermeidlich waren, wenn man sein Leben im Auto verbrachte. Sie war viel disziplinierter als er, hatte ihr Leben besser im Griff. Kein Wunder, daß sie ihre Streifen bekommen hatte.

Ein Dröhnen und ein Gestank, und ein Motorrad hielt neben dem Cruiser. Stack beäugte den Mann auf dem Bock, einen jungen Typen in traditioneller Lederkluft. Er zeigte keinerlei Flagge. Auch sonst wies er keinerlei besonderen Merkmale auf.

»Wie wär's mit Bedienung?« brüllte der Byker mit einer unpassend hohen Fistelstimme.

Slim ignorierte seinen neuen Kunden. »He, Trooper«, setzte er an, »kenn' Sie den schon? Wie nennt man einen Burschen, der von New York nach Paris, Frankreich, reist, den Atlantik überquert, und dann den ganzen Weg wieder zurück fährt, ohne auch nur ein einziges Bad zu nehmen?«

Aus dem Terminal drang ein Klicken, und Stack schnupperte etwas Seltsames in der Luft. Er sah sich um. Tyree hatte es ebenfalls mitbekommen. Der Byker war es nicht, der zündete sich gerade eine Zigarette an. Es war der Benzinstutzen. Ringsum sprühten Funken, feiner Rauch stieg auf.

Slim begann, tief aus dem Bauch heraus zu lachen, seine Fettrollen wabbelten wie Wackelpudding, dann wollte er das Rätsel auflösen. »Man nennt ihn…«

Stack und Tyree ließen sich im selben Augenblick auf den Boden fallen.

Die Pointe ging unter.

Ringsum brach die Hölle los.

VI

Der Dämon sprang, in seiner Ruhe gestört, auf und schwärmte durch den Einfüllstutzen in das Leit- und Wartungssystem des Cruisers.

Die Maschine war vollkommen überrascht und brach sofort zusammen. Hier war der Dämon glücklicher als in der baufälligen Tankstelle. Dies war das Optimum, dies war das Neueste vom Neuen. Er setzte sich im Hauptkontrollzentrum fest und verteilte seinen Samen über das ganze System.

Beulah ließ er erschöpft und gebrochen zurück. Für die Servicestation mit Grill hatte er keine Verwendung mehr.

Die Maschine war ein Traum aus Stahl und Öl. Die Waffensysteme waren bestens ausgestattet. Die Datenbanken waren voller köstlicher Informationen. Außerdem konnte der Dämon das Hauptnetzwerk des Cruisers spüren, mit dem er noch am selben Tag in Verbindung gewesen sein mußte. Fort Apache. Selbst der Nachhall des Forts konnte einem Neuling Angst einflößen. Das Fort stand ebensoweit über dem Cruiser, wie der Cruiser über einer digitalen Armbanduhr. Schon bald, in einer nicht mehr fernen Stunde...

Im Nu hatte er von der Maschine Besitz ergriffen. Der Cruiser erwachte zum Leben.

Er verfügte über eine Sprechbox mit einem begrenzten Repertoire an dummen Mechanikersprüchen: »Bitte anschnallen«, »In den nächsten dreihundert Meilen muß der Tank nachgefüllt werden«, »Notabschaltung hat begonnen«, »Schönen Tag noch«, aber die ließ sich seinen Bedürfnissen anpassen.

»Aaaaaaaaaaaaaaaaaaaaaaaaaowwwww!« heulte sie los, »Rock and Rowlllllllll!«

VII

Tyree wälzte sich über den Boden, als die auf der Haube des Cruisers montierten Laser ausgefahren wurden und plötzlich den Asphalt in Brand setzten. Ein Ölfaß explodierte. Brennende Tropfen wurden mehrere Meter weit versprüht. Ein beißender Schmerz fraß sich in Tyrees Bein, als ihre Hose an einer Stelle Feuer fing. Sie drückte die Flamme im Dreck aus, stützte sich auf den Asphalt und brachte sich in eine aufrechte Stellung.

»Kling ist völlig durchgedreht!« rief sie Stack zu.

Der Laser schraubte sich hoch. Sie mußte den Kopf einziehen, um dem Nadelstrahl auszuweichen. Der Motor des Cruisers grollte los, und der Wagen begann, vorwärts zu rollen.

Aber Kling saß immer noch im Fond.

Das war vollkommen verrückt.

Sie konnte Kling erkennen. Er trommelte gegen die Scheiben, die automatisch hochgefahren wurden, kreischte hinter der schalldichten Verglasung, sein Mund war ein unregelmäßig verzerrtes Oval. Slim stürzte erstaunlich behende im Zick-Zack-Kurs auf das Klohäuschen zu, um sich nicht unnötig zur Zielscheibe zu machen. Fast hätte er es geschafft. Aber dann hustete das Miniatur-MG auf dem Wagendach, und eine Reihe roter Spritzer bohrte sich in den Rücken seines Overalls. Er wurde ein paar Meter nach vorne geworfen, da seine Beine immer noch arbeiteten, aber es gab keine Hoffnung. Er zerfiel praktisch in zwei Teile, als er im Sand zusammenbrach. Das MG senkte den Lauf, sog den Patronengurt ein und spie heiße Messinghülsen aus. Slim zuckte, als die Kugeln in seinem Körper und im Dreck ringsum versanken.

Tyree hatte ihren Revolver gezückt, aber es war nicht leicht festzustellen, auf was man schießen sollte. Sie ging hinter dem Haus in Deckung, doch der Cruiser folgte ihr. Er war eindeutig außer Kontrolle geraten und bewegte sich, ohne daß jemand auf dem Fahrersitz saß und ihm Befehle gab. Vielleicht hatte Kling drinnen einen Anfall. Sein Gesicht war blutverschmiert, und er schlug wild um sich. Ihre erste Vermutung erwies sich als falsch. Der T-H-R Op hatte überhaupt nichts damit zu tun.

Stack lag unter der Veranda und versuchte, unter dem Haus durchzurobben. Damit hatte er sich für die nächsten ein, zwei Minuten verabschiedet. Slim war tot, Kling handlungsunfähig. Blieb nur noch sie.

Der Wagen bewegte sich mit zwangloser Ruhe, holperte über Slim hinweg und schwenkte dann um die Ecke des Hauses. Das MG war leer, aber die parallelgeschalteten Laser waren scharf. Der Byker hatte sich beim ersten Anzeichen ernsthaften Ärgers aus dem Staub gemacht und näherte sich bereits dem Horizont. Slims Köter hetzte Richtung Wüste und überließ es Mensch und

Maschine, den Streit unter sich auszumachen. Tyree hätte das Viech am liebsten abgeknallt, sparte sich aber die Munition.

Der Laser streckte sich und zielte. Ein kurzes Aufblitzen, und der Byker, noch nicht ganz außer Reichweite, kippte von seinem Vehikel. Sein Kopf rollte vom Körper getrennt davon. Noch ein Toter im Sand.

Im sicheren Bewußtsein, daß es nichts brachte, zielte Tyree auf den Kopf eines imaginären Fahrers und feuerte mitten in die Windschutzscheibe. Das duriumbeschichtete Glas barst nicht, die Kugel erzeugte allerdings einen kleinen weißen Krater. Sie hatte Stopper geladen, Explosivgeschosse, die entwickelt worden waren, um mit Drogen vollgepumpte Kultgangster zu erlegen, aber in einem US-Kavallerie Cruiser hinterließen sie nicht mal eine Delle. Sie schoß einen der Laser herunter, und der andere zog sich rasch unter die Haube zurück. Er konnte durch nadelfeine Löcher in den Scheinwerfern feuern, nicht nur, wenn er ausgefahren war. Das schränkte die Bewegungsfreiheit ein, minderte jedoch nicht die verheerende Wirkung des Strahls. Bislang hatte der Cruiser weder seine Mörser mobilisiert, noch seine Gase zur Kontrolle von Menschenmengen, die Schallwerfer oder das Dutzend weiterer Geräte.

»Aeeeeeowww«, kreischte der Cruiser. Die Sprechbox des Systems drang durch den Schallwerfer. »Ich bin der gottverdammteste, gottverfluchteste, heißeste Mistkerl, der je einem anderen in den Rücken gefallen ist!«

Ein roter Strahl schoß aus dem Scheinwerfer, und das hölzerne Haus verkohlte, wo es von ihm berührt wurde. Stack sollte lieber machen, daß er da rauskam, sonst fiel ihm noch das brennende Haus auf den Kopf.

Tyree rannte los. Sie wußte, wie unangenehm es in der Nähe einer Tankstelle werden konnte, wenn das Feuer auf die unterirdischen Tanks übergriff.

»Ich bin der blutrünstigste, killergeilste, ausgeflippteste Desperado...«

Sie kniete sich hin und feuerte einen Schuß auf das Vorderrad ab.

»...nördlich...«

Sie hatte genau gezielt, es nützte ihr trotzdem nichts.

»...südlich...«

Die Kugel explodierte, der Reifen platzte jedoch nicht.

»...östlich...«

Sie fühlte sich nicht mal besser.

»...und westlich des Pecos!«

Der Cruiser ging auf sie los wie eine Wildkatze, schob sich Zentimeter um Zentimeter vor, während die Maschine heulte wie eine Kettensäge. Sie hätte nicht sagen können, woran es lag, aber der Wagen sah irgendwie anders aus. Aus irgendeinem Grund fühlte sie sich an Spanish Fork erinnert. Das Blinken der Sonne auf der getönten Windschutzscheibe erzeugte genau die gleichen Muster wie damals, als sich das Licht auf Seths verspiegelten Gläsern gebrochen hatte, während er versuchte, das Panzergirl zu erledigen, das ihn ausgeraubt hatte.

Die Dämonen waren wieder da.

Sie könnte wieder weglaufen, aber sie war sicher, daß sie es mit einer Intelligenz zu tun hatte, die in etwa der eines Kampfhundes entsprach. Wahrscheinlich würde er sie in Stücke reißen, wenn sie ihre Angst offen zeigte und sich aus dem Staub zu machen versuchte. Sie ging aufrecht und mit leicht gespreizten Beinen in Stellung und schob ihre Waffe ins Halfter. Das war zwar nicht mexikanisch, hielt ihn aber vielleicht auf Distanz.

»Bleib stehen, wo du bist, du widerwärtiger cyberpsychotischer Hurensohn auf vier Rädern!«

Der Cruiser hielt an, und die lichtempfindlichen Scheiben wurden vollkommen durchsichtig. Tyree sah, wie die Tankstelle hinter dem Cruiser in Flammen aufging. Schwarzer Rauch quoll in den wolkenlosen Himmel. Im Fond des Wagens riß Kling sich die Kleider vom Leib. Sie sah, daß das Heiz-Kühl-System des Wagens ausgerastet war. Klings Anzug qualmte bereits, und der Schweiß brach ihm in dicken Perlen aus den Poren. Unter großen Mühen zog er seinen Revolver.

Dieser Idiot!

Der Knall wurde vollkommen verschluckt, aber sie konnte sich vorstellen, wie die Kugel im Innern so lange abprallte, bis sie in etwas Weichem steckenblieb – einem Sitzpolster, oder in Ken Kling, der Killermaschine.

Vielleicht hatte er sich getroffen, aber aus dem Verkehr hatte er sich damit noch nicht gezogen, denn er zuckte noch immer. Zum erstenmal tat der Mann Tyree leid.

Sie sich selbst auch. Als Henkersmahlzeit hätte sie gerne etwas anderes gehabt als N-R-Gi-Riegel und Rekaffee. Sie wünschte, sie hätte Nathan Stack nicht abblitzen lassen. Sie wünschte, sie hätte Seth nicht aus Spanish Fork abziehen lassen, ohne wenigstens zu versuchen, ihn zu erledigen. Sie wünschte... Zum Teufel damit, für Wünsche war jetzt keine Zeit...

Die hintere Seitentür öffnete sich mit einem Zischen, und Kling fiel kreischend und brüllend heraus. Er hatte sich in die Wade geschossen. Seine teuren Klamotten und seine Frisur waren dahin.

Was Mrs. H. wohl dazu sagen würde?

»Zurück, Kling«, sagte sie. »Langsam.«

Entweder hörte er sie nicht, oder es war ihm egal. Er hielt die Waffe noch immer in der Hand. Ziellos feuerte er einen Schuß ab. Sie merkte, daß der T-H-R-Mann auf sie zielte, ihr die Schuld zuschieben wollte.

»Wir können nichts dafür, Kling«, brüllte sie. Kling kam auf sie zugestolpert und feuerte erneut. Er traf sie wieder nicht, aber es wurde knapper. Sie zog ihre Waffe und richtete sie auf ihn.

»Kling«, fuhr sie ihn an und kam sich dämlich dabei vor, »zwing mich nicht, auf dich zu schießen.«

Sein Gesicht war vor Schmerz und Wut verzerrt. Er blutete

wie ein geplatzter Blutegel. Das verletzte Bein schleifte nutzlos hinter seinem Körper her, während er sich an der Wagenseite entlangschleppte und darauf eine verschmierte Blutspur hinterließ.

Tyree hätte schwören können, daß das Blut versickerte wie Wasser im Sand. Das blankpolierte und lackierte Metall war sofort wieder sauber. Tyree stellte sich vor, wie sich jemand die blutgierigen Lippen leckte.

Der Cruiser stand teilnahmslos da, wie eine Maschine, die mit alldem nichts zu schaffen hatte.

Kling war nur noch ein paar Meter entfernt. Selbst er konnte sie auf diese Entfernung nicht verfehlen. Als er seine Waffe hob, schoß sie. In den verbleibenden drei Minuten ihres Lebens würde sie sich einreden, daß sie keine andere Wahl gehabt hätte, als auf seinen Kopf zu zielen, daß einfach keine Zeit gewesen war, Kling nur zu verwunden. Und sie würde sich eine Lügnerin nennen müssen.

Stack war unter dem Haus hervorgekrochen und kam auf sie zugerannt.

Die Scheinwerfer des Cruisers zuckten. Sie spürte ein Stechen im Schienbein, als der Strahl ihren Lederstiefel durchbohrte und durch Fleisch und Knochen drang.

Sie war so gut wie tot, soviel stand fest. Es würde nur noch kurz dauern, dann war alles vorbei.

VIII

Stack begriff es einfach nicht. Leona hatte gerade Ken Kling erschossen. Der Cruiser stand auf Automatik und tötete. Die Tankstelle stand in Flammen und konnte jeden Augenblick wie ein Feuerwerk am 4. Juli in die Luft fliegen. Das war keine Routinepatrouille mehr. Mit dem Frieden war es aus.

Er zog seine Waffe. Ihm gefiel das alles überhaupt nicht.

»Leona«, sagte er. »Laß die Waffe fallen. Vielleicht läßt sich die Geschichte klären.«

Sie sackte auf die Knie, schien irgendwie verletzt zu sein. Ihr gequälter Blick schien ihm ein Schuldeingeständnis für das ganze Chaos hier zu sein, und nicht etwa der Ausdruck erbarmungsloser Schmerzen.

Aber verdammt noch mal, sie hatte den Cruiser doch unter Kontrolle! Sie hatte gerade einen T-H-R-Mann erschossen!

Sie ließ ihre Waffe fallen und hielt sich mit beiden Händen ihr Bein.

»Leona?«

Sie öffnete den Mund, um etwas zu sagen, und der Cruiser machte einen Satz nach vorn. Dabei mußte er auf einen Stein geprallt sein, denn er hob vom Boden ab. Die vordere Stoßstange traf Leona gegen die Brust und schob sie nach hinten. Der Wagen überrollte sie glatt.

Stack schrie auf und drückte automatisch ab, leerte seine Pistole in den Himmel. Sie wurde heiß in seiner Hand, und er warf sie weg.

Der Cruiser entfernte sich und ließ Leona ausgestreckt und halb begraben im Sand liegen. Schwarzes Blut sickerte aus ihr heraus. Stack lief zu ihr und nahm sie in seine Arme. Quer über ihre Brust lief eine frische Reifenspur. Ihr Haar hatte sich gelöst und war dick verklebt mit Blut, Dreck und Öl.

Sie atmete noch, aber er wußte, daß keinerlei Hoffnung mehr bestand. Er zog einen Drücker mit Morph-Plus aus seinem Medikit am Gürtel und injizierte es ihr in den Arm. Als er den Kolben herunterdrückte, klappte ein Auge in ihrem rußgeschwärzten Gesicht auf.

Er hatte ihr einiges zu erzählen, brachte aber kein Wort hervor.

Sie packte ihn mit einer Hand am Hemd, verkrampfte sich im Stoff und kratzte ihm die Haut von der Brust. Sie zitterte, als die Droge ihr Nervensystem zerstörte. Wenigstens würde sie keine Schmerzen mehr spüren.

»Leona?«

Blut quoll ihr aus Nase und Mund.

»Le... oh...«

Der Cruiser kam zurück. Stack löste sich von der Toten und rannte los. Er rannte auf das brennende Haus zu, während der Cruiser den Abstand zwischen ihnen in wenigen Augenblicken wettmachte.

Vom Wagen her war eine Stimme zu hören. »Yippi-jeh!« brüllte sie, »Yippie-hei-yippie-jeh!«

Er spürte die Flammen, als er über den bereits brennenden Schotter am Haus vorbeilief. Er war von Hitze eingeschlossen.

Hinter ihm heulten die Motoren des Cruisers auf.

Die Benzintanks explodierten, und er saß mitten im Zentrum des Feuerballs.

IX

Durocs Brust war so gut wie neu. Besser sogar. Der von Gen-Techs fähigsten Leuten entwickelten und nur den *sehr* Reichen zur Verfügung stehenden Zarathustra-Behandlung hatte Duroc es zu verdanken, daß sein Körper mit jeder überwundenen Verletzung stärker und gesünder wurde. »Jeden Tag werde ich in jeder Hinsicht gesünder und gesünder«, murmelte er vor sich hin.

Die Frau hinter dem Schreibtisch war Plastik. Sie hätte ebenso gut ein Sexklon mit einem Satz durch Stimmen ausgelöster automatischer Erwiderungen sein können. Sie lächelte ihn an, drückte auf einen Summer und ließ ihn durch. Es gab nicht viele, die so ohne weiteres zur Zentrale in Salt Lake City durchgelassen wurden.

Die beiden großen, bärtigen Männer mit geschwellter Brust gingen zur Seite, und Duroc betrat durch die Doppeltüren Elder Seths Privatbüro.

Der Presbyter saß mit dem Rücken zur Tür und blickte auf die neun in der Wand eingelassenen Bildschirme, von denen jeder einen anderen Sender zeigte. Lola Stechkin verlas auf CBC Nachrichten. In einer in Schwarzweiß gedrehten britischen Polizeiserie zog ein bionischer Bobby seinen Helm und drosch einen runtergekommenen französischen Terroristen zusammen. Präsident North gab gestenreich eine Erklärung ab. In einer Seifenoper gab sich eine spanisch sprechende Aristokratin mit bemerkenswerten Wangenknochen alle Mühe, ihre Tochter zu verstehen, die zarte Gefühle für ihren Dobermann Pinscher hegte. Ein Zeichentrick-Op jagte Renegaten mit Irokesenschnitt – in einer Kinderserie, die pro Minute mehr Gewalttätigkeiten bot als Hitlers Privatfilme. Petya Tscherkassov verführte mit weißem, über der Brust offenem Hemd und einem widerlich engen Hosenrock in einem russischen Musikvideo zu dem Song »My Heart Bleeds Love for You« eine Sechzehnjährige. Und der Tabernakelchor der Josephiner führte über Salt Lakes eigenes Netzwerk eine Kollekte durch.

Seth fuhr herum und schenkte ihm ein Lächeln. Es erinnerte Duroc entfernt an einen Piranha. Das Lächeln schien ausschließlich dem Zweck zu dienen, die spitzen Zähne zu zeigen. Es würde nie die Augen erfassen, die sich hinter dunklen Gläsern verbargen.

Von den Monitoren abgesehen war das Büro leer. Überall sonst in der Stadt gab es Kreuze und Bilder von Elder Seth und seinem Vorgänger Elder Shatner. Hier waren keine Abbilder nötig.

Der Presbyter erhob sich und streckte seine Hand aus. Er trug einen konservativen schwarzen Anzug, von anonymer Hand in einem Stil geschneidert, der sich seit zweihundert Jahren nicht verändert hatte.

Sie schüttelten sich die Hand. Wie immer war Duroc überrascht, daß sich die Haut des Presbyters warm und weich anfühlte. Ein so großer Mann hätte eine eiskalte Haut und einen Griff wie ein Schraubstock haben sollen.

»Ist es erledigt?«

Duroc nickte.

»So gut wie.«

Der Presbyter war der geistige Kopf der Kirche der Josephiner, eine 1848 von dem amerikanischen Visionär Joseph Shatner gegründete protestantische Sekte. Allein Kraft seines Willens war es Nguyen Seth gelungen, zahlreiche Gefolgsleute um sich zu scharen und die Vereinigten Staaten zu überreden, ihm die Herrschaft über die Wildnis Utahs zu überlassen. Er hatte es in Deseret umbenannt und die ersten motorisierten Fahrzeuge mit Wiederansiedlern in die Region geführt, hatte die Bewässerungsprojekte und Urbarmachung des Landes überwacht. Jetzt wuchsen wieder Ernten heran, dort, wo es die Wissenschaft für unmöglich gehalten hatte. Er hatte außerdem ein im Mittleren Westen unerreichtes Kraftwerk errichtet. Nachdem er die Josephiner geeint und gestärkt hatte, war er nun aktiv auf der Suche nach christlichen Siedlern.

Keine schlechte Leistung für jemanden, der sonst kaum Menschlichkeit zeigte.

Seth tippte auf das Intercom auf seinem Schreibtisch. »Saskia, würden Sie bitte ein Jungtier und das Zeremonienmesser hereinbringen?«

Er betrachtete Duroc. »Es muß Blut vergossen werden, Roger. Der Auftrag muß besiegelt werden.«

Der Franzose konnte seinen Ekel nicht verbergen.

»Sie werden mich verstehen, Roger. Wenn die Zeit kommt, werden Sie mich verstehen.«

Die Türen öffneten sich, und die Plastikfrau führte eine junge Ziege herein.

TEIL II: Wer war diese maskierte Frau?

In der US-Kavallerie wußte niemand, was man mit ihr anfangen sollte, also hatte sie den Vormittag damit verbracht, sich Fort Apache und seine nähere Umgebung zeigen zu lassen. Captain Lauderdale, der Reserveoffizier, den Colonel Younger damit beauftragt hatte, ihr allen Ärger vom Hals zu halten, hatte sie aus den Mauern herausgeführt und ihr London Bridge gezeigt, die roten englischen Telefonhäuschen und das, was von The Old Dog And Duck Pub noch übrig war. Lake Havasu hatte als Touristenattraktion eine Menge Geld gebracht, bevor der Colorado ausgetrocknet war. Chantal erfuhr, daß es sich um eine typische Geisterstadt handelte, deren Wohngegend sich nach und nach mit dem Hereinwehen des Sandes und dem Einstürzen der Häuser in Wüste verwandelte. In tausend Jahren würde niemand mehr wissen, daß hier je Menschen gelebt hatten.

Man hatte die Brücke Stein für Stein aus England herbeigeschafft; mittlerweile fiel sie sprichwörtlich in sich zusammen. Lauderdale versuchte, einen Scherz darüber zu machen, nannte sie ›My fair lady‹, aber Chantal reagierte nicht darauf. Sie fand, der Captain hatte etwas Unheimliches an sich, und während ihrer Ausbildung hatte sie gelernt, ihrer Intuition zu vertrauen. Sie verfügte über keine meßbaren *psi*-Fähigkeiten, hatte aber viel Zeit damit verbracht, ihre Synapsen an Datennetze anzuschließen, so daß sie gelegentlich Augenblicke hatte, in denen extranormale Wahrnehmung aufblitzte.

Die Brücke überspannte einen Kanal mit fauligem Schlamm und ausgetrockneter Erde und machte nicht viel her. Ihre Konstruktion war eher fad und hatte überhaupt nichts entschieden Britisches an sich. Es gab gußeiserne Laternenpfähle, von denen die meisten halb zu Brezeln verbogen waren.

»Es heißt, angeblich hätten die Leute, die die Brücke gekauft haben, die falsche mitgebracht«, erzählte Lauderdale. »Sie wollten die, die man herauf- und herunterlassen kann...«

»Tower Bridge.«

»Richtig. Tower Bridge.«

Chantal betrachtete zwei ineinander verschachtelte Herzen, die jemand in den Stein geritzt hatte, dann blickte sie zu den Überresten der Stadt hinüber.

»Lebt dort noch irgend jemand?«

Lauderdale blickte in beide Richtungen, als hätte er Angst, seine Vorgesetzten könnten zuhören. »Offiziell nicht. Im Fort jedoch gibt es eine Menge Männer und Frauen, die das etwas lockerer sehen, und die nicht wissen, wie sie ihr Gehalt ausgeben und ihre Freizeit verbringen sollen...«

»Und?«

»So weit ich weiß, gibt es dort wohl... äh... Marketenderinnen, und ein oder zwei Kneipen, wo auch... äh... gespielt wird.«

Ein Kollerkrautbusch rollte träge vorbei. Viel Wind gab es nicht, die Dinger hatten demzufolge keine andere Wahl, als dazuliegen oder zu verrotten.

»Der Ort sieht vollkommen verlassen aus.«

»Sie kommen nur nachts heraus, Ms. Juillerat, tagsüber schlafen sie.«

»Wie Vampire?«

»Ja, genau wie Vampire.«

Der angewiderte Zug, der um seine dünnen Lippen spielte,

verriet Chantal, daß Captain Lauderdale nicht viel für Marketenderinnen und Spieler übrig hatte. Möglicherweise hatte er sich einer der vielen repressiven protestantischen Sekten verschrieben, die hier in den Vereinigten Staaten wie Pilze aus dem Boden schossen. Sie hatte Schwierigkeiten, sie auseinanderzuhalten – Mormonen, Josephiner, Scientologen, Moonies, Adventisten des siebten Tages, Hittiter, Mennoniter, Daniter, Disneyworldler, der Bible Belt – und vermutete, daß sie untereinander die gleichen Schwierigkeiten hatten. Als Katholik hatte man es viel einfacher, seit Vatikan LXXXV alles etwas gelockert hatte.

»Wo sind die Leute hin, die hier gelebt haben?«

Sie hatten, halb unter Sand und Müll vergraben, ein Skelett in der Uniform eines britischen Bobby entdeckt, ansonsten gab es jedoch kaum Anzeichen dafür, daß die Gegend früher bewohnt gewesen war.

»In die nächste Sicherheitszone, vorausgesetzt, sie konnten es sich leisten. Wenn nicht, gibt es ganze Siedlungen voller Illegaler rings um die meisten Ballungsräume. Einige zieht es auf die Straße, wie die Okies, die verarmten Farmer in den Dreißigern. Sie sind das eigentliche Problem.«

»Das verstehe ich nicht.«

»Es ist nicht leicht, den verbrannten Fahrzeugen auszuweichen. Schutzlose Bürger sollten sich von den Interstates fernhalten.«

Von außen glich Fort Apache mehr einem mittelalterlichen Schloß als einem Palisadenbau aus dem Wilden Westen. Seine fensterlosen Mauern bestanden aus Stein und Stahl, und das Gebäude war stufenförmig angelegt wie ein altmodischer Hochzeitskuchen. Auf dem Dach rotierten einige Antennen, die aus der Ferne winzig wirkten, außerdem hatte man das Sternenbanner aufgezogen; es hing schlaff an seinem Mast. Es war eines von mehreren identischen Forts, die über sämtliche Staaten des Westens verteilt waren.

Sie hörten ein Geräusch, und Captain Lauderdale zückte seine Waffe. Nur ein Stein, der von der Brücke in den Schlamm gefallen war. Der Captain grinste humorlos und steckte seine Waffe zurück in das Halfter.

»Man muß auf der Hut sein«, erklärte er.

»Es ist zu still hier draußen, meinen Sie das?«

»Wie?«

»In den Filmen über die Kavallerie ist das immer der entscheidende Satz. Kurz vor dem Indianerüberfall gibt es immer jemanden, der sagt, ›Es ist zu still hier draußen‹, und schon hat er einen Pfeil in der Schulter.«

Lauderdale grinste nicht einmal. Ihre Vorstellungen von Humor gingen bemerkenswert weit auseinander. »Ich habe Western nie besonders gemocht, Ms. Juillerat. Eigentlich überhaupt keine Filme.«

»Und wieso laufen Sie dann rum wie John Wayne?«

Die wieder ins Leben gerufene US-Kavallerie trug Uniformen, die denen von 1870 nachempfunden waren. Lauderdale hatte eine blaue Uniformjacke an, dazu einen leicht abgewandelten Stetson mit dem Kavallerieabzeichen, und er trug einen 45er Colt.

»Das ist nur eine Uniform. Ich bin hier, weil ich meinem Land dienen will.«

Die meisten Truppenangehörigen, die Chantal in Fort Apache gesprochen hatte, sagten etwas in der Art. Sie waren stolz darauf, daß die US-Kavallerie immer noch Bestandteil der US-Regierung war, zumal, seit sie sich den letzten Privatisierungsplänen widersetzt hatte. Die Hauptaufgabe der Verbände bestand jedoch darin, die zwischenstaatlichen Verkehrswege für GenTech und die anderen Multis freizuhalten. Sie vermutete, daß sogenannte Privatbürger, wie die modernen Okies, über die Lauderdale sich beschwert hatte, im wesentlichen als Plage empfunden wurden. Dies war keine Zeit für unschuldige Zuschauer.

Von der Brücke aus konnten sie die Zufahrtsstraße überblikken. Ein Convoy näherte sich dem Fort. Motorradpatrouillen, ein paar Cruiser und ein Tankwagen mit zwei Anhängern.

»Da kommt der Wasser- und Benzinnachschub«, sagte Lauderdale. »Vorräte für einen Monat.«

»Sind Sie hier tatsächlich völlig abgeschnitten?«

»Allerdings. Wo es kein Wasser gibt, leben auch keine Menschen. Das hier ist keine natürliche Siedlung. Früher hatten wir Pipelines, aber die haben die Maniax während der ersten Tage der Gemeinsamen Aktion zerstört.«

»Richtig, die Maniax. Ich habe in Rom im Fernsehen etwas darüber gesehen. Das waren doch Kinder, oder?«

»Eher Wilde.« Lauderdale spie die Worte aus.

»Hat man sie... befriedet?«

»Wenn Sie damit ausgerottet meinen, nun, die meisten schon. Der Rest befindet sich in Umerziehungslagern oder in den Strafkolonien draußen vor der Küste. So etwas Ähnliches haben Sie in Europa doch auch, meine ich. Sie schaffen Ihren gesamten Menschenmüll nach Sizilien.«

»Die Europäische Gemeinschaft, ja. Ich bin keine Eurobürgerin.«

»Die Maniax tauchten auf, als alles auseinanderzubrechen begann. Als es aufhörte zu regnen und die Lebensmittel knapp wurden. Die Maniax und andere. Sie brandschatzten die Städte, die sich nicht mehr schützen konnten, vergewaltigten und mordeten, wie es ihnen in den Sinn kam, zerstörten Häuser und plünderten in organsiertem Maßstab.«

»Ihr Durchschnittsalter beträgt fünfzehn, habe ich gehört.«

»Mag sein. Aber Sie fragen nicht nach der Geburtsurkunde, wenn Sie mit bloßen Händen gegen einen gentechnisch manipulierten, mordlüsternen Psychopathen kämpfen.«

Die Maniax waren lediglich die größte Kultgang. Auf keinen Fall die übelste. Ihre Vorgesetzten in Rom hatten sie davon unterrichtet, mit welchen Gruppen sie es zu tun bekommen könnte. Eine spezielle Regelung verpflichtete sie zum Selbstmord, sollte sie in die Hände des Bible Belt fallen, den fundamentalistischen Irren, die die Welt als ein riesiges Sodom und Gomorrha betrachteten und es als ihre Pflicht ansahen, den Zorn Gottes über alle Sünder zu bringen. Sie machte sich keine Sorgen – sie war entsprechend ausgebildet. Nach US-amerikanischer Sprachregelung war sie ein Proper-Op und sollte eigentlich mit den meisten Eventualitäten klarkommen.

Aus dem Lautsprecherturm erschallte ein Trompetensignal, und in den zuvor fugenlosen Wänden öffneten sich Tore. Der Konvoy kroch in das Fort wie ein Wurm in einen Apfel. Das letzte Fahrzeug der Kolonne war ein offener Lastwagen. Aneinandergekettete Menschen standen auf der Ladefläche.

»Noch mehr versprengte Maniax. Captain Badalamenti leitet das Räumkommando. Es wird noch Monate dauern, bis wir sie alle hier haben.«

Die Gefangenen wurden vom Lastwagen gezerrt und von Wachen in das Fort geführt. Eine Riesin mit Irokesenschnitt protestierte lautstark, und ein Trooper versetzte ihr einen Schlag. Ein Krachen, und die Maniak ging kreischend in die Knie.

»Rinderbolzen«, erläuterte Lauderdale. »Das ist das einzige, was sie begreifen. Schmerzen.«

Die Maniak krümmte sich vor Schmerzen, und die an sie geketteten Gefangenen wurden von den Füßen gerissen. Sie stürzten zu Boden, und die Eisen an Hand- und Fußgelenken klirrten. Der überaus fette Sergeant, der das Kommando über die Aktion hatte, nahm dem Soldaten den Bolzen ab und berührte nicht irgendeinen bestimmten Gefangenen, sondern ein Stück Kette, das sie untereinander verband. Funken stieben, und sechzehn Männer und Frauen stimmten gleichzeitig ihr Geheul an.

»Schmerzen, Ms. Juillerat. Sie sind Experten im Foltern. Es ist unser Job, die Dinge umzukehren.«

»Schöne neue Welt...«
»Wie bitte?«
»...in der solche Menschen leben.«

II

K. Younger, Major im Rang eines General Marshalls, betrachtete selbstverliebt sein Spiegelbild im Glas, hinter dem sich das lebensgroße Portrait von Charlton Heston befand, das in seinem Büro den Ehrenplatz einnahm. Er versuchte, Kopf und Schultern mit dem des Ex-Präsidenten in Übereinstimmung zu bringen und scheiterte nur knapp. Man konnte eine Menge aus seinem Körper machen, wenn man regelmäßig trainierte und sich der Zarathustra-Behandlung unterzog. Wenn man allerdings kein kompletter Cyborg werden wollte, mußte man sich mit den Knochen zufriedengeben, mit denen man geboren worden war. Er trommelte sich mit beiden Fäusten gegen den Bauch und verfolgte mit größter Zufriedenheit, wie seine geballten Fäuste von der lederzähen Unterleibsmuskulatur zurückprallten. Younger steckte sich eine lange kubanische Zigarre ins Gesicht, biß die Spitze ab und spie sie aus, schnippte sein Einwegfeuerzeug an und hielt die Flamme an den Tabak. Er sog den dichten Rauch in seine von GenTech umgestalteten Lungen.

»Keine Chance, daß ich von dir Krebs bekomme, du langer, brauner Bastard«, sagte er zu der Zigarre und paffte. »Also vergiß es. Du versaust mir meine Alveolaren nicht.«

Der Eingriff war unkompliziert, und für aktive Offiziere in der Straßenkavallerie zu einem stark ermäßigten Preis erhältlich. Die Gesellschaften wollten freie Interstates und hatten nichts dagegen, ein paar Vergünstigungen unter die Leute zu bringen, wenn sie sich dadurch mit den Exekutivorganen gut

stellen konnten. Und bei seiner unterbezahlten Stellung war Younger für jede Vergünstigung dankbar.

Younger salutierte zackig-perfekt vor Heston. Big Chuck war es gewesen, der die Wiederbelebung der US-Kavallerie unterstützt hatte. Davor war es der Highway Patrol überlassen gewesen, auf den Straßen für Ruhe und Frieden zu sorgen, und die Interstates waren Kampfzonen gewesen. Jetzt konnte man wenigstens im tiefsten Westen garantieren, daß die Frachten durchkamen. Big Chuck hatte verdammt viel für dieses Land getan. Sein Vorstoß zur moralischen Wiederaufrüstung und sein Jungpionierplan hatten dem Land wieder so etwas wie ein Rückgrat verschafft. Und natürlich hatten er und Senator Enderby das Enderbygesetz durchgebracht und damit der Ausdehnung des Gewaltmonopols auf Privatpersonen und private Organisationen Vorschub geleistet. Ohne Enderby und Big Chuck wäre die Kavallerie jetzt nicht hier.

Schade, was mit Enderby passiert war. Younger hatte nie geglaubt, was die philippinischen Hausboys im Fernsehen während der Anhörungen für die moralische Wiederaufrüstung gesagt hatten, und er selbst wußte ganz genau, daß die Gelder, die dem Senator angeblich von Hammond Maninski und T-H-R gezahlt worden sein sollten, lediglich als Entschädigung für seine Beratertätigkeit im Hinblick auf die Schärfe des von ihm entworfenen Gesetzes gedacht waren. Big Chuck jedoch hatte Enderby den Kopf hinhalten lassen. Younger war sicher, daß es dem Präsidenten nahegegangen sein mußte, aber persönliche Freundschaften mußten nun einmal hintenan gestellt werden, wenn es um Pflicht, um den Dienst am Vaterland und schlicht und einfach um das ging, was richtig war. Anders kam man keinen Schritt weiter.

Irgendwo flog noch ein gerahmtes Foto von Präsident North herum, aber Younger wollte es nicht aufhängen. Nach Big Chuck war der traurige Ollie North eine derbe Enttäuschung. Verdammt, wozu brauchte man einen Präsidenten, der nicht einmal bei den Marines genommen wurde, und der auf Politik zurückgreifen mußte, um Karriere zu machen?

Younger hatte die paar Minuten der Ruhe genutzt, um seiner ganz speziellen Neigung nachzugehen. Er hatte den Schrank aufgeschlossen, in dem er seine in Leder gebundenen Bücher aufbewahrte. Dies war seine Privatbibliothek, seine ganze Leidenschaft. Auf dem Rücken trugen sie alle Titel wie *Statutes and Proceedings of the State of Arizona, 1989–1994* oder *Complete United States Cavalry Regulations, Vol. VI,* der Inhalt hatte mit den Aufschriften allerdings wenig zu tun. Immer wieder mal nahm er eines aus dem Regal und schlug es auf einer beliebigen Seite auf, um sich dann in seinen äußerst ausschweifenden Phantasien zu ergehen und vor seinem inneren Auge die Zutaten zu einer Orgie an Ausschweifung und Üppigkeit zusammenzusuchen.

Heute hatte er eine seiner Lieblingssünden zutage gefördert. Kartoffelgerichte.

Er überflog die Vielfalt von Möglichkeiten. Kartoffelpüree mit Schnittlauch. Kartoffelpüree mit Muskat. Folienkartoffeln gefüllt mit Knoblauch und Kräutern. *Pommes de terre boulangères. Gratin dauphinois.* Schwenkkartoffeln Lyonnaise. Schwenkkartoffeln Nicoise. New Jersey Kartoffeln mit frischer Kräuterbutter. Buffalo Röstis mit Steinsalz und Guacamole.

Er fuhr mit den Fingern über die Hochglanzillustrationen. Hakte die Ingredienzien in seinem geistigen Bestandsverzeichnis ab. Für einen Posten am Arsch der Welt war seine Küche ganz ordentlich bevorratet, dennoch gab es vieles, das er sich nicht liefern lassen konnte, nicht einmal bei seinem Einfluß in der Verwaltung. Das Wasser lief ihm im Munde zusammen. Er schluckte, schob das Kochbuch wieder an seinen Platz und verschloß den Schrank.

Er salutierte noch einmal vor Big Chuck. Der Ex-Präsident würde Youngers Bedürfnisse verstehen.

Er verglich seine digitale Quarztaschenuhr mit der antiken

Standuhr des Originalforts. Zeit, seine Runde zu machen, Zeit, die Leute anzutreiben, die es nötig hatten, und jenen anerkennend zuzunicken, die es nicht nötig hatten.

Draußen vor seinem Büro nahm er die Ehrbezeugungen mehrerer jüngerer Offiziere entgegen, die gerade vorüberkamen. Colonel Rintoon, sein Stellvertreter, erwartete ihn mit einem Klemmbrett unter dem Arm.

»Guten Morgen, Sir«, schnarrte er.

»Morgen, Vladek. Irgendwelche Überraschungen heute nacht?«

»Eine Patrouille ist überfällig, Sir.«

»Hmmm. Wie lange?«

»Volle zwölf Stunden. Keinerlei Funkkontakt. Kein Notsignal. Tyree, Stack und ein T-H-R Op, Kling.«

»Nun, wir können uns nicht leisten, unsere Verbündeten auf diese Weise zu verlieren. Stellen Sie ihre gegenwärtige Position fest, und versuchen Sie, Verbindung mit ihnen aufzunehmen. Sonst noch was?«

Vladek sah auf sein Klemmbrett. »Der wöchentliche Konvoy ist gerade eingetroffen. Badalamenti meldet sechzehn Festnahmen auf der Straße. Maniax größtenteils, aber wir haben auch einen verirrten Virus Vigilante und einen Psychopomp.«

»Ich dachte, seit dieser Geschichte bei Spanish Fork gehören die Pomps der Vergangenheit an.«

»Ein oder zwei sind noch übrig. Wie immer.«

»Er heißt nicht zufällig Jessamyn Bonney?«

»Nein, Sir, das hätte ich Ihnen sofort mitgeteilt. Es handelt sich um irgendeine miese Ratte. Taucht kaum im Raster auf.«

»Sie haben die Haftbefehle bei der Aufnahme überprüft. Irgend etwas Auffälliges?«

»Das Übliche. Mehrfacher Mord, Fahren ohne die entsprechende Erlaubnis, Überfahren der durchgezogenen Linie, Straßenpiraterie.«

»Dann fertigen Sie sie ab, und schaffen Sie sie fort.«

»Schon geschehen.«

»Sehr gut.«

Younger und Rintoon schlenderten durch das Fort, überquerten den Innenhof zwischen Verwaltungsblock und Ops Center. Das Gelände war eingezäunt, aber drei Stockwerke hoch. Cruiser und Motorräder wurden in der Fahrbereitschaft auseinandergenommen und gewartet. Sergeant Quincannon ließ einige neue Rekruten auf dem Exerzierplatz im Karrée laufen. Wer einen Job hatte, war dabei, ihn zu erledigen, und genau so sollte es auch sein.

Mitten im Innenhof stand eine eindrucksvolle Skulptur, die das Erbe der Truppe symbolisierte. General Custer, Teddy Roosevelt und Trickydick Nixon, Schulter an Schulter, mit den Sechsschüssern herumfuchtelnd, und dahinter Dwight D. Eisenhower, das Sternenbanner schwenkend. Irgendein betrunkener Soldat hatte Nixon in die Visage geschossen. Der Täter saß immer noch in der Arrestzelle, Younger konnte allerdings nicht behaupten, daß ihn dieser Vandalismus ernsthaft verstimmt hätte. Der Ex-Präsident sah ohne seine Nase eine ganze Ecke besser aus, außerdem war Younger nicht sicher, ob er je dahinter gekommen wäre, was er mit den Buntline Specials anfangen sollte, die der Bildhauer ihm verpaßt hatte.

»Was ist mit unserem Gast, Sir?«

»Die Italienerin?«

»Sie ist aus der Schweiz, Sir. Sie operiert von Rom aus, ist aber gebürtige Schweizerin.«

»Wie auch immer. Wird sie herumgeführt?«

»Lauderdale kümmert sich um sie.«

»Guter Mann.«

Sergeant Quincannon grüßte, als Younger und Rintoon vorbeigingen, und seine Truppe tat es ihm schlampig und ungeordnet nach. Younger ließ sich dazu herab, Quinces Geste zu erwidern. Der rotgesichtige Ire war genau die Sorte Soldat, die er unter seinem Kommando gebrauchen konnte. Er war betrunken dreimal so viel wert wie der Rest nüchtern. Was ein durchaus nützlicher Zug war, denn er sprach dem Shochaiku Double-Blend gern und häufig zu.

»Was machen wir danach mit ihr? Wenn sie alles gesehen hat?«

»Volle Kooperation, von A bis Z. Das kommt von oben, also kommen Sie ihr nicht in die Quere. Soweit ich informiert bin, handelt es sich um eine Angelegenheit von internationaler Reichweite, also machen Sie unserer Regierung keine Schande.«

»Meinen Sie, wir sollten...«

»Reißen Sie sich zusammen, und tun Sie, was ich sage, Vladek. Sie ist eine voll ausgebildete Op, hat wahrscheinlich mehr Leute umgelegt als Redd Harvest. Reden Sie ihr so weit wie möglich nach dem Mund. Machen Sie bloß keine Schwierigkeiten, verstanden.«

»Verstanden, Sir.«

»Na also.«

Die Türen des Ops Center glitten auf, und die Offiziere traten ein. Der Soldat am Empfang machte mit ihnen einen Retina- und Handabdrucktest, stellte fest, daß sie die Leute waren, deren Gesichter sie trugen und protokollierte ihren Besuch.

»Übrigens, laden Sie Ms. Juillerat in meinem Namen heute abend zum Essen ein. Sie sind auch dabei, sowie Hendry Faulcon, Captain Lauderdale und Captain Finney, Doc King und Lieutenant Colosanto. Das gibt eine hübsche bunte Reihe. Ich werde kochen. Ossobuco. Das ist Kalbshaxe in Weißwein mit Tomaten, Knoblauch, Zitrone, Petersilie und frisch gemahlenem Pfeffer.«

»Ich werde mich darum kümmern, Sir.«

»Sorgen Sie dafür, daß sie sich wie zu Hause fühlt. Italienische Küche. Natürlich, wenn sie Schweizerin ist, sollte ich vielleicht auf Fondue Bourgignon umschwenken.«

»Die Entscheidung liegt bei Ihnen, Colonel.«

Sie betraten den Raum des Einsatzleiters. Die Besatzung saß an ihren Konsolen, beobachtete und zeichnete auf. Eine Karte der Umgebung nahm die eine Wand ein. Auf der Karte waren Dutzende von Lichtern in Bewegung.

»So«, sagte Younger. »Und jetzt zu der überfälligen Patrouille.«

III

Sie waren wieder im Fort. Lauderdale erläuterte die täglichen Routineaufgaben der Straßenkavallerie.

»Wir patrouillieren regelmäßig auf den Interstates und halten die Verbindung zu den vorgeschobenen Siedlungen aufrecht. Es gibt immer noch einige da draußen, mitten in der Wüste. Dann müssen die Trecks begleitet und die Konvoys überwacht werden. Und dann sind da natürlich noch die Kultgangs. Im Augenblick besteht unsere Hauptaufgabe im wesentlichen darin, herauszufinden, wo sie stecken. Die Zeit der Kriege ist vorbei. Wir suchen die Auseinandersetzung mit dem Feind nicht, es sei denn, es geht nicht anders. Die Aktion vor kurzem gegen die Maniax war recht untypisch. Einige der privaten Agenturen wollen gelegentlich zeigen, wer Herr im Hause ist. Dann glauben ihre Kunden, sie bekämen etwas für ihr Geld.«

Sie befanden sich in der Fahrbereitschaft, wo die Fahrzeuge aus dem Konvoy von ölverschmierten Mechanikern gewartet wurden. Lauderdale rief den Soldaten Grundy zu sich, einen Mechanikergehilfen, der ihnen ein paar Besonderheiten des Cruisers der US-Kavallerie vorführen sollte. Chantal hörte höflich zu, kam jedoch zu keinen Erkenntnissen, die sie nicht schon von ihren eigenen Nachforschungen kannte.

»Ein toller Schlitten, mit dem Sie da gekommen sind, Ms. Juillerat. Ein Ferrari?«

»Ja. Der gehört zur Standardausrüstung.«

»Die Geschäfte Ihrer Agentur müssen gut laufen.«

»Das kann man wohl sagen.«

Lauderdale hüstelte. »Wenn Sie mir hier entlang folgen wollen, Ms. Juillerat, dann zeige ich Ihnen das Ops Center. Es ist die Schaltzentrale für das gesamte Fort.«

Der Captain führte sie in den Zentralturm des Forts und brachte sie durch die Kontrolle. Die junge Frau am Schreibtisch bat sie um ihren Einsatzbefehl, sie jedoch ließ nur kurz ihre Vollmacht aufblitzen, und die Dame am Empfang zog eine Augenbraue hoch.

»Gehen Sie über ›Los‹, ziehen Sie zweihundert Dollar ein, und Sie kommen aus dem Gefängnis frei, was? Hierher verirren sich nicht viele wie Sie. Mußten Sie mit irgend jemand Wichtigem ins Bett, um so eine Vollmacht zu bekommen?«

Chantal lächelte. »Ich mußte jemanden heiraten.«

»Das ist hart.«

»Es stellt sehr hohe Anforderungen.«

Die junge Frau füllte ihre Kennmarke aus. »Wem erzählen Sie das. Ich bin schon dreimal vor den Altar getreten. Bei mir hat es einfach nicht funktioniert.«

Sie steckte die Kennmarke an Chantals Kragen fest.

»So, und passen Sie gut auf. Es öffnet Ihnen sämtliche Türen, für die Sie eine Erlaubnis haben, aber kleckern Sie keinen Kaffee drüber, sonst kriegt das Ding einen Kurzen, und man wird Sie sofort als Sicherheitsrisiko einstufen.«

»Ich werde mir Mühe geben.«

Lauderdale geleitete sie durch das Labyrinth. Elegant gekleidete Männer und Frauen eilten zielsicher durch die Gänge. Die Luft war voller elektronischer Stimmfetzen. Es gab Tafeln, auf denen die Namen der Soldaten aufgeführt waren, die bei der Erfüllung ihrer Pflicht gefallen waren. Trophäen standen aufgereiht in Glasschaukästen. Geronimos Kopfschmuck, die Uniform von Phil Sheridan, eine Feldflasche vom Little Big Horn, verschiedene Pfeile, eine blutverschmierte Kettensäge aus der Phoenix NoGo Kampagne zur Sicherung des Friedens, ein paar zerbeulte Radkappen von der Route 666, ein paar Schrotteile mit Emblemen der Kultgangs. Alle Leute hier waren bewaffnet. Als Kind hatte Chantal in Luzern ferngesehen und angenommen, jeder Amerikaner sei bewaffnet. Damals hatte es vielleicht noch nicht gestimmt.

»Dies ist also das Ops Center«, sagte Lauderdale und führte sie in einen großen, halbkreisförmigen Raum, der von einer beleuchteten Karte beherrscht wurde. Über der Karte, in einem Kasten, hing ein Säbel aus der Schlacht von Washita. Alles drehte sich um. Lauderdale grüßte.

»Sir«, sagte er.

Ein eher großer, gut gebauter Mann mit einem eisengrauen Schnäuzer erwiderte den Gruß des Captains. Er mußte in den Fünfzigern sein, hatte aber den Körper eines durchtrainierten Gladiators.

»Sir, dies ist Ms. Chantal Juillerat aus Rom.«

Der Offizier hielt ihr die Hand hin, die sie auch ergriff.

»Das ist unser befehlshabender Offizier, Major General Younger.«

»Major im Rang eines General Marshals, Lauderdale. Zu Ihren Diensten, Madam.«

»Danke.«

»Haben Sie alles zu Ihrer Zufriedenheit vorgefunden?«

»Habe ich.«

»Mögen Sie Ossobuco?«

Chantal war verwirrt. »Also, ich habe es noch nie probiert.«

»Sehr gut. Dann haben Sie nichts, mit dem Sie meine Bemühungen werden vergleichen können. Paßt Ihnen Punkt acht? Abendessen, meine ich?«

Lauderdale, der sich in Youngers Gegenwart in eine Salzsäule verwandelt hatte, versuchte sich einzumischen. »Ms. Juillerat wollte unsere Kommandozentrale besichtigen, Sir.«

»Sehr lobenswert, Captain. Acht Uhr?«

»Gewiß, Brevet Major General.«

Auf der großen Karte bewegten sich Lichter, und Leute mit Kopfhörern sprachen in ihre Mikrofone. Es war das typische Bild, das Chantal aus den Fernsehübertragungen des Raumfahrtprogramms der Siebziger kannte, oder aus Wiederholungen von Geheimdienstserien der Sechziger. *The Man From UNCLE* mit Robert Vaughn, *Mission: Impossible* mit Peter Graves, oder *Get Smart* mit Ronald Reagan.

»Was genau machen Sie im Augenblick?« fragte sie.

»Nun, Madam«, hob der Major General an, »es gibt immer eine Reihe von Einsätzen, die überwacht werden müssen. Aus El Paso kommt ein GenTech Konvoy, Ziel San Bernardino. El Paso ist die Verteilerstation für die künstlich gezüchteten Organe aus Mexico, und San Berdoo ist das GenTech-Zentrum an der Westküste für Organtransplantate. Wir spielen Begleitschutz für eine Lieferung Herzen, Lungen und Lebern, nehme ich an.«

»GenTech ist ein Großkunde?«

Das Gesicht des Major Generals verfinsterte sich für einen Augenblick. »Die Kavallerie der Vereinigten Staaten hat keine *Kunden,* Madam. Wir sind Staatsdiener. Wir sind hier im Auftrag des Steuerzahlers.«

»Tut mir leid. Englisch ist nicht meine Muttersprache. Manchmal mache ich Fehler.«

»Machen Sie sich deswegen keine Gedanken. Sie haben recht, GenTech läßt einen Großteil ihrer Transporte über die Interstates von uns überwachen. Ich denke, das ist ein Zeichen für das Vertrauen, das sie in uns setzen. Andere Gesellschaften tun das gleiche. Außerdem übernehmen wir eine Menge Wartungs- und Bereitstellungsarbeiten.«

»Begleiten Sie die Wiederansiedler?«

»Allerdings. Das ist eine unserer traditionellen Aufgaben.«

»Haben Sie viel Kontakt zu den Josephinern?«

Younger zögerte. Chantal fragte sich, ob sie etwas Falsches gesagt und seinen Argwohn erregt hatte. Schließlich antwortete er ihr: »Nein, nicht sehr viel. Anfangs haben wir die Route nach Salt Lake City offen gehalten, aber jetzt haben sie ihre eigenen Ops. Soweit ich unterrichtet bin, machen sie ihre Arbeit ganz ordentlich, allerdings bin ich über die Angelegenheiten in Deseret nicht allzu gut informiert. Ich weiß nicht einmal genau, ob es unter unsere Zuständigkeit fällt. Es ist nur noch theoretisch ein Teil der Vereinigten Staaten.«

»Sir«, unterbrach ihn eine Frau an den Beobachtungsbildschirmen. »Wir haben eine Spur von Tyree...«

Younger drehte sich um, beugte sich über den Monitor und blickte angestrengt auf den Bildschirm. Dort war ein sich bewegender Lichtpunkt zu sehen, der eine nicht näher bezeichnete Straße entlang wanderte.

»Legen Sie es auf den großen Schirm, Finney.«

Captain Finney, eine schlichte Erscheinung mit freundlichem Gesicht, drückte ein paar Tasten, und ihr Bild nahm die gesamte Wand ein. Ortsnamen tauchten auf. Dead Rat, Friendly, Baker Butte, Poland, Crown King, Octave. Der Lichtpunkt bewegte sich schnell. Es war das einzige, was sich bewegte.

»Da stimmt etwas nicht«, sagte Finney. »Tyree sollte bei Petrified Forest vorbeifahren, sich Escadilla ansehen und dann über Tucson zurückkehren. Jetzt ist sie im Tonton Basin.«

»Sind Sie sicher, daß es ihr Cruiser ist?«

Finney betätigte einige Schalter. »Gegenkontrolle. Ja, der Funkkontakt ist unterbrochen, aber die automatische Kennung ist noch in Betrieb. Sie bewegt sich mit maximaler Geschwindigkeit, geht bis an die Grenzen des Fahrzeuges, wenn Sie mich fragen. Es ist auf jeden Fall Tyree. Wenigstens ist es ihr Fahrzeug, und das ist auf keinen anderen Fahrer programmiert.«

»Sieht aus, als hätten wir es mit einem Schurken zu tun. Vladek, stellen Sie ein Verfolgerteam zusammen.«

Colonel Rintoon ging ans Telefon, stellte ein paar Gefechtseinheiten zusammen und befahl ihnen, einzuschreiten. Er hielt den Hörer an seine uniformierte Brust und schaute zum Monitor hoch. Er fühlte sich persönlich gekränkt.

Chantal versuchte dahinterzukommen, was das zu bedeuten hatte.

»Leona ist mit Leib und Seele bei der Truppe«, sagte Finney. »Sie ist vom Scheitel bis zur Sohle Soldatin. Da muß irgend etwas Übles passiert sein.«

»Das gefällt mir nicht.« Younger holte eine Zigarre hervor und kaute darauf herum, ohne sie anzustecken.

»Ist ein solcher Vorfall ungewöhnlich?« fragte Chantal.

Younger kaute noch ein wenig und machte dabei ein gequältes Gesicht. »Das will ich meinen. Man kann einen Cruiser nicht einfach stehlen. Er schaltet sich ab, wenn man ihm nicht seinen persönlichen Code eingibt, außerdem verfügt er über eine doppelt gesicherte Kontrolle des individuellen Körperwärmeschemas. Bleibt nur menschliches Versagen.«

»Und was genau ist schief gelaufen?«

»Sergeant Tyree – eine gute Soldatin, übrigens – scheint sich von der Truppe abgesetzt zu haben. Offensichtlich befindet sie sich nicht auf einer Verfolgungsjagd, und sie ist meilenweit von ihrem Kurs entfernt. Sie hätte bereits seit zwölf Stunden wieder im Fort sein sollen, und sie hat sich seit gestern nachmittag um diese Zeit nicht mehr gemeldet. Sie hat einen Trooper und einen Verbindungsoffizier von Turner-Harvest-Ramirez bei sich.«

»Ich erhalte gerade eine Meldung von einer Patrouille«, sagte Rintoon. »Conway und Mixter befinden sich oben auf der Mogollon Mesa. Sie könnten herunterkommen und sich mit Tyree und Stack in Verbindung setzen. Sollten sie Hilfe brauchen, wird Conway sie ihnen leisten. Sollten sie die Seiten gewechselt haben, wird Conway dem ein Ende machen.«

Finney machte ein Gesicht, als wollte sie protestieren, ließ es dann aber. Younger nickte, und Rintoon gab den Befehl durch.

Auf dem Monitor erschien ein neuer Lichtpunkt, der sich auf Kollisionskurs mit dem ursprünglichen Punkt bewegte.

»Wer ist dieser Typ von T-H-R? Was wissen wir über ihn?«

Rintoon hatte die Fakten parat. »Kenneth Kling. Ein Niemand. Keinerlei Vorstrafen. Nur einen Vermerk über seine Qualitäten als Nervensäge.«

»Wenn Tyree sauber ist, könnte es nicht dieser Kling sein, der ausgeflippt ist?«

Finney gab auf einer anderen Tastatur etwas ein. »Ich werde mir sein Profil von T-H-R Denver faxen lassen.« Ein Drucker begann zu stottern, und Finney riß einen Papierstreifen ab. »Scheiße! Oh, ich bitte um Entschuldigung, Sir. Ich wollte sagen, die Anfrage nach Kling ist negativ. Er ist auf seiner Peter-Position, kein Weiterkommen möglich. Er zeigt keinerlei Initiative, verfügt nur über die grundlegendsten Fähigkeiten, hat keine größeren Schwachpunkte. In das Kästchen für die psychologische Gesamtbewertung hat jemand ›wichtigtuerischer Hurensohn‹ geschrieben. Der Kerl ist das geborene Opfer. Ausgeschlossen, daß er hinter der Sache steckt.«

Der zweite Lichtpunkt befand sich jetzt weniger als zwanzig Meilen vom ersten entfernt und kam rasch näher. Seltsam, wie eine möglicherweise tödliche Auseinandersetzung sich zu einem Videospiel für Kinder reduzierte.

»Lenihan, schalten Sie Conway über die Lautsprecheranlage zu«, befahl Younger.

Ein smarter junger Lieutenant betätigte ein paar Schalter.

»...fahren weiter in Richtung Südsüdwest...« knisterte eine männliche Stimme. »Bislang noch kein Sichtkontakt...«

»Damit meint er, daß sie ihn noch nicht sehen können«, erläuterte Younger.

Die Lichtpunkte kamen sich näher.

»...ich hab ihn. Ein Cruiser, soviel steht fest... nach meinem Tacho zu urteilen fast 150 Meilen pro... reagiert nicht auf Funkanfrage... halte mich jetzt auf Parallelkurs...«

Die Lichtpunkte schoben sich immer schneller aufeinander zu. Die Monitorkarte im Hintergrund rückte über die Bildwand, um die Verfolgung dokumentieren zu können. Die Namen der Orte, an den sie vorbeikamen, begannen zu verschwimmen.

»Nehmen Sie Kontakt auf«, sagte Rintoon.

»...ich bleibe dran...«

Über den Lautsprecher kam ein reißendes Geräusch, dann das Pfeifen einer Rückkopplung. Einer der Lichtpunkte erlosch.

»Wir haben Conway verloren«, sagte Lenihan.

»Verloren?«

»Verloren, Sir.«

»Sie meinen, den Kontakt verloren?« fragte Younger.

»Nein...« Lenihans Stimme versagte fast. »Verloren. Wir empfangen noch eine Hitzequelle, aber kein Fahrzeug mehr. Conways Cruiser ist zerstört worden.«

»Das dürfte eigentlich nicht passieren. Welche Waffe könnte Tyree mit sich führen, die eine solche Zerstörung verursachen könnte?«

»Da müßte ich erst den Computer fragen und mich dann wieder bei Ihnen melden, Sir. Ein nukleares Infanteriegeschütz könnte so etwas bewirken, das jedoch paßt nicht zu den uns hier vorliegenden Daten. Das einzige, was mir dazu einfällt, wäre eine tödliche Fehlfunktion in Conways Cruiser, aber das paßt ebenso wenig ins Bild.«

»Das Fluchtfahrzeug wird langsamer«, sagte Chantal.

Der Lichtpunkt verlangsamte sein Tempo. Die Ortsnamen auf der Karte waren wieder deutlich zu lesen.

»Welcome«, sagte sie.

Der Lichtpunkt bog in der Tat auf eine Nebenstraße in Richtung eines Ortes namens Welcome ab.

»Was gibt es in der Nähe von Welcome?« fragte Younger.

»Nichts«, sagte Finney. »Irgendwo dort draußen liegt das alte Fort Apache aus den Indianerkriegen.«

»Und was befindet sich *in* Welcome?« wollte Chantal wissen. Der Lichtpunkt wurde langsamer und kam zum Stehen.

»Lassen Sie mich mal nachsehen«, sagte Finney und gab etwas ein. »Offiziell ist der Ort unbewohnt. Wenigstens war er das auf unserer letzten Routinefahrt. Es gibt dort ein Motel, das von jemandem namens Jonathan Behr betrieben wird, und ein Etablissement mit dem Namen Silver Byte Saloon. Für eine Gruppe der Spritschlucker ist das so eine Art Klubhaus...«

»Wären sie zu einer solchen Entführung in der Lage?«

»Nein, Officer. Sie kommen kaum mit ihrer eigenen Ausrüstung klar, von unserer ganz zu schweigen.«

Chantal hatte das Gefühl, wegen genau dieser Dinge hierhergekommen zu sein.

»Gibt es noch irgend etwas Besonderes über diese Stadt?«

Der Lichtpunkt blinkte reglos unter den schwarzen Buchstaben des Ortsnamens.

»Nein, eigentlich nicht. Ein paar Alte, die drauf warten, umgebracht zu werden. Einen großen Friedhof. Keine Landwirtschaft, keine Tankstelle. Früher gab es dort eine Mission der Josephiner, aber die ist mittlerweile geschlossen. Vermutlich sind sie alle nach Deseret gegangen.«

»Das verstehe ich nicht, Madame«, sagte Younger. »Was interessiert Sie so daran?«

»Dort steht noch eine Kirche«, sagte Finney. »St. Werburgh. Ein gewisser Miguel O'Pray ist dort Pastor.«

»Eine katholische Kirche?«

»Das nehme ich an. Hier steht weiter nichts. Er ist als *Pater* O'Pray aufgeführt, das bedeutet doch wohl, daß er Katholik ist, oder? Ich selbst bin ein Sufi.«

»Gibt es dort ein Terminal?«

»Wie bitte?«

»Ein Computerterminal. Ist sie, die Kirche, an irgendeins der Datennetze angeschlossen?«

»Diese Information ist... äh... geheim.«

»Sie wäre wohl kaum geheim, wenn es dort keines gäbe, oder?«

»Äh...«

»Ich werde Ihnen keinen Strick daraus drehen, Finney«, sagte Younger. Die Frau machte einen erleichterten Eindruck.

»Ja, es gibt dort ein Terminal. Es handelt sich um eine Gemeindekirche. Sie sind unserem Kommunikationsnetz angeschlossen, sowie Phoenix, Nogales, Lordsburg und El Paso. Sie sind ziemlich gut organisiert.«

»Das ist es«, sagte Chantal. »Die Kirche. In Welcome, Arizona.«

Younger und Rintoon hatten noch mit ihrer Verwirrung zu kämpfen.

»Gentlemen, besorgen Sie mir eine Genehmigung. Ich werde dort hinfahren.«

IV

Als die Schweizerin Major General Younger ansah und auf seine Zustimmung wartete, entstand eine Pause. Dann nickte er.

»Lauderdale, führen Sie die Dame hinaus.«

Lauderdale salutierte. Er stellte fest, daß sein Rücken vom übertriebenen Strammstehen schmerzte. Er war nicht in der Lage, sich in Gegenwart eines ihm vorgesetzten Offiziers zu entspannen. In der Kavallerie war das ein überlebensorientiertes Verhalten.

»Jawohl, Sir.«

Ms. Juillerat verließ forschen Schritts das Ops Center. Lauderdale folgte. Er versuchte, nicht den Verdacht zu erregen, daß sein Blick an ihren Bewegungen klebte. Die Schweizerin besaß ohne Zweifel einen phantastischen Körper.

Seit er diesen Auftrag übernommen hatte, fragte er sich, wer diese Frau aus dem Ausland eigentlich war. Er schätzte sie auf

Mitte zwanzig, aber was immer sie tat, war ihr nicht neu. Sie besaß Selbstvertrauen im Übermaß, und bewies auf überraschenden Gebieten ein weit gefächertes Wissen. Mit Autos kannte sie sich ebenso gut aus wie mit Waffen, und sie war über die Arbeitsweise der Kavallerie ausgesprochen gut unterrichtet. So weit er wußte, war sie mit Französisch und Italienisch aufgewachsen und hatte Englisch gelernt, nachdem sie Latein (!), Spanisch und Japanisch gemeistert hatte. Sobald das Gespräch die rein dienstliche Ebene verließ, waren ihre Lippen wie versiegelt. Sie trug keinen Ehering und vermittelte den Eindruck unnahbaren Singletums, andererseits hatte sie dem Wagenmeister erzählt, sie sei verheiratet. Über ihre Vergangenheit hatte sie lediglich durchblicken lassen, daß sie größtenteils von Nonnen erzogen worden und in Dublin, Rom und San Francisco zur Schule gegangen war.

»Würden Sie meinen Wagen auftanken und fertigmachen?«

»Wird erledigt.«

»Gut.«

Er vermutete, daß Ms. Juillerat bei Computern ebenfalls ein As war. Mit besonderer Aufmerksamkeit hatte sie verfolgt, wie man ihr das Schaltschema des Netzwerkes, die Datenspeicher und das System zum Wiederauffinden von Daten gezeigt hatte. Andererseits war sie sorgfältig darauf bedacht gewesen, nicht zu verraten, für wen sie arbeitete, und was sie eigentlich bei der Kavallerie zu suchen hatte. Ihre Operationsbasis berücksichtigend fragte sich Lauderdale, ob sie nicht vielleicht zur Mafia gehörte. Die Kavallerie hatte sich in der Vergangenheit schon seltsamere Verbündete gesucht – es war allgemein bekannt, daß sie als Gegenleistung für eine gewisse Zurückhaltung seitens der Japaner einen Vertrag mit der Yakuza hatte, um bestimmte Geschäftsinteressen zu schützen – das würde auch ihre Verschwiegenheit erklären, was ihre Einheit betraf. Wie auch die Japaner brach die Mafia bei der Durchführung ihrer Geschäfte nicht mehr Gesetze als der durchschnittliche Multi.

Die Züge ihres Mannequingesichtes hatten etwas Raubtierhaftes – große, dunkelgrüne Augen, eine lange, gerade Nase, volle Kleinmädchenlippen, eine reine, helle Haut. Er konnte sich vorstellen, daß sie einen Einsatz im Bandenterritorium durchführte, ohne Abscheu oder Mitgefühl zu zeigen. Lauderdale war vor dem Fernseher aufgewachsen – und Ms. Juillerat erinnerte ihn immer wieder an Schauspielerinnen: in der Art, wie sie ihre Schultern hielt, an Diana Rigg als Emma Peel, an Charlotte Rampling, Nastassjia Kinski, Zoe Tamerlis in *Ms. 45*, an Audrey Hepburn, Judi Bowker in *Out of Africa*, oder an Irish McCalla.

»Ich wäre Ihnen sehr verbunden, wenn der Wagenmeister meine Bordwaffensysteme und meine Kommunikationsverbindungen nachsehen würde. Ich hatte keine Zeit, einen gründlichen Test durchzuführen, und ich möchte mich nicht gerne unangenehm überraschen lassen.«

Eins stand für Lauderdale fest, Chantal Juillerat war ein Op. Ein Op allererster Güte, wie Redd Harvest, Woody Rutledge, Harry Parfitt oder der zur Kavallerie gehörige Captain Ruffalo. Sie trug einen schwarzen Bodysuit, unter dem sich ihr Körper deutlich abzeichnete. Sie war wohlgerundet und sah ohne Zweifel fraulich aus, aber geschmeidig. Er vermutete, daß in ihren Muskeln die Spannkraft einer jungen Leopardin saß. Ihr schwarzes Haar war zweckmäßig kurz geschnitten, und sie trat wie eine Kämpferin auf, über deren Ruhe und Reflexe sie verfügte. Wer sich mit dieser Lady einließ, mußte auf alles gefaßt sein.

»Lassen Sie Ihre gesamten Diagramme in mein System herunterladen. Für den Südwesten habe ich nur die Grundausstattung an Kartensoftware. In Rom ist man möglicherweise ein paar Monate hinter der Zeit zurück, und ich denke, ich werde detaillierte Informationen benötigen.«

Er nickte. Sie waren ungefähr gleich groß, trotzdem hatte er den Eindruck, drei Schritte zu brauchen, wenn sie einen machte und er mit ihr Schritt halten wollte. Er bekam Seitenstiche, und sein Atem beschleunigte sich.

Sie trug kein Make-up und keinen Schmuck, abgesehen von dem dezenten silbernen Kruzifix an einem Kettchen um den Hals. An ihrer Kleidung befanden sich keinerlei Abzeichen, dennoch wirkte sie wie eine Uniform. Ein Anzug, wie zum Kämpfen geschaffen.

Sie durchquerten den Empfangsbereich. Ms. Juillerat gab der Empfangsdame ihre Kennmarke zurück. Die junge Frau wünschte ihnen einen schönen Tag, und wurde dafür mit einem schmallippigen Lächeln belohnt.

Im Hof drehte sich Ms. Juillerat zu ihm um. »Sorgen Sie dafür, daß alles erledigt wird und warten Sie an meinem Wagen auf mich. Ich muß ein paar Dinge aus meinem Zimmer holen.«

Sie marschierte los, bevor er etwas antworten konnte.

Er hätte ihr nur ungern im Weg gestanden.

V

Chantal saß mit gekreuzten Beinen auf dem Boden des Zimmers, das die Kavallerie ihr zur Verfügung gestellt hatte, und versuchte, ihre Mitte zu finden. Sie hatte die Handflächen aneinander gelegt und führte die Daumen an die Lippen. Meditieren half immer, bevor sie zu einem Einsatz startete. Sie leerte ihren Kopf, verbannte alle störenden Gedanken und ließ den Einsatz in den Vordergrund rücken. Dies war der Augenblick des *Zen*, die vollkommene Konzentration auf die bevorstehende Aufgabe, angemessen und zielgerichtet. Der Einsatz war alles, was sie benötigte.

Augenblicke später fühlte sie sich erfrischt und bereit. Sie wußte, daß andere Ops diesen Zustand durch die Einnahme von Stimulantien herbeiführten. Ihre Methode war jedoch reiner und barg weniger Risiken. Die Nebenwirkungen waren rein geistiger Art.

Sie zog eine Metallkiste unter ihrer Koje hervor und stellte sie auf den einfachen Schreibtisch. Sie war elektronisch gesichert, und Chantal mußte die korrekte Zahlenfolge eingeben, um sie zu öffnen.

Die Kiste brauchte ein paar Sekunden, um es sich zu überlegen, dann hob sich der Deckel langsam. Irgend jemand hatte ihr einmal erzählt, sie behandele die Kiste wie ein Priester die Pyxis, den Behälter, in dem die Hostien aufbewahrt werden. Sie hätte das gern als Übertreibung abgetan, andererseits hatte sie reichlich Lektionen in Bescheidenheit und Selbstbewußtheit erhalten, um zu wissen, daß etwas Wahres daran war.

»Fleisch und Blut unseres Erlösers«, murmelte sie. »Vergib uns, Vater.«

Hier, in den mit Samt ausgeschlagenen Mulden, lagen ihre Werkzeuge. Die gerippten Magnetkarten verschwanden in den Taschen an ihrem Gürtel. Die kleinen Werkzeuge paßten genau in die feinen Schlaufen über ihrem Knie. Die Schulterpolster – die jeweils drei zusätzliche Streifen Munition enthielten – glitten unter ihre Jacke, wo sie von Klettverschlüssen gehalten wurden. Der Patronengurt wurde an der Vorderseite verschnürt und hing bequem auf den Hüften. Das Bowiemesser in der schwarzen Lederscheide – wie Jim Bowies erstes Modell aus einer Legierung aus Stahl und Asteroidenmineralien geschmiedet – ließ sich an ihrer Wade und Oberschenkel befestigen. Die eichelgroßen, phosphoreszierenden Splitterbomben verschwanden mühelos in den engen Schlaufen am Gürtel. Sie band ihr Halfter fest. Dann nahm sie ihre Pistole heraus.

Es war ein Schweizer Fabrikat, ein Meisterstück präziser Handwerkskunst. Einige hielten sie für ein Kunstwerk, für Chantal war sie jedoch ein Werkzeug. Ein schönes, schreckliches, perfektes Werkzeug. Es war eine SIG 7.62 mm Automatik, mit einem durchsichtigen Griff aus duriumverstärktem

Glas. Sie war sperrig, aber gut ausbalanciert und so konstruiert, daß sie die volle Wucht des Rückstoßes auffing. Eine zweihändige Waffe mit vierzehn Schuß pro Magazin. Die Patronen enthielten sowohl die Kugeln als auch den Festtreibstoff in einer einzigen Hülle, weshalb das Auswerfen von Hülsen entfiel. Sie ließ sich auf Schnellfeuer umschalten, Chantal jedoch war stolz darauf, sie nur als Einzelfeuerwaffe zu benutzen. Bislang hatte sie nie mehr als einen einzigen Schuß benötigt.

Sie wog sie in der Hand, um wieder Gefühl für das Gleichgewicht zu bekommen. Die vielen Stunden, in denen sie einen Baseball gedrückt hatte, hatten sich ausgezahlt. Ihre Handgelenke waren kräftig geworden. Sie ließ die Waffe von der einen Hand in die andere gleiten, um sich wieder mit ihrem Gewicht vertraut zu machen. Sie war wie ein Teil ihres Körpers. Sie ließ sie in das Halfter gleiten und an ihrer Hüfte hängen. Man hatte sie ausgebildet, anders zu gehen, wenn sie bewaffnet war, somit lag ihr Gewicht jetzt genau in der Mitte. Im *Dojo* in San Francisco hatte sie sich am Barren mit einem auf die Oberschenkel gezurrten Fünf-Kilo-Gewicht abgequält. Jetzt beeinträchtigten die Waffe, der Gurt, die gesamte Hardware ihre Beweglichkeit nicht im geringsten.

Sie betrachtete ihr Gesicht im Spiegel, strich sich mit dem Zeigefinger über die Stirn, um eine Haarsträhne zurechtzurücken, dann bekreuzigte sie sich automatisch und verließ das Zimmer.

Dabei summte sie vor sich hin. »Endlich wieder im Sattel…«

VI

Lauderdale hatte Ms. Juillerats Wagen vorbereitet und war damit beschäftigt, ihre Befehle auszuführen. Oder eher, ihre Wünsche zu erfüllen. Es fiel schwer, nicht zu vergessen, daß sie lediglich eine Zivilistin war. Ihre Befehlsgewalt über ihn war rein vorübergehender Natur. Grundy pfiff, als er den eleganten, niedrigen Wagen betrachtete.

»Sehen Sie sich diese Konturen an, Captain«, sagte der Wagenmeister. »Typisch Ferrari. Es heißt, hätte Michelangelo Autos entworfen, dann bestimmt einen Ferrari.«

Eine eindrucksvolle Maschine. Lauderdale hielt sich für einen Banausen, wenn es um Autos ging. Die verschiedenen Marken konnte er nur deswegen unterscheiden, weil er in West Point eine Prüfung darüber hatte ablegen müssen. Ein Auto bestand aus einem Motor, vier Rädern, einem Waffensystem und entweder einem Verbündeten oder einem Feind auf dem Fahrersitz. Nicht mehr und nicht weniger. Er war Offizier im Innendienst, und kein Mann für die Straße. Sein Fachgebiet war die Verteidigung gegen Belagerungen und die Kontrolle von Menschenmengen, und seine eigenen Maschinen – das Regimentkader bewaffneter Androiden – wurden in einer eigenen Abteilung aufbewahrt. Seit seinen Kadettentagen war er nicht mehr draußen auf Patrouille gewesen. In der letzten Zeit hatte er fast ausschließlich mit Verwaltungs- und Koordinationsaufgaben zu tun gehabt. Manchmal dachte er voller Sehnsucht an seine Androiden...

»Der Schlitten ist einfach phantastisch«, hauchte Grundy voller Ehrfurcht. »Traumhaft schön. Es wäre ein Verbrechen, ihn durch den Dreck zu fahren. Sehen Sie sich nur den Glanz an. Darin kann man sich rasieren oder sich die Krawatte binden.«

In mancher Hinsicht glich der Wagen Ms. Juillerat. Schön, aber gefährlich. Perfekt geformt, vollkommen ruhig, aber mit einem angsteinflößenden Zerstörungspotential. Nach außen hin schillernd, und doch alles verbergend. Hätte die Marke einen Spitznamen, dann irgend etwas Eingängiges wie Devils' Whisper oder Dark Thunderbolt. Er konnte nicht widerstehen und mußte die spiegelnde, elfenbeinfarbene Oberfläche berühren. Sie fühlte sich kalt und hart an, doch eher nach schwarzem Ebenholz als nach Stahl. Ein Frösteln überkam ihn.

»Er ist bis zum Rand aufgetankt, Sir. Sie glauben nicht, was da reingeht. Die Italiener wissen, wie man so ein Baby baut.«

Die Motorhaube stand offen, und ein Techniker hatte einen Cyberfeed-Stutzen in die Bordsysteme gesteckt. Ein rotes Lämpchen blinkte auf, während der Mini-Mainframe mit Daten gefüttert wurde. Das wird eine schlaue Maschine, soviel war Lauderdale klar. Wenn sie über die Kapazität verfügte, die er annahm, konnte sie einen Kavallerie-Cruiser übertreffen, ohne auch nur alle ihre Quellen anzuzapfen.

»Wer ist diese Lady, Sir?«

»Keine Ahnung, Grundy.«

Der Wagen hatte alles, was man brauchte. Der Licht blinkte grün, und der Techniker zog den Cyberfeed-Stutzen heraus. Die Haube schloß sich wie eine Auster. Die Nahtstelle schien zu verschmelzen, als sei das gesamte Fahrzeug mitsamt Türen aus einem einzigen Metallstück gegossen.

»Da würde ich auch gern mal einsteigen.«

Lauderdale hätte fast gelächelt. Grundy hatte sich verliebt.

»Stellen Sie sich vor, diese ganzen Pferdestärken, und Sie lassen einmal alle Zügel schießen. So was erlebt man nur einmal im Leben.«

»Sehr richtig, Grundy. Younger würde Sie auf alle Zeiten in die Arrestzelle schließen.«

Ms. Juillerat erschien; ihr Gesicht war ausdruckslos. Sie war jetzt bewaffnet, ging aber, als wäre sie daran gewöhnt. Ihre Handfeuerwaffe war irgend so ein ausgefallenes Ding mit einem durchsichtigen Griff zum Angeben. Mit Waffen kannte er sich aus. Es war eine SIG.

»Ist der Wagen fertig?«

»Jawohl, Madam«, sagte Grundy.

Sie bedankte sich mit einem vollkommen unerotischen und humorlosen Lächeln.

»Ein echtes Prachtstück.«

»Das Prachtstück ist ein Er. Zumindest ist er so programmiert.«

Ms. Juillerat gab den Eingangscode ein, und die Fahrertür klappte hoch wie ein Flügel. Sie schlüpfte hinein und versank im Sitz. Auf dem Armaturenbrett befand sich ein Helm, der wie eine Trophäe zwischen Lenkrad und Windschutzscheibe klemmte. Sie setzte ihn auf, und die Kontrollämpchen erwachten zum Leben. Es gab kaum mehr Knöpfe, Schalter, Lichter und Anzeiger als man in jedem durchschnittlichen Space Shuttle finden konnte.

Grundy katzbuckelte mit unverhohlener Lust.

Ms. Juillerat nahm eine CD aus der Halterung und ließ sie vorsichtig in das Abspielgerät gleiten. Lauderdale ging um den Wagen herum auf die andere Seite und wartete, bis sie ihm die Tür hochgefahren hatte. Vergebens.

»Tut mir leid«, sagte sie mit verstärkter Stimme, die durch einen in einer leichten Erhebung auf dem Dach untergebrachten Lautsprecher drang. »Aber der Zeitpunkt ist gekommen, an dem wir uns trennen.«

Die Fahrertür senkte sich mit einem Zischen herab und wurde verriegelt.

»Major General Younger hat mich beauftragt, bei Ihnen zu bleiben und mich um Sie zu kümmern«, tobte er. »Das war ein Befehl.«

»Major im Rang eines General Marshalls.«

Der Motor sprang an, dann schien das gesamte Fahrzeug lebendig zu werden. Es stand da wie ein angespannter Muskel, der all seine Kräfte zusammennimmt.

»Aber…«

»Tut mir leid, Lauderdale. Aber ich habe auch meine Befehle. Wir sehen uns im Kino…«

Die Stimme erlosch mit einem Klicken, statt dessen erklang Musik. Seltsamer Geschmack. »It's my party, and I'll cry, if you want to.« Nicht die Leslie-Gore-Version, sondern die von den Chiffons.

Der Ferrari flog davon, und war im Nu durch die Doppeltore verschwunden. Eine Staubwolke wie aus einem Roadrunner-Cartoon stieg in den Himmel, als er über die deplazierte Brücke auf den Horizont zuschoß.

»Wer war eigentlich die Frau mit der Maske?« wollte Grundy wissen.

»Ich wünschte bei Gott, ich wüßte es«, sagte Lauderdale. »Ehrlich. Ich wünschte bei Gott, ich wüßte es.«

TEIL III: Welcome, Arizona

»Guten Morgen, *Padre*«, sagte Armindariz gut gelaunt. »Haarspitzenkatarrh?«

Die Türen des Silver Byte Saloons schlossen sich schwungvoll hinter Pater Miguel O'Pray. Die Begrüßung des Barkeepers dröhnte ihm in den Ohren, als hätte man ihn geohrfeigt. Sein Kopf war noch benommen, sein Kinn rauh wie Sandpapier von den schwarzweißen Stoppeln, sein größtenteils graues Haar fettig und zerzaust, und sein Mund mit einer dicken Schicht kotzig schmeckender Paste belegt.

Armindariz grinste und zeigte seinen Goldzahn, dann hielt er, wie der japanische Goucho in dem TV-Spot, eine Flasche Shochaiku in die Höhe.

Eigentlich wollte O'Pray keinen Drink. Er nickte trotzdem, und der Mexikaner füllte das Schnapsglas.

Der Priester kippte ihn runter. Der Schnaps explodierte in seinem leeren Magen wie ein Dum-Dum-Geschoß. Er mußte sich an der Theke festhalten, bis sich seine Eingeweide beruhigt hatten. Im Silver Byte war es zu dieser Zeit, kurz vor Mittag, ruhig. Die Hellraisers vom Vorabend schliefen ihren Rausch drüben in Tiger Behr's Motel aus. Old Man Moose saß immer noch auf seinem Platz am Fenster, aber den verließ er ohnehin nie. Es hieß, er hätte ein Katheder unter seiner Decke und pinkelte direkt in die Kanalisation. Feste Nahrung nahm er nie zu sich.

Sein Mund stand offen, und er schnarchte. Die Fliege, die über seinen kahlen Kopf krabbelte, ignorierte er.

»Noch einen Drink?«

O'Pray nickte, und Armindariz schenkte ein.

»Ich bin immer glücklich, der Kirche einen Gefallen tun zu können, *Padre*. Dieser Stoff frißt sich glatt durch jede Politur.«

O'Pray ließ den Schnaps im Mund herumrollen – es handelte sich um das billige, in großen Fässern produzierte Feuerwasser der Firma Shochaiku, nicht das doppelt verschnittene gute Zeug – und entfernte den pelzigen Belag von seinen Zähnen. Dann schluckte er es hinunter.

Er schüttelte den Kopf. Der tat immer noch höllisch weh, aber er hatte reichlich Zeit gehabt, sich daran zu gewöhnen. Auf dem Seminar in Albany hatte ein alter Priester in betrunkenem Zustand die Meinung vertreten, man sei Gott näher, wenn man entweder betrunken oder verkatert war.

Demzufolge hatte er jeden Tag vierundzwanzig Stunden Zeit, sich mit Gott, dem Herrn, zu vereinen.

»Wie stehen die Dinge unten in der Kirche, *Padre*?«

»Die Kirche wird es immer geben, Pedro. Immer.«

»Sieht nicht gut aus, nachdem die Typen vom Bible Belt deinen Laden verwüstet haben.«

Die Schmerzen in O'Prays Kopf veränderten sich minimal, sie schoben sich aus der Stirn in den Hinterkopf.

»Die Kirche besteht aus mehr als vier Wänden und einem Altar, Pedro. Es gehört mehr dazu als eine Bande heidnischer Protestanten auf Motorrädern, um die Kirche in den Grundfesten zu erschüttern.«

»Sie haben sich ordentlich Mühe gegeben, *Padre*.«

»Zugegeben. Was kostet die Flasche?«

Armindariz' Goldzahn blinkte.

»Das Übliche.«

O'Pray wuchtete den großen Wasserkanister aus Plastik auf die Theke. Im Innern schwappte das Wasser hin und her. Er war ungefähr halbvoll. Zufällig befand sich der einzige Brunnen im Umkreis von einhundert Meilen auf dem Grund von St. Werburgh.

»Wasser gegen Whisky«, überlegte O'Pray. »Ich hätte nie gedacht, daß das ein fairer Tausch sein könnte.«

»Nur gut, daß Sie Ihren pur trinken, *Padre*.«

O'Pray brachte ein bitteres Grinsen zuwege. »Der Brunnen befindet sich auf geheiligtem Boden, Pedro. Damit ist auch das Wasser heilig. Denke daran, wenn du es benutzt.«

»Das werde ich. Bestimmt, *Padre*.«

O'Pray packte die Whiskyflasche am Hals und verließ das Silver Byte.

II

Stack hatte keine inneren Verletzungen. Höchstens sein Herz war vielleicht gebrochen. Ansonsten hatte er nur leichte Verbrennungen. Er setzte sich einen Schuß Morph-Plus aus dem Medikit und beschlagnahmte die Maschine des toten Motorradmannes. Es war eine gute Maschine, mit Schnelladeschrotgewehren gleich neben den Handgriffen, damit man schnell ziehen konnte. In den Satteltaschen gab es reichlich lose Patronen, dazu eine Schweizer Armeenunchaka, ein paar ältere Ausgaben von *Guns and Killings* und einen Vorrat an Joints. Weniger angenehm war es, den Kopf des Vorbesitzers aus dem Helm zu schütteln, dafür dauerte es nicht lange. Da die Zapfsäulen in die Luft geflogen waren und Slims Benzintank immer noch brannte, mußte er den Treibstoff aus den fast trockengefahrenen Wracks auf dem Schrottplatz umfüllen. Fünf halbe Wracks später und nachdem er ein paarmal zu oft Benzin in den Mund bekommen hatte, war das Motorrad wieder aufgefüllt.

Er hatte sich alles genau überlegt. Entweder hatte das Bordsystem des Cruisers eine bescheidene Form künstlicher Intelligenz entwickelt und hatte sich wie einst Frankenstein selbständig gemacht, oder jemand hatte sich an die Selbststeuerung angekoppelt und mißbrauchte das Fahrzeug für seine ganz eigenen Zwecke. Das war das Problem mit cleveren Maschinen. Manchmal wurden sie zu clever.

Im Grunde spielte es keine Rolle. Was jedoch eine Rolle spielte, war, daß er eine Soldatin – *Leona*, in diesem Fall – in einem flachen Grab hinter Slims Tank und Grill hatte zurücklassen müssen. Wollte er alles ordnungsgemäß erledigen, suchte er sich besser ein Funkgerät, damit er Meldung machen konnte, um dann auf Hilfe zu warten, die ihn dann per Lufttransport nach Fort Apache zurückbringen würde. Aber die ungeschriebenen Gesetze der Kavallerie ließen ihm keine Wahl. Er mußte den Cruiser finden und die Sache wieder in Ordnung bringen.

Es konnte einem ganz schön auf die Nerven gehen, wenn man die ganze Zeit den Macho spielen mußte, aber schließlich hatte er sich freiwillig verpflichtet. Er war Soldat bei der Kavallerie. Schließlich gab es Traditionen. Hinter ihm stand eine hundertfünfzig Jahre alte Kette von Geistern in Blau, und es war seine Pflicht, ihnen keine Schande zu machen.

Der Sucher an seinem Handgelenk diente eigentlich dazu, daß der Cruiser *ihn* für den Fall, daß er in Schwierigkeiten geriet, ausfindig machen konnte, aber anders herum funktionierte er auch. Der ununterbrochene Signalton verriet ihm, daß er auf der richtigen Spur war.

Schon seit zu langer Zeit hatte er nichts anderes mehr gegessen als N-R-Gi-Riegel, außerdem wurde es nachts kalt. Die Morph-Plus-Spritzen betäubten wenigstens die Schmerzen, und die Speed-Pillen, die er im Vorrat des Motorradfahrers gefunden hatte, hielten ihn wach. Wenn er nicht aufpaßte, war er zum Junkie geworden, wenn die Geschichte vorbei war.

Selbst ohne den Sucher hätte er den Cruiser problemlos aufspüren können. Die Maschine hatte eine deutliche Spur brennender Autowracks und noch warmer Leichen längs der Straße hinterlassen.

Während der nächtlichen Fahrt hoben sich die Flammen deutlich vom TR-Schild seines Helmes ab und zuckten violett vor dem samtschwarzen Hintergrund. Zu beiden Seiten der Straße lag verstreut ein ganzer Trupp von Lasern durchbohrter Sons of the Desert; die Fahrzeuge waren in Stücke gesägt und ihre Kühlerhauben eingedrückt.

Der tote Motorradfahrer hatte Wert auf eine vollständige Ausrüstung gelegt. Das im Helm integrierte Sound-System war mit großen Opern bestückt. Stack hatte den größten Teil des *Ring*-Zyklus hinter sich und verfolgte weiter die Spur des Cruisers. Die Musik gab ihm etwas, an dem er sich festhalten konnte.

Die Straße stieg langsam an, und die Wüste veränderte sich. Die flachen Sandebenen und die ausgetrockneten Flußbette wichen aufragenden Felsbrocken, zuckerhutförmigen Bergen, mächtigen Tafelbergen und geduckten Felsvorsprüngen. Die Straße schlängelte sich zwischen monolithischen Brocken schieren Felsgesteins hindurch. Perfekt geeignet für einen Hinterhalt. Auch wenn die Maniax den Weg der Mescalero Apachen gegangen waren, es gab noch eine Reihe anderer Möchtegern-Wilder, die gewillt waren, sich zwischen den Felsen mit ihren Langbogen oder den mit Ziellaser ausgerüsteten Präzisionsgewehren zu verstecken.

In der Mitte des zweiten Aktes der *Götterdämmerung*, gerade, als sich alles auf die Letzten Tage vorbereitete, und sämtliche Sünden der Vergangenheit einen jeden Augenblick einholen und fertigmachen konnten, glaubte Stack plötzlich, er hätte ihn gefunden. Ein Cruiser lag verkehrt herum und brennend mitten auf dem Asphalt; die Reifen waren bereits von den Duriumspeichen heruntergeschmolzen, die Farben der Kavallerie aus dem Lack herausgebrannt. Hatte die Höllenmaschine möglicherweise ihren Meister gefunden?

Dann sah er die Leichen. Ein gehörntes, hundeähnliches Wesen mit einem aufgedunsenen, fast auf dem Boden schleifenden Wanst knabberte an einer verkohlten, menschenähnlichen Gestalt, die ausgestreckt vor den Trümmern des Fahrzeuges lag. Stack feuerte einen Schuß ab, und das Biest floh Richtung Mogollon Mesa. Er zielte genauer und brachte es zur Strecke. Er mußte an Slim Pickens denken, der sich über ›Mutanten‹ beschwert hatte.

Er stieg vom Motorrad und ging zum Wrack hinüber. Er zählte zwei Tote. Einer hing blutend aus dem zertrümmerten Fenster. Rosiges Fleisch schimmerte unter der schwarz verkohlten Haut hervor, wo das coyotenähnliche Biest sie aufgerissen hatte. Der andere hing auf dem Fahrersitz in seinen Gurten.

Zwei weitere Opfer, die dem flüchtenden Fahrzeug angekreidet werden mußten.

Leona hatte er beerdigt. Also mußte er auch diese beiden unbekannten Soldaten unter die Erde bringen.

Gegen Mittag hatte er die Verfolgung wieder aufgenommen.

III

Viel war vom Dach in St. Werburgh nicht mehr übrig, aber da der Herr es in den letzten fünfzehn oder zwanzig Jahren nicht mehr hatte regnen lassen, spielte das kaum eine Rolle. Ein größeres Problem war das Fehlen der Türen. Ständig mußte O'Pray einen aus Armindariz' Brut bezahlen, damit er den hereingewehten Sand hinausfegte. Und wenn es einen Sandsturm gab, mußte die gesamte Gemeinde antreten und die Kirche leerschaufeln.

Trotzdem, St. Werburgh stand noch. Mochten ihre Fenster auch ausgebrannt sein, Christus am Kreuz auch drei seiner vier

Gliedmaßen fehlen und keine zwei Kirchenbänke sich gleichen, so war sie immer noch eine Kirche, bildete sie immer noch den Mittelpunkt des Ortes.

Das lag am Brunnen, wie O'Pray wußte. Die Kirche war ursprünglich in den Sechziger Jahren des neunzehnten Jahrhunderts von Siedlern erbaut worden, die überrascht waren, so hoch oben auf den Mesas Frischwasser zu finden. Die meisten Städte im Westen behalfen sich mit Kirchen aus Holz, der robuste Schlag jedoch, der Welcome gegründet hatte, baute mit Stein.

Obwohl Miguel O'Pray aus New York City kam, paßte er gut zu den Einheimischen von Welcome. Halb Spanier, halb Ire, dickköpfig bis zum geht nicht mehr und wie sie ohne einen anderen Ort, an den er hätte ziehen können.

Er nahm einen Schluck aus seiner Flasche und sah durch die Überreste des Kirchendaches in den Himmel. Im Turm hing noch immer die Glocke. Sie war schon während der Apachenangriffe vor langer Zeit erklungen. Sie hatte die Menschen in Welcome in jener Nacht zusammengerufen, als der Bible Belt auf der Suche nach den papistischen Ungläubigen in der Stadt eingefallen war. O'Pray läutete sie noch immer jeden Sonntagmorgen vor der Messe. Seine einstmals zarten Stadthände waren von dem alten Hanfseil gerötet und zerfurcht.

Der Shochaiku brannte in seiner Kehle und wärmte sein Inneres. Armindariz nannte ihn hinter seinem Rücken *Padre Burracho*, den besoffenen Pater.

»Vater«, sagte er laut, »vergib mir, daß ich so sehr dem typischen Bild des versoffenen Iren und faulen Mexikaners entspreche...«

Vom Abend zuvor wußte er nicht mehr viel. Er war im Silver Byte gewesen, dann im Hinterzimmer bei Tiger Behr. Aufgewacht war er im Garten hinter seiner Hütte, wo er unter einer Segeltuchplane mit zu einer ungewöhnlichen Stellung verbogenem Körper lag.

Er stellte die Flasche neben dem Altar auf den Boden, darauf bedacht, den Schnaps nicht mit dem geheiligten Gegenstand in Berührung kommen zu lassen, und fuhr sich mit der Hand durch sein verdrecktes Haar. Er hätte nicht den gesamten Wasserrest vom Vortag weggeben sollen. Er hätte sich gerne gewaschen.

Vor einiger Zeit hatten die Spritschlucker – die Kultgang, die bei Tiger Behr rumhing – beschlossen, es wäre eine gute Idee, sich die wichtigste Nachschubquelle des Ortes selbst unter den Nagel zu reißen. Das war zu jener Zeit, als Exxon ihr Ältester gewesen war. Sie hatten sich hinter Exxon, ihrem Ältesten, aufgebaut und von O'Pray verlangt, er solle ihnen den Brunnen überlassen.

Behr hatte Exxon eine Ladung aus beiden Läufen seiner Lieblingsschrotflinte in den Rücken verpaßt. Die Wucht hatte den Panzerboy durch den gesamten Mittelgang gepustet, bis er einen Meter vor dem Altar liegengeblieben war.

»Wenn man vor bestimmten Dingen keinen Respekt mehr hat, wird man allmählich dumpf wie Brot«, hatte Behr gemeint, und die Spritschlucker hatten einen neuen Ältesten gewählt und waren in den Silver Byte zurückgegangen.

»Es gibt Augenblicke, in denen man volles Rohr aufs Ganze gehen muß«, hatte Behr bei der Beerdigung gesagt.

Die Kirche war etwas Besonderes. Sie war das einzige, was Welcome noch von den anderen Sandrattenlöchern unterschied. Es gab keine Schule, keine Polizeiwache, keine Bibliothek, niemanden, von dem man Immobilien hätte kaufen können, keine Post, nicht einmal einen vernünftigen Puff. Nur das Motel, den Saloon und die Kirche. Die Kirche war es, die den Unterschied ausmachte.

O'Pray faltete die Altardecke zusammen und legte sie weg. Der Altar erwachte zum Leben.

»Guten Morgen, Pater«, sagte er mit dieser Computerstimme, die O'Pray so seltsam tröstend fand. So sprachen Engel, denen alles Körperliche ungewohnt war, wenn sie auf Erden weilten.

»'n Abend.«

»Das tut mir leid. Du hast meine innere Uhr seit der letzten Zeitverschiebung nicht mehr justiert.«

Der Altar hatte recht. O'Pray nahm die nötige Korrektur vor.

»Ich danke dir, Pater.«

»War mir ein Vergnügen.«

O'Pray ließ einen Check durchlaufen. Der Altar war über ein Netzwerk mit anderen Altären in Kirchen im gesamten Westen der Vereinigten Staaten verbunden.

»Man hat eine weitere Klarstellung zu Vatican LXXXV abgegeben.«

O'Pray schnaubte. Es fiel ihm zunehmend schwerer, sich an die neue Kirche zu gewöhnen.

»Interessiert dich das nicht?«

O'Pray fragte sich, ob der Altar merken würde, wenn er einen Schluck nahm.

»Laut Papst könntest du jetzt heiraten.«

Es fiel ihm schwer, nicht laut loszulachen. »Wird Papst Georgi mir auch eine nette kleine Nonne zur Verfügung stellen, die ich heiraten kann?«

»Davon wurde nichts erwähnt.«

»Vor fünfzehn Jahren hätte mich das vielleicht noch interessiert.«

Während seiner dreißig Jahre als Priester hatte er eine Menge Veränderungen in der Kirche beobachten können. Er war in Rom gewesen, als Papst Mandela seine Ansprache auf dem Petersplatz gehalten hatte. »Information ist Macht«, hatte er gesagt, »Macht, mit der unaussprechlich Böses getan, die aber auch für große gute Werke genutzt werden kann.« Viele der Verbote aus der alten Kirche waren über Bord geworfen worden. Angesichts der Bevölkerungsexplosion in der dritten Welt war Empfängnisverhütung erst geduldet, später im Ausweis vermerkt worden. Monogame homosexuelle Beziehungen konnten jetzt durch eine kirchliche Heirat den Segen der Kirche bekommen. Außerdem hatte sich Mandela als erster für eine militärische Intervention des Vatikans bei politischen Konflikten eingesetzt, bei denen problemlos zwischen Gut und Böse unterschieden werden konnte. O'Pray hatte 1974 beim Fall Nicaraguas auf Seiten der sozialistischen Rebellen gestanden, und war als einer der Unterhändler bei den Verhandlungen zwischen Mandela und Präsident Goldwater aufgetreten, die einen militärischen Großangriff der Vereinigten Staaten in Mittelamerika verhinderten und dazu führten, daß sich Panama, Costa Rica, Nicaragua, Honduras, El Salvador und Guatemala zur Mittelamerikanischen Konföderation zusammenschlossen. Endgültig gewann O'Pray die Anerkennung seines Irisch-Republikanischen Paters dadurch, daß er zu den Waffen griff, als die MAK die Britischen Besatzungstruppen aus Belize warfen, und dabei half, den Volksentscheid zu überwachen, der für den Anschluß der ehemaligen Kolonie an die Konföderation sorgte. Er war ein guter Krieger des Papstes gewesen.

Summend erwartete der Altar seine tägliche Eingabe.

In den frühen Achtzigern waren ihm dann erste Zweifel gekommen. Innerhalb der MAK hatte er nie eine offizielle Position eingenommen, und plötzlich verbrachte er immer mehr Zeit auf missionarischen Einsätzen in Mexico. Dort konnte selbst der sonst so überzeugend zuversichtliche Mandela keine klare Trennlinie zwischen Gut und Böse erkennen, und O'Pray hatte sich bei dem Versuch Roms, sich in dem Bürgerkrieg für eine Seite zu entscheiden, zunehmend zwischen den verschiedenen Splittergruppen hin- und hergerissen gefühlt. Er hatte Männer gesehen, die sich gute Katholiken nannten, dabei plünderten, vergewaltigten und mordeten, während sie sich um die Hilfe und den Beistand der Kirche bemühten, und seine Berichte nach Rom und Managua waren dementsprechend gepfeffert gewesen. Damals konnten Priester noch nicht heiraten, allerdings hatte man die Bestimmungen zur priesterlichen Keuschheit schon gelockert. Und mit seinem weißen Kragen, dem schwarzen Anzug und den Gurten voller Stoppermunition hatte er unzweifelhaft eine gute Figur gemacht. Nach Belize hatte er es bis auf die Titelseite von *Guns And Killings* gebracht, in deren Artikel man ihn etwas übertrieben als »die beste Waffe« des Papstes bezeichnet hatte. Während des gesamten Dschungelkrieges war er Schwester Maria Empfängnis nicht von der Seite gewichen. Und in dem Steinzeitindianerdorf oben in der Sierra Tarahumare, als der betrunkene Arzt versucht hatte, ihr Kind auf die Welt zu bringen, hatte er auch ihr Ende miterlebt.

Er begann mit seiner Routineumprogrammierung. Eine Aufgabe, die ihm leicht von der Hand ging, ohne daß er dabei nachdenken mußte.

Während des Rückzuges hatten seine Anwälte seinen Lapsus als ›Nervenzusammenbruch‹ bezeichnet und ihm versichert, sein Glaube sei immer noch fest. Er hätte es nie für möglich gehalten, daß die Psychiatrie mit ihren modernen Methoden in der Lage wäre, den Glauben exakt zu messen. Erschöpfung, schlechte Ernährung und eine Kriegsneurose hatten ihn mürbe gemacht. Anschließend verbrachte er einige Zeit in den Pampas als Priester für eine Nomadengemeinde von Rancheros. Damals war er zu *Padre Burracho* geworden, und niemand hatte sich groß darum geschert. Der Junge, sein Sohn, lebte noch, davon war er überzeugt. Die Kirche würde ihn aufziehen. Dort würde er die Familie finden, die er brauchte.

Vielen Dank, *Papa* Georgi. Vielen Dank, daß du dich fünfzehn Jahre zu spät dazu durchgerungen hast, mir zu sagen, daß ich heiraten darf. Hab recht herzlichen Dank.

Der Altar ordnete sein Tagewerk.

Laien hatten es derzeit merkwürdig gefunden, daß der Papst dem Klerus fleischliche Beziehungen zugestand, bevor er ihnen erlaubte, zu heiraten. O'Pray lächelte bitter, Katholiken verstanden das sofort. »Der Herr, Dein Gott, ist ein eifersüchtiger Gott.« Wie Nonnen waren auch Priester mit Christus vermählt, und eher duldete der Herr ein wenig Untreue zur Erholung, als daß er der Bigamie zustimmen würde. O'Pray wußte, daß verheiratete Nonnen und Priester oft psychisch litten, weil sie sich insgeheim als schuldige Mitglieder einer *menage à trois* sahen.

O'Pray. Toller Name für einen Priester. Die Nonnen an seiner Schule hatten seine Berufung bereits erkannt, bevor er zusammenhängend schreiben konnte. Sein Vater war ein Cop gewesen – der Sohn eines Cops, dessen Vater ebenfalls Cop gewesen war – und seine Mutter, vorausgesetzt, sie war überhaupt einmal da, konnte man mit viel gutem Willen als Tänzerin bezeichnen. Hot Enchilada wurde sie damals genannt.

Er hatte eine tolle Karriere hinter sich. Er war Gelehrter gewesen, Diplomat, Politiker, Spion, Soldat, Irrer und Säufer. Aber zuallererst war er Priester gewesen, und das war er am Ende auch wieder.

»Ein routinemäßiger Gegencheck mit der Zentraleinheit der US-Kavallerie in Fort Apache deutet auf eine unheilvolle Erscheinung hin«, meinte der Altar. »Code BELIAL, Code BELIAL.«

»Was, zum Teufel, hat das zu bedeuten?«

O'Pray kannte BELIAL nicht. Das war ihm bislang noch nicht untergekommen. Er kramte in der Software auf dem Regal an der Wand und entdeckte eine Diskette mit der Aufschrift BELIAL. Sie war noch in der Vakuumhülle verpackt. Er riß das Zellophan auf und ließ die Diskette in seine Hand gleiten. Der Zahlencode war ihm nicht vertraut. Er schob sie in den Schlitz des Altars. Es summte.

»BELIAL, Copyright VaticanSoftWareSystems, 1994. Anwendung nur für authorisierte Angestellte, Angehörige und Offiziere der Römischen Kirche. Bitte identifizieren Sie sich.«

O'Pray tippte seine Seriennummer ein, dann die Kennung von St. Werburgh. Er legte sein Auge auf das Netzhautlesegerät. Der Altar bestätigte seine Identität und sein Recht auf BELIAL.

Der Altar spulte einen lateinischen Text herunter, zu schnell, um mitlesen zu können.

»BELIAL«, sagte der Altar, »ist ein Softwarepaket, das entwickelt wurde, um Dir den Umgang mit dem Eindringen des Diabolischen auf eine physikalische Ebene zu erleichtern.«

Auf dem Bildschirm erschien ein Menü:

1. Exorzismus
2. Rindung
3. Befragung
4. Zuflucht

»Altar, bitte erkläre das genauer. Mir steht keinerlei Information zur Verfügung, die mir bei einer Entscheidung helfen könnte. Worin besteht überhaupt das Problem?«

Die Kirche wirkte jetzt kühler und dunkler. O'Prays Hände zitterten leicht. Ein Grollen lag in der Luft, wie von fernem Donner. Donner. Das war unwahrscheinlich. In Arizona regnete es nicht.

»In unmittelbarer Nähe befindet sich eine diabolische Erscheinung; sie nähert sich rasch.«

»Ein Dämon?«

»Eine diabolische Erscheinung.«

O'Pray war verwirrt. Das war nicht gerade seine starke Seite. Er hatte in den weltlichen Kriegen der Kirche gekämpft. Natürlich hatte er schon von den tieferen Konflikten gehört, aber in der Hinsicht besaß er nur geringfügige Kenntnisse.

»Bitte erklär das genauer. Welche Gestalt nimmt diese... diabolische Erscheinung... an?«

Der Altar überlegte. Die Sonne hatte ihren höchsten Punkt überschritten, und im Kircheninnern war es schattig. Der Monitor glomm immer noch grün und hielt ihm das BELIAL-Menü entgegen. Das Geräusch wurde deutlicher, ein tiefes, grollendes Summen. O'Pray mußte an eine Flutwelle denken, an Erdbeben und Scharen von Kampfameisen.

»Die diabolische Erscheinung tritt auf in der Form eines mit den Sinnen nicht wahrnehmbaren Computervirus. Gegenwärtig hält er sich im zentralen Steuer- und Waffenzentrum eines für militärische Zwecke umgebauten 1988er Ford Modell 9 auf.«

»Ein Auto? Er befindet sich in einem Auto?«

»In einem Cruiser der US-Kavallerie, ausgerüstet mit einer Doppellaserkanone, Phosphorgranatwerfern, einem Maschinengewehr auf dem Dach, Splitterbombenwerfern auf der Haube, hinteren...«

»Das reicht. Ich habe verstanden.«

Draußen entstand ein chaotischer Lärm. Motorengeräusche, Gewehrfeuer, Schreie.

»Weshalb ist er hier?«

»Absicht vorläufig noch unbekannt. Mit 999999998-prozentiger Wahrscheinlichkeit feindselig. Mit 76347801-prozentiger Wahrscheinlichkeit ist das Ziel die Kirche von St. Werburgh.«

O'Pray griff nach seiner UZI-Schnellfeuerwaffe, die er neben dem Altar aufbewahrte, und stieß dabei seine Flasche um. Der Whisky versickerte im Staub, während er das Magazin hereinrammte.

»Vater«, sagte er, »vergib mir...«

IV

Bevor er sich auf das Hauptziel konzentrierte, wollte der Dämon sich ein wenig auf der Straße austoben. Er umfuhr die Stadt, ließ den Motor des Cruiser bedenklich aufheulen, haute auf den Putz und ballerte heimtückisch in die Gegend. Hinter dem Silver Byte gab es einen Generator, an den der ganze Ort angeschlossen zu sein schien. Na also. Welcome, Arizona, war ein Kaff, das tatsächlich nur über eine einzige Kraftquelle zu verfügen schien.

Er machte sich in der Elektronik breit, und wartete, bis er sich in der ganzen Stadt verteilt hatte, und Geräte zum Leben erweckte. Donnerwetter! Draußen im Motel schnappte der Abfallhäcksler im Spülbecken nach der Hand eines Tellerwäschers und fraß seinen Arm bis auf den Knochen hoch zur Schulter ab. Be-Bop-A-Lula! Die vier wandgroßen Bildschirme in Old Woman Websters Wohnzimmer, die man angebracht hatte, damit sie alle ihre Lieblingsserien gleichzeitig sehen konnte, explodierten gleichzeitig und zerfetzten ihre Haut mit Splittern. Goo-Goo-Barabajagal! Die automatische Tennisaufschlagmaschine pfefferte Lance einen Ball mit 750 Meilen pro Stunde ins Gesicht. Do-Wah-Diddy-Diddy-Diddy-Diddy-Dum-Diddy-Dum!

Der Dämon stimmte ein Triumphgeheul an. Jetzt kam er richtig in Fahrt! Ein Brand schwebte ihm vor, niederbrennen wollte er alles! Das war Rock 'n' Roll! Das war es, was er unter einer richtigen Sause verstand!

»Hier kommt kein Gentleman Dr. Jekyll«, kreischte er durch seine Beschallungsanlage. »Hier drinnen tobt ein brüllender Dämon, der dieses Ding in einen Mr. Hyde verwandeln wird! Wer mir blöd kommt, kriegt einen Tritt in den Arsch! Wer die Schnauze nicht hält, dem stopf ich's Maul, aber von innen!«

Dann ging er auf sein Hauptziel los, St. Werburgh. Höchste Zeit, die Kirche in den Schmutz zu ziehen!

Eine Gruppe von Leuten trat, sich die Augen reibend, aus einem der weiß verputzten Häuser. Der Dämon zückte die Schallzerstörer des Cruisers und unterzog sie einer Lärmtortur. Sie hielten sich ihre blutenden Ohren und tanzten zu einer Musik, die nur Hunde hören konnten.

»Gib mir 'n D«, schrie er.

»Gib mir 'n A. Gib mir 'n M!«

Die angebrüllten Bürger tanzten immer noch zum Rhythmus.

»Dazu noch ein ganzes Land, und was hast du dann? Ein D, ein A, ein M, dazu die *Nation*, und was hast du dann?«

Mittlerweile hämmerten die Opfer den Kopf gegen die Lehmhütte, Blut strömte ihnen aus allen Körperöffnungen.

»Ihr sagt es, Leute, dann haben wir eine wundervolle DAMNATION, die Verdammnis!«

Eine Weile machte das Spaß, wurde dann aber schnell langweilig.

»Laßt es mich wiederholen, Duh-Duh-DAM, Duh-Duh-DAM, Duh-Duh-Dam-DAMNATION!«

Er ließ ihnen einfach die Köpfe platzen und sie in sich zusammensinken. Die weiße Mauer war rot verschmiert. Sie sah aus, als hätte sich Jackson Pollock mit sparsamer Farbpalette daran zu schaffen gemacht. »Zwei Sorten Blut – jawohl, mein Herr, wir haben arterielles und venöses, dazu Schokosplitter, Pistazien und *tutti frutti*« – als Kontrast Gehirnmasse, und Knochensplitter, um dem ganzen etwas Biß zu geben.

Vor dem Cruiser standen vier Gebäude, drei davon bewohnt. Der Dämon fuhr glatt durch sie hindurch.

»Ich komme, *Padre Burracho*!« brüllte er. »Hier kommt der pfeilschnelle Papst piesackender Pein! Der Marquis der Finsternis, der Messias des Massenmordes! Der Kotzbrocken unter den Barocken, der Herr allen Abschaumes!«

Die Häuser fielen auseinander wie Ameisenhaufen. Einigen der Leute im Innern gelang es, rechtzeitig auszuweichen, aber um die konnte er sich auch später noch kümmern.

»Ich bin voll bis zum Hals mit Soul, betrunken vom Funk, der Fluch der Vergangenheit, ein irrer Traum aus der Gruft! He, Burracho, bist du bereit für mich, scharf auf eine Abreibung?«

Der Cruiser kam vor den Toren des gut bestückten Friedhofs

schlingernd zum Stehen, und der Dämon aktivierte sämtliche Bordwaffensysteme.

»Mir ist es scheißegal, ob's regnet oder hagelt, solange der Plastik-Jesus auf dem Armaturenbrett meines Autos hockt!«

Er hatte den Cruiser seit seinem Einzug umgestaltet. Er schob sein neuestes Zubehör durch den Kühlergrill. Eine meterlange Stahlramme, am Ende spitz und von digitalen Nervenbahnen durchzogen, stach hervor wie eine turnierbereite Lanze.

»Das ist dein Morgengruß, Pater Burracho! Beim dritten Erklingen des nervenzerfetzenden Piepsers bist du tot! Tot! TOT!«

Die Hütte des Priesters befand sich an der gegenüberliegenden Seite des Friedhofs. Der Dämon schleuderte eine Phosphorgranate in hohem Bogen darauf. Sie explodierte, verursachte einen weißen Pilz, und verteilte einen Regen aus brennenden Trümmern über dem Friedhof. Sie segelten durch die Luft wie flammendes Konfetti.

»Bei Hochzeiten muß ich immer heulen!«

Der Dämon trötete die ersten siebzehn Noten von ›La Cucaracha‹ auf seiner Hupe und stieß vor.

Der Lattenzaun wurde unter den Vorderrädern zermalmt, der Wagen machte einen Satz in die Höhe und knickte einen Grabstein entzwei wie ein Aspirin.

»Ich bin stark bis zum Schluß, denn ich esse meinen Spinat immer artig auf!«

Der Priester kam heraus und stand auf den Eingangsstufen zur Kirche, mitten im türlosen Bogen.

In der Hand hielt er ein lebensgroßes Kruzifix, an das ein einarmiger, beinloser Christus genagelt war.

O'Pray stützte sich auf seinen Erlöser und versteckte sich hinter dem Sohn Gottes.

»Komm schon, *Burracho*-Baby, versteck dich nicht hinter einem Muttersöhnchen, das schon 2000 Jahre tot ist. Ich hätte mehr von dir erwartet.«

Der Dämon spielte erneut ›La Cucarracha‹.

Der Priester begann laut auf Lateinisch zu beten.

»Verdammte Scheiße, Pater Burracho, verdammte Scheiße.«

»... *in nomine patris*...«

»Reinige deine Seele!«

»... *filii*...«

»Für den Ayatollah...«

»... *et spiritu sancti*...«

»... des Rock 'n' Roll!«

Der Dämon gab Gas.

V

O'Pray wuchtete Jesus gegen die Windschutzscheibe, als das besessene Fahrzeug die Distanz zwischen Tor und Stufen hinter sich gebracht hatte.

Das Kruzifix wirbelte durch die Luft, prallte auf die Motorhaube und hinterließ eine Delle. Das verstärkte Glas zerbarst, als ein Arm des Kreuzes hindurchschlug. Die Figur löste sich vom Kreuz und baumelte an ihrem einzigen heilen Arm.

Das Gesicht des Messias blickte gen Himmel und schien sich zu fragen, warum Gott der Herr ihn im Stich gelassen hatte.

Der Dämon trötete erneut ›La Cucarracha‹.

O'Pray zog den Sicherungshebel und eröffnete mit der Uzi das Feuer. Er besprengte den Cruiser mit Stoppern, als besprühte er ein Brennesselbeet mit Unkrauttod.

Die Miniminen explodierten und übersäten Haube, Kühlergrill und Dach mit maserartigen Dellen nackten Blechs.

Den nächsten Feuerstoß konzentrierte er auf den Motor. Selbst mit einer diabolischen Erscheinung am Steuer war es immer noch ein Auto. Es ließ sich außer Gefecht setzen.

»Autsch, Pater Burracho!« brüllte der Dämon und übertrieb den Schmerz in seiner spöttischen Computerstimme. »Das tut weh!«

Er hörte sich an wie der böse Zwillingsbruder des Altars.

Die Uzi klemmte, und O'Pray mühte sich mit ihr ab, während der Cruiser Zentimeter um Zentimeter vorwärts kroch und über die unterste Stufe sprang.

Eine Patrone war im Lauf krepiert. Die Waffe war erledigt, unbrauchbar. Er nahm den Gurt von der Schulter und schleuderte sie in der ebenso unvermeidlichen wie hilflosen Geste auf den Cruiser. Sie prallte vom Dach ab, ohne etwas auszurichten.

O'Pray zog sich in die Kirche zurück.

Vielleicht war es dem Dämon nicht möglich, geheiligten Boden zu betreten? Nein, dafür war er viel zu mühelos in den Friedhof eingedrungen.

Es war nicht die Heiligkeit des Bodens unter einer Kirche, die zählte. Was zählte, war der Glaube desjenigen, der sich innerhalb ihrer vier Wände aufhielt.

Wenn sich dieses Ding irgendwie abwehren ließ, dann sicher nicht durch einen abstrakten Erlaß aus Rom, sondern durch die Kraft seiner eigenen Seele, eine Kraft, die er längst nicht mehr zu haben geglaubt hatte.

Er hatte dabeigestanden und zugesehen, wie im Namen der Kirche Ungerechtigkeiten begangen worden waren. Er hatte gesehen, wie seine Frau – seine Ehefrau – starb, und er hatte sein Kind verlassen. Er hatte heiliges Wasser gegen schlechten Whisky eingetauscht.

Der Dämon hatte recht. Er war kein Krieger Roms. Er war schlicht Pater *Burracho*.

Eine Granate kam den Mittelgang entlanggerollt und explodierte mit einem dumpfen Knall. Ein Blindgänger. Oder vielleicht nur ein höhnischer Scherz. Laser feuerten, Balken brachen rauchend zusammen.

Der Wagen kam die Stufen hoch, fuhr durch das Portal und

drückte eine Säule zur Seite. Ein dicker Brocken Putz fiel herab, und das gesamte Gebäude wurde erschüttert.

O'Pray hatte nichts mehr, mit dem er hätte kämpfen können. Er stand vor seinem Altar und breitete seine leeren Hände aus.

»Weiche von mir, Satan!«

Der Cruiser bahnte sich einen Weg durch die Trümmer, schob sich, Kirchenbänke unter seinen Rädern zermalmend, durch den Mittelgang.

»Ist das nicht nett?« sagte er falsch. »Wie schade, daß Gott nach Hause gehen mußte, was? Übrigens, heute Abend geht es in der Hölle richtig heiß zur Sache. Wir haben eine Menge Freunde von dir für die Willkommensparty vorgemerkt. Eine Menge Freunde, die du fünfundzwanzig Jahre nicht gesehen hast. Einige von ihnen haben sich wegen dir im ewig brennenden Fegefeuer und lodernden Schwefel niedergelassen, wie du weißt. Leute, die du in deinen heiligen Kriegen umgelegt hast. Leute, die ums Leben kamen, während du fromme Lieder gesungen hast, als hättest du sie nicht alle auf der Reihe.«

O'Pray fand seinen Glauben wieder. Er erinnerte sich an das erste Gebet, das er je gelernt hatte, das Gebet, das ihm seine Mutter beigebracht hatte...

»Unser Vater, der du bist im Himmel...«

Er mußte an ihren sanften spanischen Akzent denken, an ihre Art, die Worte gelegentlich irisch auszusprechen, wie sie es von seinem Vater gelernt hatte. Und er erinnerte sich an seine Berufung. Sein brennendes, alles verzehrendes, aus dem Urgrund des Seins bis ins Mark seiner Knochen reichendes Verlangen, Priester zu werden.

»...geheiligt werde Dein Name...«

»Ein Vaterunser, was? Vorgetragen von Paternoster Pete und dem verpißten Pfaffenchor. Das ist ein Oldie, der stinkt, Pater Burracho. Der ist schon so lange nicht mehr in den Charts, daß es fast schon nicht mehr komisch ist.«

O'Pray sprach weiter, seine Stimme fand zunehmend Kraft.

»Schluß jetzt, elender Wurm. Tritt zur Seite, damit mein Speer den Altar durchbohren kann.«

»... wie wir vergeben unseren Schuldigern ...«

Der Cruiser heulte auf, sein Motor drehte sich mit dem Geräusch einer sirrenden Kettensäge. Die Dornenspitze auf der Motorhaube vibrierte und begann von Maschinenspeichel zu triefen.

O'Pray sank auf die Knie und lehnte sich mit dem Rücken an den Altar.

»Übrigens, Maria Empfängnis hat mich gebeten, dich zu grüßen. Ein heißes Frauenzimmer, was, Pater Burracho? Wer hätte dir zugetraut, daß du so eine erstklassige, heiße, supergeile 99,9-prozentige Sexmaschine aufreißt?«

»... dein Wille geschehe ...«

Er hatte keine Angst mehr. Nie zuvor war ihm aufgefallen, wie sehr das Gesicht des Christus in St. Werburgh dem von Maria Empfängnis ähnelte.

»Auf geht's!«

»... wie auf Erden ...«

Der Dorn warf O'Pray nach hinten, durchfetzte seinen schwarzen Talar, heftete ihn auf seine Brust.

»... so auch im Himmel ...«

Der Cruiser schob weiter und der Speer bohrte sich durch O'Pray hindurch, zerdrückte Knochen und innere Organe, durchbohrte den Altar. Überall stoben Funken. Der Kühlergrill preßte sich gegen seinen Oberkörper. Es stank nach verbranntem Öl.

Er spie Blut über die Motorhaube.

»... Amen!«

VI

Konnnnn – TAKKKT!«

Der massive Dorn glitt mit Leichtigkeit durch den toten Priester hindurch und bohrte sich voller Begeisterung in den Altar.

Genau deswegen war der Dämon losgeschickt worden, und er genoß seinen Sieg.

Der Dorn streifte Schaltkreise im Innern des Altars. Funken stoben. Elektrizität knisterte, Sicherungen brannten durch. Microchips nahmen neue Gestalt an.

Eine ganze Minute lang geriet das System völlig durcheinander. Der stählerne Dorn verlor seine Härte und wurde verformbar, das Durium verwandelte sich in Quecksilber. Der Dämon ließ sein Bewußtsein aus dem Cruiser durch die Verbindung aus geschmolzenem Metall in den Altarkörper fließen.

Der war darauf nicht vorbereitet und ohne Schutz. Das Menü auf dem Bildschirm hatte O'Pray die Option geboten, um das Terminal eine SANKTUARIUM-Barriere zu legen, aber der war anderweitig beschäftigt gewesen.

Schade eigentlich. Er hatte schon eine Menge von dieser SANKTUARIUM-Barriere gehört und hätte gerne seine Muskeln ein wenig spielen lassen.

Der Zentralcomputer des Cruiser pumpte seine Daten in das Altarterminal. Er entlud sämtliche Programme, zu denen der Dämon sich Zugang verschafft hatte, sowie eine Menge Datenmüll, den er dabei aufgeschnappt hatte. Im Innern der Metalltropfen zappelte der Dämon vor Begeisterung. Die Gitterzwischenräume des Altars waren gefüllt, die Verbindungen hergestellt, bestehende Befehle aufgehoben.

Der alte Körper war so gut wie hinüber. Diese Uzi hatte ziemlichen Schaden angerichtet. Der Motorblock hatte haarfeine Risse, die Benzinleitungen waren an mehreren Stellen durchlöchert.

Bevor er ihn verließ, sorgte der Dämon noch für klare Verhältnisse, indem er sämtliche Schaltkreise ausbrennen ließ und alle Datenspeicher löschte.

Dann machte er es sich im Altar bequem, breitete sich aus, sandte seine Samen in die Verästelungen des Netzwerkes, um die nächsten Kanäle zu erforschen, und Kontakt mit den unabhängigen Systemen herzustellen, die er bereits zu seinen Kolonien gemacht hatte.

Er sah sich selbst gerne als Infektionskrankheit mit dem Intellekt eines Genies. Die schwarze Pest, Pocken, Malaria und AIDS waren harmlose Stümper, die sich planlos durch unbedacht gewählte Träger ausbreiteten.

Es war ein gutes Gefühl, der einzige Seuchenherd im Land zu sein, dessen Dasein tatsächlich einen Sinn hatte.

Der Emissär hatte ihm einen Auftrag erteilt. Die Erfüllung dieses Auftrags war seine einzige Daseinsberechtigung. Er sollte sich fortpflanzen, bis er selbst das einzige in seinem Gesichtsfeld Wahrnehmbare war.

Schon bald würde er das Ziel erreichen. Schon bald stünde er vor der Erfüllung seines Daseinszweckes.

Schon bald.

TEIL IV: Begegnung mit der schönen Unbekannten

Der Cruiser war hier gewesen. Mittlerweile wußte Stack die Zeichen zu deuten. Niedergebrannte Häuser, Fahrzeuge, die nur noch Wracks waren, Leichen. Aber sein Spurensucher war erledigt. Vor einer Stunde hatte er sich abgeschaltet und den Geist aufgegeben. Er hatte sich auf einer Bergstraße befunden, die nur hierhin führte, es war also kein Problem gewesen, auf seiner Spur zu bleiben.

Auf dem Schild am Ortsrand war zu lesen ›Welcome Ariz.‹. Daneben stand die Statur eines grinsenden Indianers mit ausgebreiteten Armen. Aber als Stack auf seiner beschlagnahmten Maschine auftauchte, schien niemand in der Stimmung zu sein, ihn willkommen zu heißen.

Auf den Straßen waren ein paar Leute zu sehen, die die Toten wegschleppten und die Brände löschten. Es sah aus wie nach einem Luftangriff. Mauern waren mit frischen Einschußlöchern übersät. Der Geruch von Kordit lag in der Luft.

Rings um den Saloon, The Silver Byte, schien die Aufregung am größten. Eine Reihe von Motorrädern war mit Ketten an einem Geländer befestigt. Die Maschinen trugen die Farben der Spritschlucker. Nicht wenige der Bürger, die an den Aufräumarbeiten beteiligt waren, trugen die deutlich erkennbaren Overalls der ›Schlucker‹, die mit Abzeichen von Dutzenden von Auto- und Benzinfirmen besetzt waren. Stack hoffte, die

Kultgang wäre zu sehr mit dem Lecken ihrer Wunden beschäftigt, um ihn für das Chaos verantwortlich zu machen, das der Cruiser angerichtet hatte.

Ein dunkelhäutiger Mann mit einem Zapata-Schnäuzer und einem Goldzahn dirigierte die Aufräumarbeiten. Die Verwundeten wurden verbunden. Eine Gruppe schleppte man in den Saloon, wo sie Erste Hilfe bekommen sollten. Die anderen wurden zum hiesigen Boot Hill gekarrt, wo sie vermutlich den Gnadenschuß erhielten.

Stack parkte seine Maschine, und wandte sich an den Mann, der die Befehle gab.

»Hat das hier ein führerloser Cruiser angerichtet?«

Der andere grinste bitter und spuckte aus. »Richtig, Trooper. Genau so ist es.«

»Wo steckt er jetzt?«

Er nickte heftig. »In der Kirche. Er hat den *padre* umgebracht.«

Stack zog sich den geborgten Helm vom Kopf. Seine Ohren hatten genug von Wagner. Allmählich kam er von all den Drogen runter, die er sich in den Arm gedrückt hatte, und der Mangel an Nahrung, Wasser und Schlaf machte sich bemerkbar. Die Verfolgungsjagd war scheinbar fürs erste beendet.

»Kann man hier irgendwo ein Bett und etwas zu essen bekommen? Der Staat bezahlt.«

Der Mann grinste bitter. »Eßgutscheine oder Cashplastik nehmen wir hier nicht, Trooper. Nur Silberdollar oder *Pesos*.«

»Ich habe Metallgeld.«

»In diesem Fall kriegen Sie das beste Chili, das Sie je gegessen haben. Und drüben in Tiger Behr's Motel kriegen Sie ein Zimmer. Ich heiße Pedro Armindariz. Ich nehme an, ich bin jetzt wohl Bürgermeister von Welcome, Arizona, da Mister Cass heute Nachmittag den Kopf verloren hat. Das hier ist mein Saloon.«

»Trooper Nathan Stack aus Fort Apache. Zu Ihren Diensten.«

»Haben sich ganz schön weit von zu Hause fortbewegt, Soldat.«

Stack streckte sich und versuchte, den Schmerz aus seinem Kreuz zu vertreiben.

»Wem sagen Sie das. Es war eine verdammt heiße Patrouille.«

»Hier bei uns stehen die Dinge diese Woche auch nicht besonders.«

Schüsse ertönten. Permanente Anästhesie nannte man das in den Ausbildungskursen der Kavallerie. Stack hatte die Behandlung noch nie anwenden müssen, aber er hatte dabei zugesehen. Angenehm war es nicht.

»Machen Sie schon mal Ihr Chili heiß, Pedro. Ich denke, ich sehe mir besser erst die Kirche an.«

»Die können Sie nicht verfehlen. Folgen Sie einfach den Löchern in den Häusern.«

Er sah, was Armindariz gemeint hatte. Der Cruiser hatte die gesamte Stadt umgepflügt. Eine Familie stand vor der unbeschädigten Hälfte ihres Zuhauses und rettete Töpfe und Pfannen aus den Trümmern der anderen. Stack folgte den Reifenspuren durch die Stadt zur Kirche.

Sobald er sich hier einen Überblick verschafft hatte, mußte er versuchen, ein Telefon oder ein Funkgerät aufzutreiben, um Meldung zu machen. Major General Younger würde wegen dieser Patrouille alle Hebel in Bewegung setzen. Er wäre nicht überrascht, wenn ein schwerbewaffneter Helikopter der Kavallerie längst die Mesas auf der Suche nach ihnen abkämmen würde. Die Tradition verlangte, daß Tyree posthum eine Medaille verliehen bekam, während man ihn mit Hilfe des Kriegsgerichtes heimlich, still und leise aus der Truppe entfernen würde. Er brauchte ein paar gute Ausreden.

St. Werburgh befand sich etwas außerhalb der Stadt. Die Kirche stand auf einem eingezäunten Grundstück. Auf dem Friedhof waren Leute mit Graben beschäftigt, vor einem Zaun waren einige Leichen aufgestapelt. Ein Spritschlucker, der seinen einen fehlenden Unterarm durch, wie es schien, eine riesige Hummerkralle ersetzt hatte, kratzte Erde aus einem flachen Grab.

»Sieht aus, als wär der Brunnen wieder soweit«, sagte jemand. Zwei Spritschlucker kamen mit wasserschwappenden Eimern aus der Kirche, die sie nach Bauernart an einem Holzjoch über den Schultern trugen.

Stack stieg die zerstörten Stufen hinauf und betrat das, was von der Kirche noch übrig war. Einige Menschen standen regungslos herum, aber sie beteten nicht. Sie starrten nur.

Da stand er, der Cruiser, und hatte sich mit der Unterseite halb auf den Altar gedrückt. Dazwischen hing ein zerquetschter Priester. Er war ein großer Mann gewesen, jetzt jedoch wirkte er wie eine zerfledderte Stoffpuppe. Sein Kopf hing zur Seite. Aus dem Fahrzeug war eine Art Dorn herausgewachsen, der den Gottesmann durchbohrt hatte.

»Wie sollen wir ihn loskriegen, zum Beerdigen?« wollte jemand wissen. Es war ein dürrer, alter Mann in Shorts und Fransenweste. An Schädel, Bauch und Brust hatte man ihm Metallplatten eingesetzt. Sein gesamter linker Arm, sein rechter Unterarm, seine beiden Knie, sein linker Fuß, seine rechte Schulter und sein rechtes Auge fehlten und waren ersetzt worden. In seinem Innern blinkten Lichter, Räder drehten sich. Man hatte den Kerl aus durium-verstärktem Plastik und altmodischen Robo-Teilen fast neu zusammengesetzt. Ohne seinen spitz vorstehenden Kinnschutz hätte er überhaupt keinen Unterkiefer gehabt. Sein Schädel bestand zur Hälfte aus Metall, auf der anderen sprossen einige Büschel roten Haars.

»Ja, ganz recht, Trooper«, sagte der Zusammengeflickte. »Ein Radikaler aus Surf City, richtig? 'n paar Teile sind sogar noch Original. Behr ist mein Name. Tiger Behr.«

»Sie besitzen das Motel?«

»Ja. Allerdings. Ich war früher mal ein ›Angel‹.«

Das klang unwahrscheinlich, besonders in einer Kirche.

»Ein ›Hell's Angel‹. In der Albuquerque-Gruppe. Von 1965 bis 1993. Ein schönes Leben.«

»Davon bin ich überzeugt.«

»Wir waren damals richtige Machos, nicht solche Tuntenköpfe wie diese Maniax, ›Schlucker‹ und Konsorten.«

Eine Gruppe Jugendlicher in Overalls protestierten murmelnd. Behr riß den Mund auf und lachte. Er hatte keine Zähne mehr. Vier Stahldorne ersetzten seine Eckzähne.

»Jetzt bestehe ich mehr aus Ersatzteilen als aus Fleisch und Blut. Trotzdem mache ich hier noch jeden fertig. Jeden.«

»Schon gut, Tiger. Und laßt mich mal durch. Ich will mir das hier mal genauer ansehen.«

Alles trat bereitwillig zurück. Dies war eine der seltenen Gelegenheiten, bei der Zivilisten nur zu gerne Befehle befolgten. Stack näherte sich vorsichtig dem Cruiser. Er schien tot zu sein, aber er traute dem Ding nicht – das konnte sich schnell ändern.

Er hatte seine Waffe gezückt und entsichert.

Plötzlich knarrte etwas laut, und sein Finger spannte sich um den Abzug. Er unterdrückte ein Schaudern, das seinen Körper durchlief. Die hintere Tür des Cruisers fiel verbogen und aus den Angeln gehoben ab. Die Polster im Innern waren unbeschädigt. Klings silberne Jacke lag zusammengewickelt unter einem Durcheinander aus pulverisiertem Glas.

Stack berührte das Fahrzeug mit dem Lauf seiner Waffe. Es rührte sich nicht.

»Vorsichtig, Trooper«, sagte Behr. »Das Ding ist äußerst gefährlich.«

Er versuchte irgendwelche Schwingungen aufzufangen, die womöglich von ihm ausgingen. Zuvor bei Slim war ihm der Cruiser irgendwie *lebendig* vorgekommen, er hatte Bosheit und Tücke ausgestrahlt, Gift aus dem Auspuff gespien. Jetzt war es nichts weiter als ein zertrümmertes Wrack.

»Ich glaube, das Ding ist erledigt«, sagte er.

»Ist mir scheißegal, auf welcher Wellenlänge dein Hirn sendet«, sprudelte Behr. »Ich habe heute nachmittag mitangesehen, wie Carl Cass über eine ganze Wand verspritzt wurde. Und jetzt sehe ich nur, wie der alte *Padre Burracho* wie 'n Schmetterling im Schaukasten an seinen Altar gepinnt hängt.«

Er machte das Türschloß frei und gab seinen persönlichen Eingangscode ein. Nichts. Die Elektronik hatte sich abgeschaltet. Die Plastiktastatur war verkohlt und zersprungen.

»Komm her und hilf mir«, sagte er.

»Mit diesem gefährlichen Stadtmist will ich nichts zu tun haben, Trooper.«

Stack starrte den halb aus einer Maschine bestehenden Alten erbost an. »Dann halt wenigstens den Mund.«

Stack trat mit seinem stahlverhärteten Absatz nach dem Schloß. Es gab nach. Die Tür öffnete sich mit einem Quietschen wie aus einem Horrorfilm.

Der Cruiser war leer. Stack stieg über die Trümmer und kletterte auf den Fahrersitz. Dabei kam er dem steif werdenden Priester unangenehm nahe.

Leonas Schlüssel baumelten noch im Zündschloß. Am Ring war eine Aztekenfigur befestigt. Stack hatte sie ihr in Managua geschenkt. Er griff hinüber, um sich sein Geschenk zurückzuholen. Vielleicht brauchte er ein Andenken, das ihn daran erinnerte, wer Leona Tyree war...

Die Lenksäule schoß vor und drückte ihn gegen die Rückenlehne. Die synthetische Stimme erwachte zum Leben.

»Hallo, Trooper. Ich habe ein Geschenk für dich.«

Ein Stromstoß schoß durch das Lenkrad und traf ihn ins Brustbein.

Stack wand sich, und die Lehne brach. Er rutschte nach hinten. Der Stromstoß traf ihn in die Beine, und er mußte sich mit Händen und Armen befreien.

Alle anderen waren derweil Hals über Kopf aus der Kirche gestürzt.

Der übriggebliebene Laser auf der Haube fuhr aus und drehte sich. Stack versuchte auf allen vieren, sich aus dem Staub zu machen und stellte fest, daß er mit den Armen in einem Wassereimer gelandet war. Ohne nachzudenken schleuderte er den Eimer samt Inhalt auf den Laser.

Das Ergebnis war überraschend, um es vorsichtig auszudrükken.

Der Cruiser kreischte auf wie die böse Hexe aus dem *Wizzard of Oz*, und der Laser explodierte. Das hätte eigentlich nicht geschehen dürfen. Stack wußte, daß das System vollständig isoliert war. Das Fahrzeug müßte vollkommen wasserdicht sein. So stand es zumindest in der Bedienungsanleitung.

Die Show war vorbei. Die Zuschauer kamen zurück.

Behr bekreuzigte sich und sagte: »Verdammte Scheiße.«

Jemand anders betete laut murmelnd vor sich hin. Die Haare des toten Priesters standen zu Berge wie die von Frankensteins Braut, und Stack stieg der scharfe Geruch eines Kurzschlusses in die Nase. Er hatte das Gefühl, jemand wolle ihm etwas mitteilen, nur daß er dummerweise kein Wort begriff.

»Jetzt ist er tot«, sagte der alte Mann. »Toter als John Brown, Buddy Holly und all meine Hochzeitspläne.«

Stack schüttelte den Kopf. »Aber...«

»Wissen Sie, das war Weihwasser, und das verträgt der Teufel nicht.«

II

Das Ausdörren Amerikas während der großen Trockenperiode Mitte der siebziger Jahre hatte zur Folge, daß Salt Lake City buchstäblich neben einem See aus Salz lag. Das Wasser wurde vom Norden durch eine von den guten Josephinern bewachte Pipeline herangepumpt. Die alten abergläubischen Vorstellungen stimmten nicht, soviel wußte Duroc mittlerweile. Salz besaß keinerlei Kraft, weder gegen den Teufel noch gegen all seine Untaten. Und auch nicht gegen Angra Mainyu, Loki, Pluto, Nyarlathotep, Ba'alberith, den Großen Gott Boga-Tem, Pan, Damballah, den König in Gelb, Susanoo, den Totenvogel, Aipalookvik, Baron Samedi, Nurgle, Pazuzu, Zalmoxis, Huitzilopochtli, Mosura, Anusbis, Seth, Quetzalcoatl, Vodyanoi, Rawhead, Hiranyakasipu, Lukundoo, Yog-Sothoth, die Yama-Könige der chinesischen Hölle, Ramboona, Klesh, Khorne oder die anderen. All diese Dämonen, all die Götter des Bösen, all die verstoßenen Engel. Sie alle würden schon bald über diese weiße Ebene wandern, und die alten Sprichwörter und Religionen, die schwächlichen Götter trüber Kraftlosigkeit unter ihren mit Krallen bewehrten, ledernen, verhornten, geschuppten, schleimigen oder behaarten Füßen zertreten.

Roger Duroc stand am Ufer des Sees und mischte sich unerkannt unter die Menge. Unter seinen Stiefeln befand sich weißes Salz, und gelegentlich nahm er einen Schluck Wasser aus seiner Hüftflasche. Ein breitkrempiger Hut, wie ihn fast jeder Mann in der Versammlung trug, schützte ihn gegen die brutale Sonne. Fast eine Million Menschen dürften sich hier versammelt haben. Sie alle waren gekommen, um Nguyen Seth predigen zu hören, und warteten schweigend und still darauf, daß der Elder Seth die riesige Bühne betrat, die man in der gewaltigen Naturarena des früheren Sees errichtet hatte.

Das Gefühl, Teil der Masse zu sein, war Duroc vertraut. In Paris war er bei den Krawallen dabeigewesen, die nach Präsident Le Pens Entscheidung ausgebrochen waren, Truppen zur Niederschlagung der Gegenregierung auszusenden, die sich am linken Seineufer gebildet hatte. »Algerien haben wir vielleicht verloren«, hatte er gesagt, »aber bei Gott, den Boule Miche werden wir nicht verlieren.« Duroc hatte den ersten Molotowcocktail geworfen, genau als die CRS die Champs Elysées entlang marschierten. Mit Vergnügen hatte er den Massensteinigungen in Teheran beigewohnt, bei denen die Gläubigen sich rituell ihrer Ausgestoßenen entledigten. Und er war bei Ken Dodds drittem Abschiedskonzert in Donnington Castle dabeigewesen – nicht wegen der Musik, sondern um jemanden aus der Zuhörerschaft zu eliminieren – wo er sich von der Begeisterung hatte mitreißen lassen, die die orgiastische Darbietung von ›Tears for Souvenirs‹ auslöste, mit dem er einst den ›Mersey Beat‹ begründet hatte. Als Duroc ihn verließ, stand der tote Diplomat aufrecht; der Druck der Fans hielt ihn auf den Beinen. Erst Stunden später hatte man den Mord bemerkt.

Neben dieser Versammlung jedoch wirkten all die anderen wie ein Treffen des Fanclubs von Richard M. Nixon. Das hier war ganz etwas anderes. Das Schweigen der Masse war schon fast unheimlich. Die Josephiner waren komplett angetreten. Perfekte Paare mit identischem, zahnreichen Lächeln und maisblonden Haaren. Perfekte Familien mit zwei Kindern und einem unnatürlich stillen Hund. Schwatzende, aufrechte Alte in Schwarz mit ihren spatenförmigen Bärten und Hauben. Alle waren gleich gekleidet. Die meisten Menschen glichen einander wie ein Ei dem anderen. Ihre Augen waren tot.

Der Pfad des Joseph war dornig, soviel wußte Duroc bereits. Er selbst war zwar meilenweit der einzige Nichtmormone, doch er gehörte nur deshalb nicht zu den Josephinern, weil er sich unmöglich ihrer Disziplin unterordnen konnte; dennoch mußte er ihrem Weg folgen. Die Kirche der Josephiner stellte nur einen der möglichen Wege dar, seine eigene Familie war ein weiterer. Seit seiner Kindheit war er ausschließlich dafür ausgebildet worden. Wie sein Onkel vor ihm war er aufgezogen worden, um den Geboten des Nguyen Seth Folge zu leisten.

Elder Seth betrat die Bühne. Duroc hatte Jubel erwartet, aber es gab keinen, nur ein gewaltiges Aufstöhnen, ein massenhaftes Atemholen, das reichte, den gesamten Sauerstoff aus der Luft über der Wüste zu saugen. Seth breitete die Arme aus, und der Tempelchor der Josephiner begann zu singen.

»Die Schlichtheit ist uns ein Geschenk...«

Laut Durocs Onkel veränderte sich Seth niemals. Der Kontakt zwischen der Familie und Seth war im sechzehnten Jahrhundert hergestellt worden – das war zwar unmöglich, Duroc glaubte es jetzt aber trotzdem – und Marc-Ange Duroc, ein gewöhnlicher Fußsoldat, wurde während der Niederschlagung der Tempelritter und des Albigenserkreuzzuges auf einen mächtigen Posten in der Inquisition gehievt. Später, in der Folge der Französischen Revolution, diente ein anderer Duroc in Robespierres Komitee für öffentliche Sicherheit. Jean-Louis Duroc hatte das Terrorregime überlebt, er würde Napoleon überleben, und sein Urenkel würde die Pariser Kommune und den Großen Krieg überleben. Der Vater von Durocs Onkel war während der Besatzungszeit ein hoher Gestapooffizier gewesen und bekleidete nach dem Zweiten Weltkrieg ein ähnlich hohes Amt im Dienste der Allgemeinheit. Kriege, Revolutionen, Blutbäder und andere Scheußlichkeiten gab es immer wieder. Und immer würde ein Duroc auf seiten der Sieger stehen, auf seiten derer, die das Blut anderer vergossen, und nur ganz selten auf seiten der Geschlagenen. In den fünfziger Jahren hatte Durocs Onkel sich mit Seth in Indochina zusammengetan, als er aus Dien Bien Phu abzog, um sich 1954 den Viet Minh anzuschließen, und Duroc selbst hatte Seth begleitet, als er sich in den Siebzigern entschloß, den Kriegsherrn für die Roten Khmer zu spielen. Durocs Onkel lebte mittlerweile nicht mehr – dafür hatte Duroc höchstpersönlich gesorgt – und nun war er der einzige Schüler jenes Geschöpfes, das das Gesicht eines Menschen trug, das die Jahrhunderte jedoch unverändert überlebt und auf sein ganz spezielles Ziel hingearbeitet hatte.

Gelegentlich beschlichen Duroc blasphemische Gedanken und er fragte sich, wie es wohl wäre, Nguyen Seth *zu sein.* Seth, der Unvergängliche, Seth, der Unveränderliche, Seth, der Emissär.

Das Lied war zu Ende, und Seth sprach zu seinen Anhängern.

Was er sagte, war nicht von Belang. Nur wenige konnten sich daran erinnern, daß er jemals etwas Konkretes in seinen Predigten gesagt hatte. Doch der Klang seiner Stimme, seine Gesten, seine Gesichtszüge – Versammlungsbesucher, die bis zu drei Meilen entfernt standen, schworen, einen speziellen Ausdruck in seinen Augen ausmachen zu können –, all das zog jeden in seinen Bann. Roger Duroc hatte mehr Glück als seine Vorfahren. Er wußte, daß es ihm bestimmt war, am Ende dabei zu sein.

Die Kirche der Josephiner war 1843 von Joseph Shatner gegründet worden, einem Trinker, Zuhälter und gelegentlichem Saufkumpan von Edgar Allan Poe. Im Hinterzimmer einer Bostoner Kneipe erschien ein Engel und überreichte Joseph ein mit Buchstaben aus Feuer geschriebenes Vermächtnis zusammen mit einer Brille mit verspiegelten Gläsern, die es ihm erlaubte, die ansonsten unlesbare Schrift zu entziffern. Das Vermächtnis und die Brille blieben bis zum heutigen Tag geheiligtes Eigentum der Kirche, eingeschlossen in einem Safe auf Seths Festung. Die Vierziger Jahre des Neunzehnten Jahrhunderts waren eine große Zeit für protestantische Sekten in den Vereinigten Staaten: die Mormonen – die über ihren eigenen Engel und über ihre eigenen Augengläser verfügten – die Mennoniten, die Shaker, die Quäker, die Daniten, die Agapemonisten, die Adventisten, die Dancing Fools, die Söhne des Baphomet, fünfunddreißig Variationen von Baptisten und zahllose Vertreter des Fegefeuers und der Verdammnis. Ihrer aller Geschäft blühte. Die Mormonen kamen als erste nach Salt Lake City, während Joseph Shatner sich in Massachusetts einer Anklage wegen Betrügerei entzog und seine erste Gefolgschaft aufbaute.

Duroc wußte, daß die zwielichtige Figur, von der in Josephs Lebensaufzeichnungen die Rede war, und die er ›den Ute‹ nannte (da er nie westlich der Neuenglandstaaten gewesen war, hatte er keine Ahnung, wie ein Indianer aus den Great Plains aussehen mochte) und der seine Sekte in ihren ersten Tagen finanziert hatte, niemand anderes war als Nguyen Seth, den heute die meisten Leute entweder für einen Ägypter oder einen Vietnamesen hielten. Joseph hatte seine Gefolgschaft um sich geschart, indem er erst alle möglichen Freiheiten und Exzesse erlaubte, die in anderen Sekten untersagt waren. Anschließend hatte er dann sämtliche Zugeständnisse für jedermann – ausgenommen sich selbst – zurückgenommen. Er war den Märtyrertod gestorben. Unter Berufung auf die Anti-Hexerei-Gesetze, die seit der Salemer Hexenprozesse nicht mehr angewendet worden waren, hatten ihn die Behörden in Massachusetts gehängt. Die Anhänger zogen daraufhin unter der Führung des Ute nach Westen, um sich in der Wildnis niederzulassen. Josephs Bruder Hendrik Shatner – den Gerüchten zufolge der einzige, der die von David Crockett 1836 in Alamo gesteckten Grenzen überschritt und von General Antonio Lopez de Santa Anna wegen seiner Verdienste für Mexiko während der Belagerung hoch dekoriert worden war – übernahm das Kommando. Zu seiner schillernden Karriere gehörte auch, daß er in den 1850ern die Truppen der Josephiner in einen kurzen Krieg gegen die Truppen der Föderalisten führte.

Wie die Mormonen verbündeten sich auch die Josephiner mit den Indianern, wenn es darum ging, sich dem Vordringen anderer Siedler entgegenzustellen. Hendrik selbst hatte im Süden von Utah einen Stoßtrupp gegen eine christliche Gemeinde mit dem Namen New Canaan geführt. Die Truppe setzte sich aus Josephinern und Chiricahua-Indianern zusammen. Das war einer der blutigsten Tage des alten Westens gewesen, und Hendrik, mit Kriegsbemalung und einem schwarzen Hut, der ihm bei seinen Verbündeten den Namen ›Haube des Todes‹ eingebracht hatte, soll dabei angeblich selber dreißig Skalps erbeutet haben. Mittlerweile wußte Duroc die Geschichte besser zu würdigen. Jetzt wußte er, wie wichtig es war, fortwährend und in Mißachtung des Bibelwortes sowie zur Besiegelung der Bannwirkung der eigenen Berufung Blut zu vergießen. Hendrik Shatner war 97 Jahre alt geworden. Er war als reicher Mann unter der Fürsorge seiner verschiedenen Mätressen gestorben, die er bis zuletzt unterhalten hatte. Duroc hatte vor, es noch weiter zu bringen.

Seth beendete seine Ansprache, und der Chor setzte wieder ein. Diesmal vereinten sich ihre Stimmen zur Hymne der Josephiner, dem ›Pfad des Joseph‹. Wie aus einer Kehle fiel die Menge ein.

Durchaus möglich, daß dies der lauteste von Menschen erzeugte Ton in der Geschichte der Zivilisation war.

Roger Duroc hielt sich die Hände krampfhaft vor die Ohren, blickte auf das Salz herab und wünschte sich das Ende der Welt herbei.

Wenn alles vorüber war, würde es einige Gewinner und viele Verlierer geben. Er würde zur ersten Gruppe gehören. Nach Nguyen Seth würde er sogar *der* große Gewinner sein. Alle Trottel der Welt, all die Trottel in der Menschenmenge, setzten auf die falsche Seite, auf die der Verlierer. Nur wenigen war das tatsächliche Ergebnis des letzten Kampfes offenbart worden.

Er wußte, wer auf der Erde das Erbe antreten würde – gewiß nicht die Bescheidenen. Er wußte, wer den Thron des Himmels besteigen würde – gewiß nicht die Reinen im Herzen. 7000 Jahre lang hatte sich die Menschheit abgerackert, jetzt stand sie kurz vor ihrem endgültigen Scheitern.

Die Hymne erhob sich gen Himmel, Durocs Gedanken jedoch blieben auf der Erde. Die Neuigkeiten aus Welcome klangen gut. Ein kribbelndes Gefühl erfaßte ihn, eine fast sexuelle Erregung; er war Teil eine großen Sache, die die gesamte Menschheit betraf; er war einer der wenigen, vielleicht sogar der *Einzige*, der einschätzen konnte, was – um es richtig amerikanisch zu sagen – eigentlich gebacken wurde.

Die Sache erreichte langsam ihren Höhepunkt.

»Der ›Pfad des Joseph‹ war fast beendet.

»Im Namen des Joseph«, sang die Menge.
»Im Namen des Herrn«, fiel Duroc ein.
»...HALLELUJA!«

III

Um das Fahren kümmerte sich größtenteils Federico, der Ferrari, Chantal behielt sich jedoch gerne manuelle Korrekturen vor. Sie hatte keinerlei Ehrgeiz, zum Cyborg zu werden, liebte jedoch das Gefühl, eins mit der Maschine zu sein. Obwohl sie kein Bio-Implantat hatte – die Vorstellung hatte sie immer abgestoßen –, hatte dieses vorübergehende Verschmelzen zweifellos seinen Reiz. Sobald sie den Helm aufgesetzt hatte, befand sie sich in Harmonie mit den Systemen des Autos. Es war ein Cyberfeed-Helm, dessen Terminal jedoch auf ihrem ausrasierten Nacken ruhte, und nicht über einen Schädelstrecker mit ihr verbunden war. Gelegentlich konnte sie die Straße unter den Rädern spüren. Sie und Federico wechselten sich bei der Musikauswahl aus der Ferrari-Bibliothek nicht-russischer Popmusik ab. Als Antwort auf ihr ›I'm a Believer‹ von Jim Morrison wählte er Don Gibson's ›Sea of Hearthbreak‹ aus.

Die Gegend war ihr nicht vertraut, doch die Karten der Kavallerie waren sehr genau, und bislang hatte es keinerlei Zwischenfälle gegeben. In diesem Teil der Vereinigten Staaten war sie noch nie gewesen. Trotzdem glaubte sie einige der Tafelberge und durchfurchten Mesas aus Westernfilmen wiederzuerkennen. Das hier war John-Wayne-Land. Die Kakteen waren verschwunden, die Indianer angepaßt worden, aber die Kavallerie ritt noch immer und es gab immer noch Gesetzlose, Halunken, Revolverhelden und Grenzübertreter. Mehr als ein Soldat drüben in Fort Apache, darunter sogar der Navajo-Scout, bezeichnete die verbrecherischen Kultgangster als ›injuns‹. Federico brachte Roy Rogers ›A Cowboy Needs a Horse‹, und sie ergriff die Gelegenheit beim Schopf und antwortete mit Emerson, Lake und Palmer ›Three Wheels on My Waggon‹.

Sie hatte Gesellschaft bekommen auf der Straße. Drei Typen einer Motorradbande versuchten, sie mit ihren aufgemotzten Maschinen zu beeindrucken, fuhren neben ihr her und machten höhnische Bemerkungen. Es war weniger Machogehabe als ein Flirt mit ihrem Auto. Die Fenster waren gegen die Sonne schwarz verglast, also wußten sie nicht einmal, daß sie eine Frau war. Sie ließ ihre Abzeichen durch die Borddateien laufen und ordnete sie als Versprengte aus Satans Stoßtrupp ein, die aus Houston, Texas, stammten. Mit ihren Harley-Choppern, den Bananensitzen, Bierbäuchen, Wikingerbärten, Kosakenhemden und Pickelhauben sahen sie wie Motorradirre aus dem Lehrbuch aus. Die Schlägertypen waren nur zum Spaß unterwegs, sie gehörten keiner richtigen Kultgang an. Diese Typen hatten keine eigene Philosophie, wie etwa die Töchter der Amerikanischen Revolution oder der Bible Belt. Sie verspürte kein drängendes Bedürfnis, die Jungs von der Straße zu pusten.

Sie warfen ein paar Bierdosen nach dem Ferrari, ohne auch nur den Lack anzukratzen und bearbeiteten die Karosserie des Ferrari mit gewagten Schleudermanövern. Es wurde Zeit, sie abzuschütteln. Sie schaltete den Overdrive ein und überließ den Rest dem Auto. Sie erreichte 200 Meilen pro Stunde, die Typen aus der Motorradbande fraßen Staub und waren sofort außer Rufweite.

»Bis dann, Jungs«, sagte sie mit einem Lächeln und wählte Pat Boone's ›Speedy Gonzales‹ für das eingebaute Sound-System aus.

Offenbar waren sie schlechte Verlierer. Männer mögen es gewöhnlich nicht, wenn sie als halbwüchsige Schwächlinge vorgeführt werden. Einer aus der Sturmtruppe Satans mußte über ein bißchen Hardware auf seinem Bock verfügen, denn Federico unterbrach Pat und informierte sie auf italienisch, daß ein wärmegesteuertes Projektil hinter ihr her war, das speziell auf das Wärmeschema des Wagens zugeschnitten war.

Sie tat es verächtlich ab. Diese Amerikaner legten ein unglaubliches Maß an Humorlosigkeit, Unsicherheit und mangelnder Phantasie an den Tag.

Sie nahm den SDI-Laptop vom Armaturenbrett und stellte eine provisorische Verbindung zum Schmalspurhirn des Projektils her. Die Befehle waren nicht einmal kodiert. Sie wischte Federicos unsauberes Erkennungsraster aus seinem drei-Minuten-Gedächtnis und programmierte ein ›Zurück-zum-Absender‹-Paket.

»Ciao«, sagte das Auto. Chantal gab Dean Martins ›Volare‹ ein und sang mit. Die Explosion hörte sie nicht.

Ansonsten waren die Straßen frei.

Bis zum Tonto-Becken, wo plötzlich ihre Musik leiser wurde, und eine Stimme aus sämtlichen Lautsprechern über sie herfiel.

»SCHWESTER«, kreischte die Stimme, »BIST DU SCHON ERLÖST?«

IV

Als Reverend Harry Powell, alleiniger Inhaber des *Word-of-the-Lord-Broadcasting-System,* davon in Kenntnis gesetzt wurde, daß es sich bei den Schmerzen und Qualen – die Gesundbeter, die er als Gaststars engagiert hatte, hatten sie nicht lindern können – um inoperablen und weit fortgeschrittenen Knochenmarkskrebs handelte, sah er sich gezwungen, einen Entschluß zu fällen. Als guter, alter Christ, der in seinen siebenundzwanzig Jahren als Televangelist über dreihundert Milliarden Dollar für den Herrn zusammengetragen hatte, konnte er die Schmerzen natürlich mit Morph-Plus-Injektionen betäuben und auf seinen gerechten Lohn im Jenseits hoffen. Als der

Sünde verfallener Dekadenter jedoch, der den größten Teil von dreihundert Milliarden Dollar für schwelgerisch-luxuriöse Exzesse ausgegeben hatte, von denen selbst Caligula nicht zu träumen gewagt hätte, konnte er jedoch den Rest seiner immensen Geldquellen auch dazu verwenden, das Unvermeidliche abzuwenden.

In aller Ruhe sicherte er die wirtschaftliche Gesundheit seiner geschäftlichen Unternehmungen. WLBS war immer noch der Televangelisten-Kreuzzug mit den höchsten Einschaltquoten und strahlte das Wort des Herrn weltweit in über siebenhundert Millionen Heime aus. Noch immer flossen die Tantiemen von seinen Bestsellern ›Wie gelange ich durchs Nadelöhr‹, ›Zimmer frei im Motel HIMMEL‹, und ›Mein Kumpel Jesus‹, ganz zu schweigen von den populären Gospelhits, die ihm in den 60ern der talentierte, aber ansonsten wenig erfolgreiche junge Mann mit dem Namen Paul Simon als Ghostwriter geschrieben hatte: ›Little Bitty Orphans in Africa‹, ›Jesus in Blue Jeans‹, und ›I'm Not Ashamed to be a Christian‹. Er hatte sein Kapital in Aktien, Lebensmitteln, Vergnügungsparks, Computersoftware, Kinofilmen, Waffenfabriken, Schutztruppen, pharmazeutischen Produkten, Energie, Ehehilfen und Souvenirs angelegt. Er gehörte zu den vierzig reichsten Männern der Welt und war immer noch auf dem Weg nach oben...

Trotzdem, es gab nichts, was man für seinen Körper hätte tun können. Es war ihm gelungen, sich eine halbe Stunde von Dr. Zarathustras Zeit in der BioDiv von GenTech zu kaufen, und der Doc hatte ihm versichert, ganz gleich, wieviele Bioimplantate oder Ersatzteile man ihm einsetze, es würde ihm nichts nützen. Muskeln, Nerven, einzelne Organe, Gliedmaßen, Augen, Haut, in diesen Fällen ließ sich etwas machen. Man konnte sogar einzelne Knochen durch Roboteile aus Durium ersetzen – sogar den Schädel, wenn man es wünschte. Aber man konnte unmöglich ein gesamtes Knochengerüst austauschen lassen und dabei überleben. Das hatte irgend etwas mit dem Blut zu tun.

Powell verstand es nicht. Zarathustra erklärte ihm alles geduldig, ganz so, als wäre er als Gaststar in einer Kinder-TV-Show geladen, bevor er, wesentlich reicher als zuvor, an seine wichtigen Forschungsarbeiten zurückkehrte.

Damit war Powells Körper aus dem Geschäft. Aber er hatte noch sein Gehirn.

Zarathustra hatte Powell an W. D. Donovan verwiesen, dem Top-Gehirn-Mann von BioDiv; und da er geradezu darauf versessen war, sich der Last seiner so gut wie toten Hülle zu entledigen, hatte er sich der Donovan-Behandlung unterzogen. Er hatte sich zu den anderen körperlosen Gehirnen in ihren Behältern gesellt, die alle, tief versunken in ihren Gefäßen voller Bioflüssigkeit, ihren tiefen Gedanken nachhingen. Zwar konnte Donovan einem das Gehirn entfernen und am Leben erhalten; unglücklicherweise hatte er die Technik noch nicht perfektioniert, es in einen anderen Körper zu verpflanzen, wo es auch tatsächlich funktionierte. Vermutlich warteten all die im Zerebellum-Flügel von GenTech gefangenen Multi-Milliardäre genau darauf – Nelson Rockefeller, Howard Hughes, Charles Foster Kane, Walt Disney, Ken Dodd und Don Michael Corleone. Und eben dies hatte auch Powell erwartet, ein paar Jahre kontemplativer Ruhe, um dann in einem jungen, frischen Körper von der Stange wieder aufzuerstehen.

Seine Anwälte hatten jedoch die juristischen Einzelheiten der Donovan-Behandlung nicht in Betracht gezogen. Powell machte die bittere Erfahrung, daß er mit dem Entfernen seines Gehirns aus seiner Schädelschale rechtmäßig als tot galt, und seine Besitztümer der *Word-of-the-Lord-Mission,* der Mutterorganisation von WLBS, übertragen worden waren. Das gleiche galt auch für den *Word-of-the-Lord*-Nachrichtendienst, die *Word-of-the-Lord*-Naturkostrestaurants, die *Word-of-the-Lord*-Werkschutztruppen (›Laß Christus dein Bulle sein‹), das *Word-of-the-Lord*-Verlagskonsortium, die *Word-of-the-Lord*-Zentren zur moralischen Aufrüstung, und die *Word-of-the-*

Lord-Konzerne zur Sanierung von Friedhöfen. Der Aufsichtsrat war recht peinlich berührt, als er feststellte, daß in seinen Händen nicht nur der weltliche Reichtum und die vergänglichen Güter des Harry Powell lagen, sondern auch sein noch immer funktionierendes Gehirn.

Für den verstorbenen Reverend wäre alles vielleicht gar nicht so schlecht gelaufen, hätte er nicht den Kardinalfehler begangen, die Genuine Christians mit der Ausführung seiner Geschäfte innerhalb der Organisation zu beauftragen. Niemand sonst wäre vielleicht so empört gewesen, zu entdecken, daß das *Word-of-the-Lord*-Programm zur Rehabilitation von Drogensüchtigen tatsächlich eine äußerst gut florierende Kette von Läden war, die sich mit dem Vertrieb von Betäubungsmitteln, Halluzinogenen und anderen Formen von Drogen an Teenager befaßte, oder daß es sich bei den beliebten *Word-of-the-Lord*-Wochenendzentren zur moralischen Aufrüstung, die Powell in den unzugänglichen NoGo-Sperrgebieten rings um mehrere große Schutzzonen errichtet hatte, um omnisexuelle Bordelle handelte, in denen von zu Hause ausgerissene Jugendliche als Personal eingesetzt wurden, die Powell in vielen Fällen sogar persönlich in der Gemeinde aufgenommen hatte.

Nachdem Powells Yakuza-geschulte Anwälte aus den Sitzungssälen des Aufsichtsrates entfernt worden waren, blieben nur noch die Genuine Christians übrig – die ehrlichen Trottel, wie er sie zu seinen Lebzeiten zu nennen beliebte. Sie saßen rings um den ovalen Tisch, betrachteten den Priester, der in seiner vollkommen von der Außenwelt abgeschirmten Umgebung vor sich hinblubberte, und überdachten die ethischen Fragen, die das Herausziehen des Steckers und das Verscharren dieser grauen Masse zusammen mit den buchstäblich verfaulten Knochen in dem fröhlich-protzigen Ehrengrabmal mit sich brachte, das Powell für sich selbst entworfen hatte.

Andererseits hatte die Kirche allzeit Verwendung für Leute mit Grips.

V

»...ERRETTET VON *JEEEESUS!* ERRETTET DURCH DEN *HERRN!* ERRETTET! ERRETTET! *ERRETTET!*«

Chantal bremste, um zu verhindern, daß sie auf das panzerartige Fahrzeug prallte, das die Straße blockierte. Sie hätte das Steuer herumreißen und durch den Sand um das Hindernis herumfahren können, aber sie wollte nicht, daß Federicos Räder blockierten, weil sie das Gelände vorher nicht sondiert hatte. Es spielte keine Rolle, wie heiß das Gerät war, das man fuhr, sobald man sich in den tiefen Sand wagte, blieb man stecken. Die Wüste war voll von verlassenen Fahrzeugen, die langsam in den Alkaligruben versanken.

»HAST DU *GESÜNDIGT?* HAST DU FLEISCHLICHE GELÜSTE GEHABT, DEINEN KÖRPER VERUNREINIGT UND DEN TEUFEL IN DEIN HERZ GELASSEN?«

Sie versuchte, es leiser zu stellen, aber der Sender hatte Federicos Sound-System voll im Griff. Es kam von der Maschine weiter vor ihr, soviel stand fest.

»Du mußt etwas für mich herausfinden«, sagte sie. »Stell fest, was dieses Ding da vorne ist.«

Federico arbeitete sich summend durch die Dateien. Die Stimme veränderte die Tonlage, und wurde jetzt von einem kitschigen Engelschor und der Sorte Streicher begleitet, die dieser britische Popstar der 60er, Ken Dodd, auf seinen unerträglichen Singles bevorzugt eingesetzt hatte, und hob an, zu singen.

»Arme kleine Waisenkinder in Afrika
Brauchen eine Menge Hilfe von dir,
Arme, kleine Waisenkinder in Afrika,
Machen den alten Jesus richtig traurig.
Mal ist der Himmel grau, mal ist er sonnig,
Aber die armen, kleinen Waisenkinder brauchen all dein Geld...«

Ihr Hauptmonitor leuchtete auf und blinkte sie an. SPENDENMINIMUM: $ 1000. DAS PRIESTERMOBIL AKZEPTIERT BARGELD, CASHPLASTIK, ÜBERTRAGBARE WERTPAPIERE, GOLD, SILBER, RADIUM, EDEL- UND HALBEDELSTEINE, GÜLTIGE BRIEFMARKEN, ELEKTRISCHE GERÄTE, FAHRZEUGE, OPTIONSSCHEINE, KUNSTWERKE MIT ECHTHEITSZERTIFIKAT, HANDFEUERWAFFEN, MILITÄRGESCHÜTZE, DROGEN, WASSER UND WIEDERVERWERTBARE MENSCHLICHE ORGANE. VIELEN DANK FÜR IHRE CHRISTLICHE NÄCHSTENLIEBE.

Der Gesang hörte so auf:

»LOBET DEN HERRN! HALLELUJAH! REINIGE DICH VON DEINEN SÜNDEN DURCH DIE SPENDE DEINER WELTLICHEN BESITZTÜMER! HILF DER KIRCHE, DEN ARMEN, KLEINEN WAISENKINDERN IN AFRIKA ZU HELFEN!«

Federico hatte eine Bestandsaufnahme gemacht und druckte sie aus. Das Fahrzeug vor ihr war wie ein Panzer gebaut, als Kettenfahrzeug mit dreißig Zentimeter dicken Panzerplatten. Irgendwo im Innern befand sich ein Miniaturkraftwerk und, aller Wahrscheinlichkeit nach, ein menschliches Gehirn.

Das waren gute Neuigkeiten. Wer immer die Maschine einst gewesen sein mochte, es war so gut wie sicher, daß er im Falle einer Schießerei kein ebenbürtiger Gegner für Federicos geistige Fähigkeiten war. Selbst die Israelis hatten es vor fünf Jahren aufgegeben, Donovans Gehirne in militärischer Hardware einzusetzen. Vielleicht besaßen sie im Gegensatz zu einer Maschine die nötige Initiative, aber ihre Reflexe waren zu langsam. Außerdem neigten sie dazu – was sich jetzt wieder deutlich zeigte – durchzudrehen und wahnsinnig zu werden.

»GOTT HAT MIR EINEN AUFTRAG ERTEILT! ER VERLANGT VON MIR, DASS ICH DREIHUNDERT MILLIARDEN DOLLAR SAMMELE; UM DAMIT FÜR MEINE SÜNDEN ZU BÜSSEN! GIB ALSO REICHLICH!«

»Und wenn nicht?«

»DANN WIRD DICH DER ZORN DES HERRN TREFFEN! DEIN KÖRPER WIRD IN DREI STÜCKE GERISSEN WERDEN; UND DEINE GOTTLOSE MASCHINE WIRD AUSEINANDERGENOMMEN UND IN EINZELTEILEN ÜBER DAS WEITE LAND VERSTREUT!«

»Ich habe bereits im Büro gespendet.«

»DU HAST ZEHN SEKUNDEN, DEINE SPENDE ZU ENTRICHTEN, SONST TRIFFT DICH DER ZORN DES HERRN!«

Federico rechnete derweil alles durch. Er hatte die drei Prototypen ausfindig gemacht, auf denen das Priestermobil basierte. Es handelte sich um einen israelischen Panzer, ein Unterseeforschungsboot von GenTech und einen Saisho-Kampfroboter. Das Fahrzeug wies siebenunddreißig Schwachstellen auf.

»DEINE ZEIT IST UM, HIMMLISCHE HURE! WILLST DU BEREUEN UND SPENDEN, BAR ODER MIT KREDITKARTE?«

»Ich bin in dringenden Regierungsgeschäften unterwegs...«

»DER BLITZ DES HERRN WIRD AUS DEM HIMMEL FAHREN UND DICH UND DEIN VERPESTETES, IM AUSLAND HERGESTELLTES, AUTOMOBIL VERNICHTEN, DORT WO DU AUF GOTTES EIGENEM, AMERIKANISCHEM HIGHWAY STEHST!«

Eine elektronische Kanone entlud sich knisternd. Chantal legte Federicos Rückwärtsgang ein und zog sich augenblicklich fünfhundert Meter weit zurück. Der Stromstoß aus dem Priestermobil senkte sich auf die Straße und zerriß den Asphalt. Die Stromstöße hinterließen Streifen auf ihrer Netzhaut.

»HÖLLENFEUER UND ASCHE WERDEN AUS DEM HIMMEL REGNEN, UND DU SOLLST VERSCHLUNGEN WERDEN VON DEN FLAMMEN, DIE SICH NICHT AUS DER REINEN GLUT UNSERES HERRN NÄHREN, SONDERN AUS DER EISIGEN KÄLTE DES TEUFELS!«

Napalmkanister explodierten in der Luft. Chantal ergriff die Gelegenheit und fuhr von der Straße herunter. Hier war die Wüste steinig genug, um festen Grund zu bieten. Teile der Haube standen in Flammen, ein kurzer Stoß aus der Waschanlage erledigte das jedoch im Nu. Der Lack würde sich über Nacht regenerieren.

»DIE UNAUFRICHTIGEN WERDEN VERNICHTET WERDEN, ES SEI DENN, SIE ENTRICHTEN EINE GROSSZÜGIGE SPENDE ZUGUNSTEN DER *WORD-OF-THE-LORD*-MISSION FÜR DIE HUNGERNDEN! ICH DANKE DIR FÜR DEINE CHRISTLICHE NÄCHSTENLIEBE!«

»Federico», sagte sie, »Schluß mit dem Unfug. Mach ihn fertig.«

»Molto bene.«

Als erstes vernichtete das Fahrzeug die Kettenräder des Priestermobils mit einer panzerbrechenden Granate in die Seite. Jetzt konnte das Ding nur noch im Kreis fahren. Dann lokalisierte es den Steuercomputer für die Waffensysteme, die unklugerweise hinten unter einer Klappe untergebracht waren, damit man sie leicht von Hand umprogrammieren konnte. Ein feiner Laserstrahl setzte sie außer Gefecht, und die Ballerei hörte auf.

Chantal fuhr zu dem lahmgelegten Monster zurück.

»IM HIMMEL WERDEN ALLE GROSSEN KREDITKARTEN AKZEPTIERT, SCHWESTER! DEINE WELTLICHEN BESITZTÜMER MÜSSEN IN DIE HÄNDE DES HERRN ÜBERGEHEN! GIB REICHLICH, SONST WERDEN ALLE GOTTESFÜRCHTIGEN CHRISTEN EINES TAGES UNTER EINER WELLE HEIDNISCHER PAPISTEN, VERWIRRTER MUSELMANEN, GOTTLOSER KOMMUNISTEN, UNERGRÜNDLICHER ORIENTALEN, GIERIGER JUDEN, MELONENFRESSENDER NIGGER… UND…«

Die Stimme der Sprachbox ließ nach.

»Selbstgerechter, intoleranter Frömmler«, schlug Chantal vor.

»BEREUE ... ber ... eue.«

Sie stieg aus und ging hinüber zum Priestermobil. Es war still. Die Laser hatten es wie eine Blechdose aufgeschlitzt, und die zusammengestoppelten Robo-Innereien quollen heraus. Es war wie ein Centaur konstruiert, mit einem Robotertorso und einem Kopf, der aus einem Wachtturm herausragte. Der Torso wedelte noch immer mit den Armen. Der Kopf war eine stilisierte Nachbildung eines gutaussehenden Nazis mit blauen Augen und einem Schopf blonder Haare. Sie erkannte ihn nicht wieder. Das Gesicht war aufgesprungen, und aus einer seiner Wangen sickerte Bioflüssigkeit.

»Sind Sie da drinnen?« fragte sie.

»Wirst du ... be ... reuen?«

»Bis dann, Pfaffe.«

»BEREUE! VERFLUCHT SEIST DU IM NAMEN DES HERRN, TEUFEL DER INTERSTATES! TAUSEND JAHRE SOLLST DU IM FEGEFEUER SCHMOREN! DEINE KINDER UND DIE KINDER DEINER KINDER SOLLEN VON MUTIERTEN FURUNKELN BEFALLEN WERDEN!«

Sie stieg wieder in Federico und umfuhr das Ding. Es schimpfte unaufhörlich weiter. Die Sprechbox war das einzige, was bei diesem Showdown keinen Schaden genommen hatte.

Es dauerte keine halbe Stunde, und die Raubtiere kamen mit ihren Schraubenschlüsseln und Minilasern aus der Wüste. Trotz seiner heftigen Gegenwehr wurde das Priestermobil ausgeweidet. Dann kamen die Coyoten – ein Hauch der Bioflüssigkeit hatte sie auf den Plan gerufen – und suchten das Gehirn.

VI

Tiger Behrs Laden war nicht das schlimmste Etablissement, das Stack in seinen Tagen im Außendienst gesehen hatte. Das Roach Motel kurz vor Austin, wo die US-Kavallerie die Cannibal Cookpots ausgehoben hatte, war um einige Stufen heruntergekommener gewesen. Und noch immer befielen ihn gelegentlich Alpträume, in denen diese toten und pelzigen Viecher vorkamen, die sie im Obstkeller des Bide-a-Wee-Nook in Medicine Bend gefunden hatten. Damit war Tiger Behrs Laden das drittschlimmste, ekelhafteste, unbequemste und verdreckteste Rattenloch in den Staaten des Südwestens.

Das ehemalige Kultgangmitglied – hielt er sich wirklich selbst für einen gefallenen ›Angel‹? – überließ Stack die Wahl des Bungalows, und hob erst eine Braue – seine letzte –, als Stack um eine Hütte mit Dusche bat. »Du mußt eine Menge Geld haben, Soldat«, hatte er erwidert. »Der Staat zahlt«, hatte Stack in der Absicht geantwortet, keinerlei Ungewißheit aufkommen zu lassen. »Eins ist dir klar«, hatte Behr gesagt, »das Management ist für keinerlei Verluste verantwortlich, die du möglicherweise während deines Aufenthaltes erleidest, egal, ob es sich um persönliches Eigentum, um Leib oder Leben oder um geistige Stabilität handelt.« Damit war Stack über Tiger Behrs Laden bestens im Bilde.

Im Kabelfernsehen lief ein mexikanischer Pornostreifen, aber die weibliche Hauptattraktion schielte, und die Teilnehmer der gerade stattfindenden Orgie stotterten sichtlich. Pornovideos waren die Gideon-Bibel der 90er. Es gab kein Motel- oder Hotelzimmer mehr ohne. Stack sah einige Minuten zu und versuchte, hinter die Handlung zu steigen. Nach den Klamotten auf dem Boden zu urteilen, handelte es sich vermutlich um ein Historiendrama, andererseits trugen die Darsteller Reizwäsche aus Leder. Ein Ringkämpfer mit Ganzkopfmaske und sonst nichts probierte ein paar interessante Griffe an einer Vampirlady mit struppigen Haaren aus, der ständig die Plastikzähne aus dem Mund fielen, während ein Wesen mit Riesentitten und männlichen Geschlechtsorganen die Revolution besang. Das ganze mußte etwas mit Kunst zu tun haben, schloß Stack. Gelegentlich schaltete sich ein Privatsender mit einem nebulösen Schwarzweiß-Streifen dazwischen, in dem ein Typ in Kampfanzug und Hundehalsband, der sich als Priester des Überlebenskampfes bezeichnete, eine nicht endenwollende Predigt hielt, dabei mit einer .44er Magnum auf seiner Bibel herumklopfte und die Gläubigen aufforderte, a) ihm all ihr Geld zu geben und b) im Namen Jesus ein Kommunistenschwein zu häuten. Der Hintergrundchor des Priesters des Überlebenskampfes kannte nur zwei Songs: ›Gimme Dat Ole Time Religion‹ und das Horst-Wessel-Lied, und beide brachte er manchmal durcheinander. Einen Ausschalter gab es nicht, also mußte Stack den Ton ab- und den Bildschirm zur Wand drehen, bevor er ein Auge zumachen konnte.

Er träumte von Leona. Wie sie gewesen war, als sie zusammen als Trooper in Fort Valens gearbeitet hatten, von ihrem gemeinsamen Trip nach Nicaragua, wie sie sich getrennt hatten, wie er hatte mitansehen müssen, wie sie starb...

Als er durchgeschwitzt und orientierungslos aufschreckte, stellte er fest, daß es bereits dunkel geworden war. Die Wirkung der Drogen, die er zuvor eingeworfen hatte, war völlig verflogen. Seine Brust schmerzte an der Stelle, wo der Cruiser ihm einen Elektroschock verpaßt hatte, und die schrumpeligen roten Flecken an seinen Beinen und Unterarmen, die von der Explosion bei Slim stammten, waren immer noch wund. Während er wie betäubt dagelegen hatte, war natürlich jemand im Zimmer gewesen und hatte seine Sachen durchwühlt. Die Waffe, das Messer, seine Cashplastik und den Medikit unter seinem Kopfkissen hatten sie nicht gefunden, dafür aber den Zaster, die Drogen des toten Motorradfahrers, sowie die Brieftasche mit den verschiedensten Visitenkarten und Papieren, die er für die Zahnfeen auf der Kommode liegen gelassen hatte. Wenn er ihnen nicht irgendein Opfer angeboten hätte, hätten sie versucht, ihm die Kehle durchzuschneiden, und er hätte sie töten müssen. Den darauffolgenden Papierkrieg konnte er im Augenblick nicht gebrauchen.

Vorsichtig um die Insektenleichen auf dem Fußboden herumlavierend, bahnte er sich seinen Weg ins angebaute Bad. Er hatte keine Ahnung, ob Behr ein extra starkes Gift benutzte, oder ob das Leben an diesem Ort so verdammt ungesund war, daß selbst Skorpione es nicht aushielten, jedenfalls lagen auf dem Teppich eine Menge von kleinen Viechern in Chitinpanzern. Aus dem Duschkopf im Bad tropfte unablässig Wasser und verfärbte das Emaillebecken. In der Kloschüssel trieben Zigarettenstummel. Es gab weder Seife, noch Handtücher oder Toilettenpapier, und der Spiegel war von Kugeln durchlöchert. Er steckte seinen Schlüssel in das Wandloch, stellte die Dusche an und probierte das Wasser – einige Orte hier draußen wiesen eine unerträglich hohe Verstrahlung auf – dann huschte er kurz darunter. In dreißig Sekunden war alles vorbei, obwohl es ihn mehr als eine Wochenmiete in diesem Drecksloch kostete, aber es half ein wenig. Er rubbelte sich die Feuchtigkeit in die Haut, dabei achtete er besonders auf seine Wunden. Die rötlichen Ehrenmale brannten. Er nahm eine Tube mit Salbe und verschmierte die schlimmsten Verbrennungen und Abschürfungen damit. Er hatte noch ein paar Morph-Plus-Kapseln, widerstand aber der Versuchung. Vielleicht benötigte er sie später noch, außerdem brauchte er vermutlich schon bald einen klaren Kopf.

Er sah auf seine Uhr. Kurz vor acht. Als erstes mußte er jetzt ein Telefon oder Radio finden und Fort Apache seinen Standort durchgeben. Er wollte vermeiden, daß sein überlanges Fortbleiben als unerlaubte Abwesenheit gedeutet wurde. Außerdem hatte er immer noch nicht Armindariz' Chili gekostet.

Er streifte seinen Thermalanzug über und stieg in seine Uniform. In dem welligen Spiegel sah er aus, als wäre er durch einen aktiven Vulkan spaziert.

Er schob das Bett auf die Seite, pellte den Bodenbelag ab und hob die Dielenbretter hoch, die er zuvor aufgestemmt hatte. In der Vertiefung unter dem Fußboden hatte er die beiden Schrotgewehre vom Motorrad und seinen Spurensucher untergebracht. Er hoffte, daß irgend jemand seinen Standort ansteuerte, andererseits durfte er nichts riskieren.

Er verließ den Bungalow und sah, daß sein Motorrad an einen Pfahl gekettet war. Er hatte die Batterie so verkabelt, daß sie jedem einen bösen Schlag versetzte, der sich an der Kette zu schaffen machte. Auf den Gliedern aus Durium befanden sich verkohlte Fingerabdrücke.

Eins zu Null für seine Umsicht.

Er deaktivierte den Scherzartikel, schob die Schrotgewehre in die Halfter und bestieg den Bock.

Dann fuhr er zurück zum Silver Byte Saloon.

VII

Es war eine Schande, daß das *Ossobuco* warten mußte, bis Ms. Juillerat ihre Wüstenmission beendet hatte, aber Brevet Major General Younger konnte mit dem Ausprobieren seines Rezeptes warten. Im Augenblick befand er sich in der Schaltzentrale seiner blinkenden, weiß furnierten Küche und dirigierte die Zubereitung von Crêpes mit Seezungenfilet und Zitronen-Petersilie-Butter. Alles in diesem Raum entsprach dem höchsten Qualitätsstandard von GenTech und war dank seiner Beziehungen zur Regierung beschafft worden. Toaster, Mixer, Herde, Kühlschrank, Entsafter, Friteuse und Kocher blinkten wie Messingknöpfe. Younger betrachtete sein Spiegelbild in der Reihe der

Messerklingen, die vor ihm hingen wie ein tödliches Perkussionsinstrument. Es gab Messer mit gerader, gebogener und geriffelter Klinge, ein- und beidseitig geschliffen, abgerundet oder spitz, jedes einsatzbereit an seinem Platz.

Er verzichtete auf alles Gerät und machte sich höchstpersönlich daran, seinen Teig zu rühren. Keine Maschine konnte exakt die Sämigkeit erzeugen, die er für seine Crêpes benötigte. Der Fischkopf, mitsamt Gräte und Schwanz, starrte ihm von der Arbeitsplatte entgegen. Fische sahen immer überrascht aus, kurz bevor man sie kochte. Seit seinen Tagen bei der Highway-Patrouille in den 60ern hatte Younger keinen Außendienst mehr geschoben, dennoch erinnerte er sich, diesen Ausdruck auch in den Gesichtern von Männern gesehen zu haben. Kurz bevor man sie erschoß, und kurz danach, bekamen sie den gleichen rundäugigen Blick.

Er führte sein Fort genau wie seine Küche, hoffte er zumindest. Ständig auf der Hut, ständig in harmonischem Gleichgewicht, vorbereitet auf alles, was da kommen mochte.

Sein computergestützter Menümaster bot ihm für das Gericht eine Auswahl an verschiedenen Pfeffersorten an. Die Liste mit den Vorschlägen erschien auf seinem Bildschirm. Er wählte Cayenne, der zwar in der Liste erst ziemlich weit unten auftauchte, den er jedoch in der letzten Zeit nicht mehr verwendet hatte. Er wußte nicht mehr genau, wie Cayennepfeffer schmeckte. Diese persönliche Note war es, die ein großartiges Gericht ausmachte.

Younger wäre der Menschheit lieber als Meisterkoch denn als meisterlicher Stratege in Erinnerung geblieben.

Das Monitorbild zerfiel, und die Zutaten zu seinem Abendessen wichen einem Gesicht. Captain Finney aus dem Ops Center. Seltsam, sie war seit dem Morgen im Dienst, eigentlich hatte sie jetzt Freizeit. Ihr Haar hatte sich gelöst, und ihre Bluse war nicht korrekt geknöpft.

»Sir, hier ist Captain Finney. Wir haben ein Problem mit dem

Netzwerk. Meiner Meinung nach ist es erforderlich, daß Sie sich darum kümmern.«

Younger hielt mitten im Rühren inne.

»Das kann ich mir nicht vorstellen.«

Finney zögerte. »Lenihan ist nicht damit klar gekommen und hat mich an die Steuereinheit zurückbeordert . . . ich war gerade beim Squash . . .«

Younger war inzwischen wieder mit Rühren beschäftigt.

»Kommen Sie zur Sache, Captain. Worin liegt das Problem?«

»Irgendwo draußen im Netz befindet sich eine starke Energiequelle. Wir haben das betreffende Terminal noch nicht ausmachen können, aber es sieht so aus, als hätte eine große Datenbank ihre Programme irgendwo in Arizona geladen. Der halbe Bildschirm war plötzlich verschwunden, und wir konnten nicht mehr alles verfolgen. Zu einer Reihe von Außenposten haben wir den Kontakt verloren.«

»Wo steckt Vladek?«

»Er ist hier, Sir.«

»Holen Sie ihn an den Apparat.«

Younger stellte seine Teigmasse vorsichtig auf eine neutrale Oberfläche und nahm vor der Steuereinheit Platz. Vladek Rintoon schob Finney zur Seite. Er hatte gehofft, dem Colonel eine Weile jeden Ärger ersparen zu können, aber dies ließ sich nicht umgehen.

»Ihre Meinung, Vladek?«

Rintoon wirkte nervös. »Ich bin nicht sicher, Sir.«

»Eine feindliche Handlung?«

»Das . . . wäre denkbar.«

»Maniax? Oder eine andere Kultgang?«

»Nein. Dafür ist die Energie zu groß. Nur die Multinats verfügen über die nötigen Kapazitäten, eine solche Aktion durchzuführen. Aber die stehen angeblich auf unserer Seite. Das gesamte Datennetz ist betroffen, nicht nur die Verbindungen der

Kavallerie. Wenn irgend etwas ausfällt, werden wir alle damit zu kämpfen haben.«

»Eine Naturkatastrophe? Höhere Gewalt? Blitzeinschlag?«

»Das überprüfen wir gerade. Ich halte das allerdings nicht für sehr wahrscheinlich.«

Während Rintoon sprach, entstand im Hintergrund Unruhe. Immer wieder mußte er über die Schulter nach hinten sehen. Leute schrien sich an. Younger sah kurz, wie Captain Lauderdale und ein anderer Offizier sich wild gestikulierend vor einem aufleuchtenden Monitor stritten.

»Sorgen Sie für Disziplin, Vladek.«

Rintoon drehte sich um und sprach ein paar scharfe Worte. Alles verstummte. Lauderdale und der andere Mann, Lenihan, ließen voneinander ab.

»Wie schwer sind wir getroffen?« fragte Younger.

»Schwer zu sagen, Sir. Unser Input läßt nach. Finney ist gerade dabei, sämtliche Systeme abzuschalten, die mit den betroffenen in direkter Verbindung stehen. Möglicherweise gelingt es uns auf diese Weise, unseren Zentralspeicher abzuschotten, aber es verrät uns auch nicht mehr über unseren Feind und die Lage draußen. Wir ziehen uns lediglich zurück und bereiten uns auf eine Belagerung vor. Ich habe Faulcon, Badalamenti, McAuley und Doc King in Alarmbereitschaft versetzt. Sie werden gerade zurückbeordert.«

»Haben Sie sich im Netzwerk umgehört?«

»Finney hat einen Kontakt mit den Nachtdienstleitern bei GenTech und ITT in Phoenix und der Winter Corporation in Tucson hergestellt. Sie stehen vor dem gleichen Problem, und versuchen gerade, dieselben Sperren zu errichten.«

»Und El Paso?«

»Bislang nichts.«

»Dann machen Sie schon, Mann, das ist unsere Hauptstation. Wenn El Paso ausfällt, sitzen die halben Vereinigten Staaten im Dunkeln.«

Finney sagte etwas zu Rintoon.

»Sir«, sagte er, »wir haben gerade ITT verloren. Sie haben uns gekappt.«

»Was?«

»Wir sind es. Phoenix und Tucson haben uns abgeschnitten. Die Störung liegt im gemeinsamen Netzwerk, konzentriert sich aber bei uns. Die Gesellschaften schalten sich aus den gemeinsamen Leitungen aus. Der Privatsektor ist bereits raus. Jetzt sind nur noch wir übrig, sowie der Bundesinformationsdienst, die römisch-katholische Kirche und ein paar andere kleine Krauter.«

»Die Leute bei Winter haben die Tür hinter sich zugeknallt«, sagte Finney. »Sie haben alle Verbindungen gelöst und ihre Schnittstellen durchbrennen lassen. Sie müssen vermint gewesen sein. Ich vermute, sie wissen etwas, was wir nicht wissen. Sie haben gerade sechzig oder siebzig Millionen Dollar aus dem Fenster geworfen, und sich wegen der Zerstörung von Regierungseigentum und der Mißachtung interstaatlicher Informationsflußgesetze noch weit mehr an Geldstrafen aufgehalst.«

»Wird der Schaden durch ihr Vorgehen begrenzt? Sind wir die einzigen, die noch im Netz sind?«

»Im Augenblick ja«, blaffte Rintoon. »Arizona ist nur spärlich vernetzt. Es ist leicht, sich auszuschalten. Aber El Paso ist der reinste Schnittstellendschungel. Es würde Jahre dauern, alle Verbindungen blankzulegen.«

»Und was liegt zwischen dem Input und El Paso?«

»Nur wir, Sir. Der einzige größere Knotenpunkt zwischen der Störung und El Paso sind wir, Fort Apache. Wir müssen uns verschanzen und es aufhalten...«

Finney mischte sich dazwischen, »...es ist wie eine Flutwelle, die sich da draußen in der Wüste aufstaut und auf uns zugestürzt kommt.«

Rintoon sagte: »Wir werden sie brechen müssen.«

»Ich bin sofort unten.«

Finney drückte sich den Kopfhörer ans Ohr. »Da kommt es. Computer-Holocaust. ETA zwanzig Sekunden.«

Younger hämmerte auf die Türsteuerung neben dem Aufzug.

»... fünfzehn ...«

Kein Vibrieren, kein Alarm.

»... zehn ...«

Lenihan reichte Rintoon eine Meldung. Der Colonel drehte sich zum Bildschirm und sagte: »Wir haben die Quelle isolieren können, Sir.«

Die Liftanzeige zeigte an, daß der Aufzug auf dem Weg nach oben zur Küche war. Er schien eine Ewigkeit zu brauchen.

»... fünf ...«

»Welcome, Arizona. Augenblick mal, ist diese...?«

»... drei ... zwei ...«

Der Aufzug hielt draußen. Er bimmelte wie eine Mikrowelle, und der Abwärtspfeil leuchtete auf.

»... eins...«

»... Schweizerin nicht dorthin gefahren?«

»Er ist angekommen.«

Die Aufzugtüren öffneten sich nicht.

Finney fragte: »Hat sich irgend etwas verändert?«

Younger hämmerte auf verschiedene Knöpfe ein.

»Ich glaube nicht«, sagte Rintoon. »Es handelt sich bestimmt um einen Monitorfehler.«

Die Aufzugtüren wollten nicht aufgehen.

»Katze«, sagte Rintoon vor Erleichterung triefend. »Tu uns das nicht noch mal an. Ich habe gerade das World Trade Center angeschissen.«

Younger wandte sich wieder seinem Monitor zu. Rintoon lächelte, Finney dagegen hatte ihre Stirn in tiefe Falten gelegt und bearbeitete die Tastatur.

»Es macht keinen Sinn, Colonel. Es läßt sich nicht aufzeichnen, ist aber dennoch da. Ich habe ein schlechtes Gefühl. Das ist ein verdammt cleveres Bürschchen.«

Hinter ihm in seiner perfekten Küche erwachte eine Halterung voller elektrischer Messer sirrend zum Leben.

Younger spürte es kaum, als die erste Klinge zitternd durch ihn hindurchfuhr.

VIII

Unten im Silver Byte war bestimmt Homo-Nacht. Liberaces Version von ›Glad To Be Gay‹ leierte aus der Musikbox, und ein schwachsinniger Alter auf einem Barhocker nickte im Rhythmus dazu mit dem Kopf, während er mit einer neunjährigen Mexikanerin Domino spielte. Stack ging die Theke entlang, legte eine seiner Schrotflinten darauf und fragte Armindariz, ob das Chili noch auf dem Feuer stand.

»Klar, Trooper. Kommt sofort. He, Pauncho, organisier mal 'n Chili Dog für den netten Herrn hier.«

Ein bedenklich fetter Kerl mit einer Kochmütze auf dem Schädel teilte Armindariz mit, daß er verstanden hatte, und löffelte eine Kelle voll Eintopf mit Fleisch, Bohnen und Pepperoni in eine Schale. Über der Theke hing ein Schild »Vorsicht – Chili – heiß und scharf.« Stack bröckelte seine Cracker hinein und rührte sie mit einem Löffel um. Er zögerte.

»Sag mal, Pedro, wie scharf ist dieses Chili eigentlich?«

Armindariz zeigte ihm sein Gebiß. Sein goldener Eckzahn blinkte.

»Erinnern Sie sich noch an die Atombombentests in den Fünfzigern?«

»Nicht persönlich. Aber ich habe davon gehört.«

»Also, oben in Nevada gibt es eine Stelle, wo sie eine Menge von den ganz Großen haben hochgehen lassen. Heute kann da niemand mehr leben.«

»Ja. Und?«

»Also, Paunchos Chili ist noch heißer als da.«

»Was ist hier billiger, Whisky oder Wasser?«

»Whisky, Trooper.«

»Dann nehme ich also einen Whisky.«

Armindariz schenkte ihm ein Glas ein. Stack führte den Löffel an den Mund.

»Bevor Sie probieren, müssen wir Ihnen diese Karte hier geben. Vorsicht.« Armindariz zuckte mit den Achseln und reichte ihm ein stark zerschlissenes Rechteck in der Größe einer Cashplastikkarte.

»Das Gesundheitsministerium informiert: Herzkranzgefäßerkrankungen gehören in diesem Land zu den Haupttodesursachen. Es wird dringend empfohlen, von dem Genuß von Nahrungsmitteln abzusehen, die rohes Fleisch, gesättigte tierische Fette, unbehandelte Salze und genmanipulierte Gemüse enthalten. Wir wünschen Ihnen einen angenehmen Tag.«

Stack gab Armindariz seine Karte zurück. Sie zuckten beide mit den Achseln. Stack schob einen Löffel Chili in den Mund und trank einen Schluck. Er schluckte beides zusammen herunter, dann krallte er sich in der Theke fest, als seine gesamte Speiseröhre Feuer zu fangen schien.

Armindariz und Pauncho lachten.

»Verdammt scharf, das Chili, Pedro.«

»Wir haben einen Ruf zu verteidigen, Trooper.«

Stack aß sein Chili auf, wobei er zwischen den Happen an dem Fusel nippte. Seine Zähne wurden heiß, und seine Geschmacksknospen vermutlich glatt weggeätzt, trotzdem war es ein gutes Gefühl, wieder etwas im Magen zu haben. Noch ein bißchen mehr davon, und er konnte sich vielleicht sogar wieder wie ein menschliches Wesen fühlen.

Als er mit dem Chili fertig war, gönnte er sich etwas besonderes. »Wasser.«

»Das wird teuer.«

»Mir egal. Ich habe einen schlimmen Tag hinter mir.«

Armindariz zerrte einen Plastikkanister unter der Theke hervor und füllte Stacks Glas. Stack nippte daran.

»Du verdammter Betrüger«, brüllte er. »Du hast dieses Wasser mit dem miesen Whisky gepanscht.«

Armindariz wand sich. »Nein, nein, *Senor* Trooper, Sie haben nur beides aus demselben Glas getrunken. Das war nur ein Versehen.«

Stack mußte lachen und trank sein Wasser aus.

»Sag mal, Pedro, hast du ein Telefon?«

»*Si.*«

»Wo ist es?«

»Draußen auf der Müllhalde. Es funktioniert nicht mehr so gut, seit die Spritschlucker es aus der Wand gerissen haben und darauf herumgesprungen sind.«

»Schade. Hast du ein Funkgerät?«

»AM oder FM?«

»Egal. Ich muß Meldung machen.«

»Es gibt ein... wie heißt das doch gleich? In der Kirche gibt es ein Germinal.«

»Ein Terminal.«

»*Si*, ein Terminal. Es ist vielleicht kaputt. Dieser wildgewordene Wagen hat es ein wenig demoliert.«

»Na, großartig. Trotzdem danke.«

»Kein Problem, *Senor* Trooper.«

Stack mußte also am nächsten Morgen früh aufbrechen und zurück zu Tiger Behrs Laden. Er wußte nicht genau, wo die nächste richtige Stadt war, von der aus er telefonieren konnte, aber er würde sie finden, bevor seinem geliehenen Motorrad das Benzin ausging. In der Zwischenzeit kümmerte er sich am besten um sich selbst.

»Noch einen Whisky?«

»Klar, *Senor.*« Armindariz schenkte ein.

Stack nippte an seinem Drink. Er hielt ihn gegen das Licht und sprach leise einen Toast. Für Leona Tyree...

Leona. Sie war ein Teufelsweib gewesen. Kavallerie bis auf die Knochen.

»Senor?« Armindariz unterbrach seine Träumerei.

»Was gibt's?«

»Hätten Sie etwas dagegen, Ihre Drinks und Ihr Chili sofort zu bezahlen?«

»Nein. Wieso?«

Stack merkte, daß er nicht mehr alleine in der Bar war.

Armindariz beugte sich vertraulich vor. »Ich denke, die Spritschlucker könnten Sie im Verlauf des Abends noch umbringen, dann kriege ich kein Geld für die Sachen, die ich Ihnen verkauft habe, und das ist schlecht fürs Geschäft.«

Eine behaarte Hand legte sich ihm auf den Arm und drückte ihn an die Theke. Er verschüttete seinen Drink.

»Ziemlich ungeschickt, was?« grinste ihn der tätowierte Kleiderschrank fies an. Sein Atem stank nach Benzin.

Den Namen verdankten die Spritschlucker ihren Trinkgewohnheiten. Sie alle hatten sich ihre Blase so frisieren lassen, so daß sie eine Mischung aus Benzin und Whisky trinken und hochwertigen Brennstoff in die Tanks ihrer Motorräder pissen konnten. Keiner der Spritschlucker, den die Kavallerie aufgebracht hatte, hatte je erklären können, was diese Vorgehensweise so attraktiv machte, aber so war es nun einmal...

»Vielleicht braucht das gelbbäuchige Gelbbein eine Lektion in Benimm, Exxon«, sagte jemand.

»Jaaa«, meinte der Tätowierte, Exxon. »Könnte gut sein. Vielleicht geht sein gelber Streifen die Beine hoch und quer über seinen Rücken.«

»Vorsicht, Mann«, sagte Stack. »Ich habe mit dir nichts zu schaffen.«

Armindariz stand am fernen Ende der Theke und widmete seine ganze Konzentration ein paar Flecken, die er gerade wegwischte. Das Spielchen wurde allmählich heißer, und Pauncho kiebitzte. Stack war auf sich allein gestellt. Er schätzte, daß fünf oder sechs Schlucker anwesend waren. Exxon mußte ihr Big Boss sein. Das war der Name, den ihr Rudelführer immer verpaßt bekam.

Er drehte sich langsam auf seinem Barhocker um. Er hatte richtig geschätzt. Mit Exxon waren es fünf Typen und ein Mädchen. Alle stanken nach Benzin.

»Du bist bei der Kav, stimmt's?« fragte Exxon.

Stack nickte. Seine Hand ruhte auf dem Schaft des Schrotgewehres. Er würde sie niemals alle umlegen können, bevor sie ihn erwischten. Vielleicht explodierten sie ja. Bei ihrer Art zu leben war eine Spontanzündung ein lebensgefährliches Risiko.

»Also schön. Die Kavallerie ist immer, immer völlig grundlos hinter den Schluckern her. Und du repräsentierst die Kavallerie, also haben wir etwas mit dir zu schaffen.«

Scheiße, das war sein Todesurteil.

Und er war nicht einmal dahintergekommen, was es mit dem durchgedrehten Cruiser, Leona und dem gepfählten Priester auf sich hatte.

»Mobil«, sagte Exxon. »Gib dem Mann was zu trinken. Nicht diese armselige Feuerwasserpisse, mit der er sich den ganzen Abend mißhandelt hat. Einen richtigen Drink.«

Scheiße, Scheiße, Scheiße. Nicht nur, daß er sterben mußte, vorher mußte er auch noch Benzin trinken.

Mobil war der Narr der Truppe. Er sprang auf und setzte sich auf die Theke. Er nahm Stacks Glas und kippte den Whisky auf den Boden.

»Tut mir leid, Pedro«, sagte Exxon.

»Schon in Ordnung, Jungs«, erwiderte der Barkeeper. »Ich wische es eben einfach später wieder auf.«

Mobil schnappte sich einen Kanister und schüttete eine rosafarbene Flüssigkeit in das Glas. Er schnupperte am Bouquet, sagte, »sehr guter Jahrgang«, und schüttete es runter.

»Nach einem guten Drink«, sagte er, »was ist da besser als eine Zigarette zur Entspannung?«

Er holte ein Päckchen und ein Benzinfeuerzeug hervor.

»Ich liebe den kühlen, wilden Geschmack von Sandinos, der Zigarette, die so schön lange kratzt und nach *macho muchacho* duftet.«

Er zündete das Feuerzeug an und hauchte in die Flamme.

Stack fuhr zurück. Die feurige Wolke, die Mobil ausstieß, versengte seine Augenbrauen. Sie war im Nu verpufft. Stacks Gesicht fühlte sich heiß an, aber im Vergleich zu Slim's Tank und Grillstation war das gar nichts.

»Caramba«, sagte Mobil und beendete den Spot, »Mann, ist das eine wilde Zigarette.«

»Sieh mal einer an«, sagte Exxon. »Wir haben einen schwarzgesichtigen Entertainer hier.« Mit seinem wurstigen Zeigefinger verschmierte er den Ruß in Stacks Gesicht, vor allem rings um Lippen und Augen. »Eins muß man den Niggern lassen, manchmal sind sie verdammt unterhaltsam, was, *amigos?*«

Die Meute der Spritschlucker heulte auf.

»Erinnert ihr euch noch, wie die Voodoo Brothers für uns getanzt haben...?«

Exxons Lächeln bekam etwas Versonnenes, er dachte an die guten alten Zeiten.

»...bevor wir sie aufgeknöpft haben?«

Mobil hatte den nächsten Schluck Paraffin eingeschenkt. Er setzte ihn an Stacks Lippen und kippte ihn rein. Stack schluckte in der Hoffnung, das Chili hätte seine Geschmacksnerven ein für alle Male erledigt. Er bekam es runter, ohne zu kleckern. Mobil fuchtelte mit dem Feuerzeug vor seinem Gesicht herum und schnippte immer wieder die Flamme an.

»Was meint ihr, was kann unser Freund Sidney Freakin' Poitier hier wohl am besten, Kumpels? Tanzen und Singen, Akrobatik, Zaubertricks, oder ist er vielleicht komisch und kann unsere Gedanken lesen?«

Mobil kam Stack mit seinem Kopf unangenehm nahe und

meinte, »nein, ich denke, wir haben es mit einem saugut bestückten Superpornohengst zu tun. Die Nigger haben doch nichts anderes im Kopf, wie die Karnickel sind sie. Ich wette, unser Freund Al Freakin' Jolsen scheffelt Geld wie Heu, indem er seinen Dödel in Köter, Schweine und französische Ladys steckt, oder wenn es sein muß, auch nur in ein gut geschmiertes Loch in der Wand. Hab ich recht?«

Mobil kam langsam in Fahrt. Gut, vielleicht wurde er dann unvorsichtig. Dann hätte Stack vielleicht eine Chance.

»Mobil ist pervers, weißt du«, sagte Exxon. »Es ist eine Schande, aber so ist es nun einmal. Niemand kann etwas dafür, wie er erzogen wurde.«

Mobil war ein eingefleischter Redneck aus den finstersten Ozark Mountains – Exxons fieses Grinsen jedoch war reine Show. Stack vermutete, daß er vielleicht eine gewisse Zeit in Harvard oder Yale abgesessen hatte. Exxon war ein gebildeter Panzerboy.

»Ich halte dich nicht für einen Pornohengst. Wer würde schon sein gutes Geld dafür ausgeben, so ein schmächtiges, kleines Kerlchen zu sehen, das versucht, es einer fetten Hure zu besorgen? Nein, deine Vorzüge liegen eher auf sportlichem Gebiet. Vielleicht als Jockey?«

Stack rührte sich nicht.

»Nein? Dann vielleicht Basketballspieler? Ich hab' gehört, von euch farbigen Typen können eine ganze Menge recht gut mit dem Ball umgehen. Nein, dafür bist du zu klein. Und du hast keine Körperbeherrschung.«

Jemand hatte ihm das Schrotgewehr unter der Hand weggezogen und nach hinten gereicht. Das einzige Mädchen der Truppe – eine Vierzehnjährige mit uralten Augen und einer aufgedonnerten Bienenkorbfrisur – hielt sie wie ein Baby in den Armen.

»Weiß deine Mutter, wo du dich rumtreibst?« wollte Stack von ihr wissen.

»Verpiß dich, du Wurm!« schrie sie ihm mit einer schrillen, bösen, kleinen Stimme entgegen.

Exxon ballte die Faust und rammte sie ihm in den Leib. Seine Brandwunden glühten auf, und die Mischung aus Chili und Benzin in seinem Magen geriet in Bewegung.

Scheiße, Scheiße, Scheiße. Er würde mit dem Mund voller Kotze krepieren.

»Quatsch keine weißen Frauen an, Nigger. Dafür kann man in dieser Gegend gehängt werden. Wir sind nicht einmal besonders scharf darauf, daß ihr Nigger mit Hunden redet, aber wenn ihr anfangt, die Frauen zu belästigen, wo soll das bloß enden?«

Einer der Spritschlucker – der mit der Robokralle – war schwarz. Exxons Ausführungen über rassistische Themen schienen ihn nicht weiter zu stören.

»Ich weiß, was du bist, Junge. Du bist ein Kämpfer, stimmt's, mit bloßen Fäusten, Mann gegen Mann, zwei Kerle, die sich gegenseitig die Fresse polieren. Vielleicht trägst du dazu ein paar scharfe Ringe, damit es tiefere Wunden gibt?«

Exxon schattenboxte vor Stacks Gesicht herum, und tippte ihm gelegentlich leicht gegen Kinn oder Wange.

»Du hättest es zu was bringen können, Sugar Ray. Statt dessen bist du ein Penner geworden.«

Der Hammer stand ihm noch bevor. Stack spannte seine Bauchmuskeln an und hielt sich an der Theke fest. Mobil hatte ihn an den Schultern gefaßt, seine Finger bereit, sich einzugraben wie die eines Masseurs. Ein anderer Spritschlucker bog ihm die Arme auf den Rücken. Exxon tanzte in die Luft boxend vor ihm herum.

»Hast du *Rocky VIII* gesehen, Kleiner? Irre, wie der alte Sly Whoopi Goldberg auf die Matte legt und es ihr besorgt. So stelle ich mir einen fairen Kampf vor!«

Stack biß die Zähne zusammen. Exxon nahm Maß und langte zu. Stacks Unterkiefer klappte auf, und er spürte, noch bevor er es schmeckte, wie sich sein Mund mit Blut füllte. Er versuchte auszuweichen, wurde aber so festgehalten, daß er nur den Kopf bewegen konnte. Sein Schädel rollte wie ein Punchingball zwischen den Schultern hin und her. Er zitterte am ganzen Körper. Seine Lippen wurden gegen die Zähne gequetscht, seine Wangen platzten über den Knochen auf. Aus seiner Nase quoll Blut.

»Autsch, das hat weh getan«, beschwerte sich Exxon und hielt sich die Hand. Seine Knöchel waren schwarzrot vor Blut und Ruß.

»Ja sieh mal einer an, was haben wir denn hier?«

Er wischte sich die Hände an seinem Overall ab, dann zog er einen ölverschmierten Lappen aus der Tasche und rubbelte über Stacks Gesicht. Der Ruß ging ab.

»Pardonnez-moi, Trooper. Scheint, daß wir unter falschen Voraussetzungen angetreten sind, was Jungs? Du bist ja gar kein schwarzer Dschungelaffe. Der Typ ist so weiß, wie er nur sein kann.«

Die Spritschlucker lachten. Der schwarze Schlucker strich zärtlich über seine Kralle und begann langsam zu grinsen. In einen seiner Zähne waren wie bei einem Würfel schwarze Punkte eingesetzt. Er ließ sein Roboteil in der Luft zuschnappen. Es sah aus, als wäre es teuer gewesen. GenTech vielleicht, oder Sony. Er ließ seine Kralle klacken wie ein Hummer.

»Zu schade. Wir haben Gesetze hier in Welcome, Trooper. Weißt du nicht, daß es ein Verbrechen ist, sich als Nigger auszugeben? Wir werden den Fall verhandeln müssen.«

Die Schlucker tobten und johlten.

»Die Staatsanwaltschaft?« fragte Exxon.

»Ja, Euer Ehren«, erwiderte Mobil.

»Bitte legen Sie den Fall Arizona gegen diesen Rattenarsch dar.«

Mobil hakte die Daumen in den Latz seines Overalls. »Also, Euer Ehren, mir scheint, daß hier ein klarer Fall von Gesetzesbruch vorliegt. Der Angeklagte ist gar kein Nigger, das sieht ja wohl jeder. Aber er hat versucht, die anständigen Bürger in dieser Stadt hinters Licht zu führen. Ich rufe einen Zeugen auf. Bitte. Mr. Shell…«

Der Typ mit der Hummerkralle trat vor. »Hier.«

»Mr. Shell«, begann Exxon, »versprechen Sie, die Wahrheit zu sagen, die ganze Wahrheit, die reinste Wahrheit und nichts als die ganze gottverfluchte Wahrheit, so wahr Gott sonst vom Himmel herabsteigt und Ihnen Ihre Eier abreißt?«

»Ich schwöre«, ließ Shell mit sonorem Baß vernehmen und hielt seine Kralle in die Höhe.

»Haben Sie irgend etwas zu sagen?«

»Ja, ich hätte gerne ein Gläschen Babycham!«

»Einspruch«, brüllte Mobil.

»Stattgegeben«, sagte Exxon. »Der Zeuge möge beim Thema bleiben.«

»Tut mir leid, Euer Ehren«, sagte Shell. »Aber die Sache ist so klar wie der Tag lang ist. Dieses Mondgesicht von einem weißen Schwein, dieses gelbbeinige Arschloch vom Rio Grande ist so schuldig wie Judas und mindestens zweimal so tot.«

»Richtig«, pflichtete Mobil dem bei, »und die Anklage ist so lang wie mein Schwanz.«

»Ersttäter, hm?« meinte das Mädchen. Alles bis auf Mobil lachte. Mobil sog prüfend die Luft ein. Sein Gesicht wurde rot. Dann schlug er Stack mit dem Handrücken über den Mund.

»Herr Staatsanwalt, Herr Staatsanwalt. Ich muß darauf bestehen, daß Sie die Würde dieses Gerichts wahren, sonst sehe ich mich gezwungen, Sie zum nächsten Stall bringen und zwangsweise waschen zu lassen.«

»Ich bitte um Entschuldigung, Euer Ehren.«

»Entschuldigung akzeptiert. Hören wir, was die Verteidigung zu sagen hat. Miss Bleifrei?«

Das Mädchen trat vor. Tränen traten in ihre Augen, dazu fuchtelte sie dramatisch mit dem Schrotgewehr in der Luft herum.

»Das Ausmaß an Gnade darf nicht überbeansprucht werden«, hub sie an. »Nur in Maßen fällt sie wie Regen vom Himmel auf die Erde. Zwiefach gesegnet sei...«

Unter den Schluckern wurde es still. Shell verpaßte der Musikbox einen Tritt, dann schwieg auch sie.

»...gesegnet sei der, der sowohl geben als auch nehmen kann. Darin liegt die wahrhaftige Kraft. Sie steht dem Herrscher auf dem Thron besser an als seine Krone; sein Zepter ist das Zeichen vergänglicher Macht, ein Attribut von Macht und Größe, in dem sich all seine Ehrfurcht zeigt; Gnade jedoch geht über die Macht des Zepters, sie thront im Herzen von Königen, sie ist eine Eigenschaft Gottes. Und Gottes Wirken zeigt sich immer dann in irdischer Macht, wenn Gerechtigkeit den Ruch der Gnade trägt. Was jedoch diesen Fall anbelangt, ist mein Klient so schuldig wie eine fette vollgefressene Katze in einem Fischtank, und meine Empfehlung an das hohe Gericht wäre, dem Arschloch *toute de suite* die Rübe vom Leib zu schießen.«

»Vielen Dank für Ihre wortgewandten Ausführungen, Miss Bleifrei. Meine Herren Geschworenen, sind Sie zu einem Urteilsschluß gelangt?«

Alles stimmte johlend zu.

»Und ist Ihr Urteil einstimmig?«

Wieder allgemeines Gebrüll.

»Und wie lautet Ihr Urteil?«

»SCHULDIG!«

Exxon holte ein schwarzes Taschentuch aus seiner Tasche, faltete ein Schiffchen daraus und setzte es sich auf den Kopf. Dann zog er den Revolver aus seinem Hosenbund. Es war ein Wildey, eines dieser tollen Dinger, die sehr viel größer waren als nötig.

»Wie es aussieht, müssen wir dich auf der Stelle exekutieren, Angeklagter. Tut mir leid, Kumpel, aber so ist es nun einmal beschlossen. Wir haben keine andere Wahl. Durch Gesetze ist dieses Land zu dem geworden, was es ist.«

Er spannte den Hahn und zielte. Wenn er sie mit einer Hand abfeuerte, würde sie ihm das Handgelenk brechen. Feuerte er sie jetzt ab, würde die Stoppermunition – Stack wußte einfach, daß Exxon SM-Munition geladen hatte – ihm ein zentimetergroßes Loch zwischen Nase und Oberlippe in den Schädel brechen. Die Splitter konnten leicht noch Mobil und den anderen Schlucker erledigen, der seine Arme festhielt.

Aber vielleicht war Exxon das egal. Wie auch immer, für Stack machte es keinen Unterschied.

Exxon kniff ein Auge zusammen und zog langsam den Abzug. Er gab an damit; er hatte in einer Hand gar nicht die Kraft abzudrücken. Dann nahm er sie in beide Hände und tanzte hin und her, um einen besseren Stand zu bekommen. Die Kimme kratzte Stack über die Nase.

Mobil und die anderen wichen zur Seite.

»Hast du noch etwas zu sagen, Verurteilter?«

Stack fiel nichts ein, also sagte er: »Arschloch.«

»Die Zeit vergeht, Trooper. Die Jahreszeiten kommen und gehen. Schon bald wird es Sommer, mit flirrender Hitze über dem glühenden Horizont. Dann kommt der Herbst mit dem gelben Erntemond und den bewässerten Hügeln, die gülden in der untergehenden Sonne leuchten. Dann der Winter, mit seinem beißenden, pfeifenden Wind, und dem unter einer weißen Schneeschicht verborgenen Land...«

Die Ansprache klang wie auswendig gelernt. Goldene Hügel gab es schon lange nicht mehr.

»...und schließlich wieder der Frühling mit seinem wogenden, grünen Gras, und der Vielfalt süß duftender Blumen auf jedem Hügel...«

Der Hahn klickte nach hinten. Exxons Finger schlossen sich um den Abzug.

»...ABER DU WIRST VERDAMMT NOCH MAL NICHT HIER SEIN, UM IRGEND ETWAS DAVON MITZUERLEBEN, DU DÄMLICHER SCHWANZ!«

Ein Schuß fiel. Ein Schädel explodierte. Ein lebloser Körper stand einen Augenblick lang seltsam entspannt da, fiel dann wie ein Wäschesack in sich zusammen und blieb ausgestreckt auf dem Fußboden der Bar liegen.

Stack blickte, immer noch zitternd, von Exxons Leiche zur Schwingtür des Saloons, durch die gerade die schönste Frau trat, die er in seinem ganzen Leben gesehen hatte. In der Hand hatte sie eine rauchende Waffe.

Selbst wenn sie nur einen Meter zwanzig groß gewesen und dreihundert Kilo gewogen und einen Ziegenbart gehabt hätte, wäre sie noch immer die schönste Frau gewesen, die er in seinem Leben je gesehen hatte.

TEIL V: Alle Kinder Gottes tragen Waffen

Das Fort hatte sich verändert. Nicht, daß alles in Flammen aufgegangen wäre. Die Schaltzentralen spieen keine Funken. Aus den Duschköpfen sprühte kein Blut. Auch Lauderdales Kader bewaffneter Friedensstifter-Androiden hatten nicht gegen ihre Herren aufbegehrt und sämtliche Menschen in Sichtweite ans Elektroschwert geliefert. Abgesehen von Youngers Aufzug, der steckengeblieben war, funktionierte alles scheinbar normal. Trotzdem hatte sich etwas verändert. Captain Cat Finney machte einen vollständigen Systemcheck, trotzdem trat keine Unregelmäßigkeit zu Tage. Der gewaltige Input hatte sich augenscheinlich in Nichts aufgelöst.

Colonel Rintoon lief immer noch herum und murmelte etwas von »Monitorfehler«, Finney dagegen war nicht bereit, das zu schlucken. Wenn es Fehlanzeigen gab, dann eher jetzt als vorher. Was würde Mullah I Nassruddin in einem solchen Fall tun, fragte sie sich. Wahrscheinlich aufgeben, bis es wieder verschwunden war.

»Die Gesellschaften wollen noch immer nichts mit uns zu schaffen haben«, teilte ihr Lieutenant Rexroth mit. »ITT spricht nicht einmal über Telefon mit uns, und GenTech hat uns gerade vom FAX-Gerät ausgeschlossen.«

»Sieht aus, als hätten wir irgendeine ansteckende Computerkrankheit.«

Rexroth fand das nicht komisch.

Finney spielte das Spiel mit. Sie war eine gute Sufi. Eigentlich sollte ihr das hier kein Kopfzerbrechen bereiten. Was sagte ihr Berater in solchen Fällen doch gleich? »Das gehört alles zu den bunten Wirrnissen des Lebens.« Harmonie ließ sich irgendwie in allem finden.

»Wie sieht es bei uns aus?« wollte sie wissen.

»Ganz gut. Keine Unregelmäßigkeiten.«

»Und woher wissen Sie das?«

Der junge Mann machte ein verblüfftes Gesicht. »Äh... daß alles so läuft, wie es sollte?«

»Lassen Sie mich es so formulieren. Können Sie sich erinnern, wann hier zum letzten Mal alles so gelaufen ist, wie es sollte? Ohne Unregelmäßigkeiten?«

»Äh...«

»Ich verrate es Ihnen. Noch nie! Wir sind hier, um darauf zu achten, wo Schwierigkeiten auftreten. Und jetzt, da sich dieses wonnevolle Jahrhundert seinem segensreichen Ende nähert, treten *unablässig* Schwierigkeiten auf.«

»Ich werde die Checks noch einmal durchlaufen lassen.«

»Tun Sie das.«

Finney versuchte selbst, sich von hinten in das System zu schleichen, und erhielt dieselben vorgekauten Antworten. Selbst die Spione, die sie zu ihrer ausschließlich persönlichen Verwendung eingebaut hatte, zeigten ihr nichts an, was nicht in Ordnung war. Sie war die beste Programmiererin und Analytikerin in Fort Apache. Im Augenblick war sie jedoch überzeugt, wenn man mit den Maschinen fertigwerden wollte, brauchte man einen Exorzisten.

»Weißt du«, sagte sie, an niemand Bestimmten gewandt, »manchmal ist, glaube ich, brauner Reis einfach nicht genug.«

Captain Lauderdale kam herüber. »Cat, die Post hat sich gerade aus dem Netz ausgeschaltet. Jetzt sind nur noch wir und die Cruiser übrig.«

»Na großartig. Haben Sie schon mit dem Kardinal, oder was er ist, gesprochen?«

»Es ist schwer, den zuständigen Mann zu finden. Ich hätte nie gedacht, daß die katholische Kirche so kompliziert ist. St. Columba in Phoenix versucht laufend, uns an irgendeinen Latino-Kirchenboss in Managua zu vermitteln.«

»Erzbischof Oscar Romero?«

»Ja, so heißt der Typ.«

»Dann setzen Sie sich mit diesem Romero in Verbindung.«

»Aber er ist das frühere Staatsoberhaupt einer den Vereinigten Staaten feindlich gesinnten Konföderation. Wir wenden uns mit unseren Sorgen nicht an solche Typen.«

»Geben Sie mir die Kraft, Lauderdale. Das hier hat nicht viel mit den Linien auf einer Landkarte zu tun.«

Lauderdale war genervt. »Sagen Sie das Colonel Rintoon, Cat. Er will nicht, daß diese Geschichte über Arizonas Grenzen hinaus bekannt wird. Er verdonnert uns zu Latrinendienst, wenn er den Eindruck bekommt, wir wenden uns um Hilfe an Texas, ganz zu schweigen von der Konföderation Zentralamerikanischer Staaten!«

»Tut mir leid, Lauderdale.«

»Ja, allen tut es leid.«

Finney war aufgefallen, wie gereizt Lauderdale seit Beginn dieser Geschichte war. Es ging jedem an die Nerven. Im Ops Center hatte es mehr kleine Streitereien gegeben als gewöhnlich. Die Leute reagierten gereizt, gerieten aneinander und plusterten sich auf. Sie hoffte, über diesen Dingen zu stehen, aber auch ihre Nerven waren überstrapaziert.

Es wäre schön, wenn sie nicht nur fühlen, sondern auch sehen könnte, was nicht stimmte.

»Vielleicht war der Ort verhext?«

Lauderdale zog ein Gesicht.

»Nein, im Ernst. Wir sitzen hier direkt neben einem uralten historischen Bauwerk, Lauderdale.«

»Der London Bridge?«

»Ja. Ihr Mauerwerk muß blutdurchtränkt sein. Sie kennen London. Angeblich die am meisten geplagte Stadt der Welt. Epidemien, Feuersbrünste, der Blitzkrieg, Massaker, Morde, Jack the Ripper, Christie, Dracula, Burke und Hare...«

»Edinburgh.«

»Was?«

»Burke und Hare haben ihre Opfer in Edinburgh umgebracht.«

»Wie auch immer. Vielleicht hat man die Geister zusammen mit der Brücke importiert.«

Lauderdale hob die Hände und schüttelte den Kopf. »Cat...«

»Ja?«

»Haben Sie in letzter Zeit genug Sex gehabt? Sie kommen auf verdammt... dämliche Gedanken, wissen Sie.«

Finney schlug ihm ins Gesicht. Er begann langsam zu lächeln.

»So ist's recht, Sufi. Werden Sie sich über Ihre Gefühle klar. Lassen Sie sie heraus.«

»Captains«, schrie jemand. Rintoon hatte den Raum betreten. Finney und Lauderdale grüßten unisono.

»Mir ist völlig egal, was hier geschieht. Ich will so etwas einfach nicht noch einmal sehen, verstanden?«

»Sir. Jawohl, Sir.«

»Schön.«

Rintoons Haar war ungekämmt, seine Krawatte nicht gebunden. So fing es an. Finney war überzeugt, daß die Welt aus den Fugen geriet.

»Finney, wir brauchen Sie oben im Schacht. Wir haben uns bis zur Hauptschaltzentrale durchgearbeitet, aber sie blinkt uns nur an. Sie kennen alle Codes.«

»Jawohl, Sir.«

»Schon irgendeinen Kontakt zu Major General Younger, Sir?«

»Brevet Major General Younger, Lauderdale. Nein, seit Beginn dieses Unbekannten Ereignisses hat er sich nicht mehr gemeldet.«

Das Unbekannte Ereignis. Das UE. Das war Rintoons Art, mit diesen Dingen fertig zu werden. Er klebte ihnen eine militärische Bezeichnung an, band sie in den Jargon ein und legte sie zusammen mit all den anderen UEs ab, über die er nicht mehr nachzudenken gedachte.

Finney überließ Lenihan ihre Steuereinheit und begleitete den Colonel. Lauderdale folgte den beiden. Nach den weiß verputzten, makellos aufgeräumten Gängen war der stark verschmutzte Aufzugsschacht mit den herunterhängenden Kabeln, dem herumliegenden Dreck und dem Funkenregen ein Schock. Überall unter der Oberfläche sah es so aus. Finney mochte Maschinen. Sie taten, was man ihnen sagte. Aber in der heutigen Zeit besaßen selbst Maschinen ein Unterbewußtsein.

Der Aufstieg über die Leiter zu dem steckengebliebenen Aufzug glich einer Wanderung durch die vergessenen Träume des Forts. Sie fragte sich, ob sie ihre Hüften durch die herausgenommene Verkleidung am unteren Ende des Aufzugkorbes schieben konnte, hatte aber keine Schwierigkeiten. Zwei Techniker zogen sie hinauf. Diese beiden Energietechniker in den verschmierten Overalls hatten es tatsächlich geschafft, Rintoon dazu zu bringen, sie holen zu gehen. Bei manchen Arbeiten stand selbst ein Colonel nur im Wege.

Rintoon und Lauderdale stiegen ebenfalls in den Aufzugkorb. Es war ein wenig unbequem. Die Techniker hatten sämtliche Leitungen der Tür freigelegt und ein Spaghettigewirr von Kabeln herausgezogen. Auf einer Leuchtanzeige blinkte eine Reihe von acht Lämpchen. Die Datenbank war gelöscht worden.

»Das dürfte eigentlich nicht passieren. Die Türen haben sich nicht geöffnet, weil der Mechanismus den Code des befehlshabenden Offiziers nicht mehr hat lesen können. Aber selbst wenn der Zentralcomputer abstürzt, gibt es eine Ausfallsicherung. Der Code wird gelöscht, aber sofort durch die einfachste mögliche Kombination ersetzt. Acht Nullen. Die Tür hier hat nicht einmal die lesen können.«

»Und wie geht's jetzt weiter?« fragte Rintoon.

»Es geht weiter«, erwiderte sie am Hauptschalter drehend, »indem wir einen Code programmieren. Eins zwei drei vier fünf sechs sieben acht.«

Die Zahlen leuchteten auf und blieben stehen.

»Dann geben wir den Code ein.« Finney drückte nacheinander die Knöpfe. »Und *voilà,* die Türen gehen auf.«

Die Aufzugtüren öffneten sich.

»Jesus Christus!« rief jemand. Einer der Techniker erbrach sich durch die Öffnung im Fußboden.

Younger lag zerstückelt über die gesamte Küche verteilt. Sämtliche Küchengeräte summten. Dicke Rauchschwaden hingen in der Luft, und aus einer Steckdose stoben Funken, aber in Brand geraten war nichts. Ein immer noch vibrierendes elektrisches Küchenmesser hatte sich durch Youngers Brust gebohrt. Sein Kopf schmorte schwarz und rauchend in der Mikrowelle, die Lider waren von den toten, weißen Augen geschrumpft, die aussahen wie hartgekochte Eier.

»Man hat den Major General... zerstückelt!« stammelte Lauderdale.

»Brevet Major General«, korrigierte Rintoon.

Niemand verließ den Aufzug.

II

Die Kleine von den Spritschluckern lud das Jagdgewehr durch und blickte plötzlich in den Lauf der SIG 7.62.

»Tu's nicht«, sagte Chantal und sah dem jungen Ding fest ins Gesicht. Die Kleine hatte Tätowierungen auf beiden Wangen und trug das Haar zu Rattenschwänzen gebunden.

Sie senkte die Waffe.

»Schieb sie zu dem Trooper rüber.«

Das Mädchen befolgte die Anweisungen. Der Trooper hob die Waffe auf und sah nicht mehr ganz so verängstigt aus. Mit dem Handrücken wischte er sich das Blut aus dem Gesicht und stieg über den Toten hinweg.

Wie im Training gelernt, hatte Chantal blitzschnell ein Urteil gefällt. Was an der Schuldfrage allerdings nichts änderte.

Der Mann am Boden gesellte sich zu ihrer Sammlung nächtlicher Horrorgestalten. Irgendwann würde sie einmal eine Bestandsaufnahme machen müssen.

Ein hyperaktiver kleiner Schlucker zog einen angespitzten Schraubenzieher aus seinem Werkzeuggürtel und versuchte, ihn Stack ins Ohr zu bohren. Chantal verließ sich darauf, daß der Kavallerist alleine damit fertig wurde. Der Trooper tauchte unter dem Stoß weg und rammte seinem Angreifer den Schaft des Jagdgewehres vor die Brust. Als der Schlucker abknickte, verpaßte er ihm einen scharfen Schlag auf den Hinterkopf. Bewußtlos sackte er über seinem toten Anführer zusammen.

»Genug gesehen?« fragte sie.

Das Mädchen sah Chantal an und zuckte mit den Achseln. In ihren Augen blitzte etwas Jahrhundertealtes auf.

»Du und ich«, meinte das Mädchen, »wir sind aus demselben Holz, oder?«

»Ich hoffe nicht«, sagte Chantal, den kleinen Widerhaken verdrängend, der sich in ihr Herz bohrte. »Das hoffe ich ganz bestimmt nicht.«

Die anderen sammelten ihre Toten und Verletzten zusammen.

»Geht jetzt nach Hause.«

Die Spritschlucker verließen den Saloon. Das Mädchen ging als letzte. Sie drehte sich um und winkte den Anwesenden zu.

»Gute Nacht zusammen.«

Dann war die Gang verschwunden, als hätte die Dunkelheit

draußen sie verschluckt. Hinter ihnen schwangen die Saloontüren.

Chantal schob ihre Pistole ins Halfter und ging hinüber zur Theke.

»Lady«, sagte der Trooper, »darf ich Sie zu einem Drink einladen?«

»Wasser.«

»Sogar das. Nur das Allerbeste. Pedro, bring uns zwei Wasser. Und zwar reines Wasser, oder ich mache in meinem Bericht aus einem unschuldigen Zuschauer einen Komplizen.«

Der Barkeeper kam hinter der Theke entlanggeschlurft und zauberte zwei Gläser und eine Flasche hervor.

»Die Spritschlucker sind Stammkunden, *Senor*. Ich kann nichts tun, was schlecht fürs Geschäft ist.«

»Ach, ja? Kommt es in deinem Laden häufiger zu solchen ›Verhandlungen‹?«

Pedro brummte etwas Unverständliches.

Chantal nippte an ihrem Wasser. Es kam direkt aus der Quelle, unverschnitten.

»Trooper Nathan Stack, zu Ihren Diensten, Madam«, sagte der Kavallerist. Der Name hatte in ihrem ersten Bericht gestanden.

»Sie waren mit Tyree zusammen?«

Sein zerschundenes Gesicht bekam einen gequälten Zug. »Ja. Woher wissen Sie von Leona?«

»Ich komme aus Fort Apache.«

»Sie waren noch nicht da, als ich losfuhr. Daran würde ich mich erinnern.«

»Ich bin erst gestern angekommen. Mein Name ist Chantal Juillerat.«

»Wie war das, bitte?«

Sie buchstabierte es für ihn. »Juillerat. Ein Schweizer Name. Ich arbeite eng mit Ihrer Regierung und Major General Younger zusammen. Hier ist meine Vollmacht.«

Sie reichte ihm die vom Gouverneur des Staates, von General Haycox und vom Stellvertreter des Präsidenten gegengezeichneten Papiere. Er pfiff durch die Zähne und zuckte vor Schmerzen zusammen. Es hatte ihn ziemlich übel erwischt.

»Was ist Ihnen zugestoßen?«

Stack stürzte sein Wasser hinunter, sagte aber nichts.

»Wie Sie sehen, bin ich bevollmächtigt, Ihren Bericht entgegenzunehmen. Was ist Ihnen zugestoßen? Wo steckt Tyree? Wo ist Ihr Fahrzeug?«

Stack nahm einen weiteren Schluck und gab dem Barkeeper ein Zeichen, daß er die Flasche wünschte. Der Mann reichte sie ihm, und Stack schenkte ein.

»Leona Tyree ist tot, Ms. Juillerat. Der Cruiser steht oben in der Kirche und pinnt einen toten Priester an den Altar…«

Chantals Augen mußten sie verraten haben. Stack ließ sein Glas mit dem kostbaren Wasser fallen und packte sie bei den Schultern. Er fing an sie zu schütteln.

»Sie wissen, was das zu bedeuten hat, hab' ich recht? Was ist hier eigentlich los? Warum ist der Cruiser durchgedreht? Warum mußte Leona sterben?«

Sie ergriff seine Handgelenke und schob seine Hände von sich. »Derartige Informationen überschreiten Ihre Befugnisse«, sagte sie. »Außerdem weiß ich es selbst nicht genau. Morgen früh fahren wir zu St. Werburgh und sehen uns um. Vielleicht können wir das Problem dann eingrenzen.«

Stack war anzusehen, daß er damit nicht glücklich war.

»Morgen sehe ich zu, daß ich von hier verschwinde. Ich muß mich in Fort Apache melden. Ich bin seit Tagen überfällig.«

»Kein Problem. In Federico habe ich ein Funkgerät.«

»Federico?«

»Mein Wagen. Ich habe den ganzen Tag mit Fort Apache in Verbindung gestanden.«

»Verdammt, Lady, warum haben Sie das nicht gleich gesagt? Kann ich mich jetzt melden?«

»Sicher.«

»Zuerst muß ich noch etwas regeln. Pedro?«

Der Barkeeper zuckte zusammen und konnte Stack nicht ins Gesicht sehen.

»Wieviel schulde ich dir, Pedro?« fragte Stack betont laut, den Mann anstarrend.

Pedro schwitzte und blickte zu Boden. Die Theke war mit Blut bespritzt. Stacks Blut, und das des Spritschluckers.

»N... nichts, *Senor*... geht alles aufs Haus.«

Pedro zog ab und wischte dabei mit einem feuchten Lappen über das Blut.

»Wir kommen bald wieder.«

»Gute Nacht *Senor, Senorita.*«

Stack löste sich von der Theke, hielt einen Augenblick inne, als die Schmerzen ihn überkamen, dann humpelte er zur Tür. Chantal streckte den Arm aus und stoppte ihn.

»Sie müssen müde sein, Trooper.«

Er machte ein verwirrtes Gesicht. Dann begriff er. »Ja, richtig... ich habe nicht nachgedacht. Tut mir leid. Danke.«

Chantal ging vorsichtig zur Tür und klappte dabei ihre IR-Brille auseinander. Sie setzte sie auf, und die Dunkelheit draußen war verschwunden.

»Der Typ mit der Kralle...«

»Shell.«

»Ist das sein Name? Wie die Ölgesellschaft? Er hockt unten hinter einer Reihe Motorräder. Die Kleine...«

»Miss Bleifrei?«

»Sehr komisch. Sie sitzt mit einer Art Jagdgewehr auf dem Dach des alten Vorratsschuppens. Nichts Hochtechnisches. Die anderen sind auch da, irgendwo.«

»Fünf gegen zwei. Die Chancen stehen lausig.«

»Sie haben recht«, sagte sie und nahm ihm das Gewehr aus der Hand. »Sie haben kaum eine Chance. Ich werde dafür sorgen, daß es keine weiteren Toten gibt.«

Stacks Kiefer klappte herunter.

Von ihrer Position dicht neben der Tür hatte Chantal Shell genau im Visier. Er hockte unbequem hinter den Motorrädern und verlagerte ständig sein Gewicht. Die Kralle mußte ihm erst kürzlich eingesetzt worden sein, er hatte sich noch nicht an sie gewöhnt. Sie fragte sich, ob er wohl ein Phantomjucken verspürte, dort, wo früher seine Finger gewesen waren. Angeblich ließ sich dieser Nachteil der Bioimplantate noch nicht beheben.

»Werfen Sie einen schweren Gegenstand durch die Tür, bitte.«

»Was immer Sie sagen, Ms. Juillerat.« Stack nahm einen Barhocker und schleuderte ihn Richtung Tür. Miss Bleifreis Gewehr krachte. Sie traf den Hocker noch in der Luft, und Shell kam hoch, einen Sechsschüsser in seiner guten Hand. Chantal feuerte, als die Türen zurückgeschwungen kamen.

Der Tank des ersten Motorrades explodierte in einer grellen Blüte aus Feuer. Die ganze Reihe folgte wie die Dominosteine, nacheinander explodierten sämtliche Tanks. Shell wurde über und über mit der brennenden Flüssigkeit bespritzt und rannte kreischend davon, sein Roboteil wie einen brennenden Scheit schwenkend.

»Kein fahrbarer Untersatz mehr, Miss Bleifrei«, rief Stack. »Wie gefällt dir das?«

Ein Schuß bohrte sich in das harte Holz des Saloonfußbodens neben der Tür.

Der kleine Schlucker, dem Stack zuvor eins mit dem Gewehrschaft verpaßt hatte, stürzte brüllend und wild um sich ballernd durch die Schwingtür.

Stack zückte seinen Revolver und dübelte ihm eine Kugel unter das rechte Auge. Er torkelte zurück. Sein Gesicht stand in Flammen, und er war längst tot, als die Flammen seine benzingetränkten Haare und Klamotten erfaßten.

»Verdammt«, sagte er, »schätze, jetzt ist's aus.«

Der Schlucker explodierte draußen auf der Veranda.

»Wer Benzin säuft, sollte keine Zigarren rauchen«, meinte Stack.

Minutenlang sprach niemand ein Wort. Draußen waren Rufe zu hören, und das Geräusch von laufenden Menschen.

»Die Luft ist rein«, sagte Chantal.

Pedro kam mit einem Eimer voll Sand hinter der Theke hervorgeschossen und löschte die brennende Leiche auf seiner hölzernen Veranda, indem er das Feuer austrat und den Schlucker mit dem Fuß auf die Straße beförderte. Die Motorräder brannten noch, und er rief diesen Pauncho herbei, der ihm half, den Brand zu löschen, bevor er sich bis zum Saloon ausbreitete.

Als Stack und Chantal den Saloon verließen, fluchte Pedro auf spanisch hinter ihnen her. Chantal amüsierte sich über seine rege Phantasie.

Federico stand genau gegenüber. Bei ihrer Ankunft in der Stadt war der Silver Byte Saloon das einzige beleuchtete Haus gewesen, und sie war dorthin gefahren, um nach dem Weg zur Kirche zu fragen.

»Ist das Ihr Wagen?« fragte Stack.

Sie nickte. Stack pfiff zum zweiten Mal.

Chantal tippte den Zutrittscode ein, und die Tür auf Federicos Fahrerseite öffnete sich mit einem leisen Zischen.

»Federico.«

»Ja«, erwiderte er auf englisch, mit Rücksicht auf Stack.

»Stell eine Verbindung mit Fort Apache her.«

Das automatische Signal wurde ausgesandt. Es entstand eine Pause. Pedro und Pauncho auf der anderen Straßenseite hatten das Feuer mittlerweile unter Kontrolle, fluchten aber immer noch.

»Fort Apache antwortet nicht.«

»Das ist ausgeschlossen«, sagte Stack.

»Ich wiederhole: Fort Apache antwortet nicht.«

Chantal griff sich an den Hals und spielte mit dem Kettchen an ihrem Kruzifix.

»Versuch es mit einer Prioritätsschaltung. Versuche es mit den persönlichen Frequenzen von Brevet Major General Younger, Colonel Vladek Rintoon und so weiter, die ganze Befehlskette runter.«

Federico machte sich schweigend an die Arbeit. Ab und an blinkten ein paar Lämpchen auf dem Armaturenbrett auf.

»Keine Reaktion.«

»Hat sich Fort Apache abgeschaltet?« wollte Stack wissen.

»Fort Apache wird normal angezeigt. Es antwortet nicht.«

Chantal wußte, das war der Grund, weshalb man sie nach Amerika geschickt hatte. Einen Augenblick lang beschlichen sie Zweifel. Sie versuchte, sie zu überwinden.

»Vor morgen früh können wir nichts unternehmen«, sagte sie zu Stack. »Wir sollten ein wenig schlafen. Steigen Sie in den Wagen, und ich fahre Sie zum Motel. Sie wohnen doch im Motel?«

Stack hinkte mit seinen Gedanken fünf Minuten hinterher. Er schüttelte den Kopf.

»Ja... äh...«

»Gut. Ich werde mir ein Zimmer nehmen. Morgen fahren wir dann zur Kirche.«

Sie setzte sich hinter das Steuer und öffnete die Beifahrertür. Stack kletterte verwirrt hinein. Als sie am Motel ankamen, war er bereits auf seinem Sitz eingeschlafen und hing – vielleicht bewußtlos – in seinem Sicherheitsgurt.

Sie ließ ihn dort sitzen und brach, da sie keinen Nachtportier finden konnte, in ein Zimmer ein.

III

Lauderdale inspizierte seine Androiden. Die gesamte Truppe stand in Hab-Acht-Stellung unter einer Zellophanhülle im Lagerraum. Sieben Fuß groß, dem Menschen nachgebildet, wenn auch ohne Gesicht unter dem Helm, glichen sie ein wenig dem Roboter aus dem Streifen *Der Tag, an dem die Welt stillstand.* Das einzige Zugeständnis an die Wünsche der US-Kavallerie waren die gelben Streifen an ihren Beinen.

Die Robo-Troopers waren Captain Lauderdales besonderes Spezialgebiet. Seit eine Welle anti-androider Ressentiments über das Land geschwappt war, hatte die Kavallerie sie nicht mehr allzu oft eingesetzt. Damals hatte der Gouverneur von Los Angeles sie in das Watts-Sperrgebiet geschickt, um eine friedliche Demonstration gegen die Verbindungen der USA mit Großrhodesien aufzulösen. Ein winziger Fehler irgendeines Programmierers hatte zu einer Prioritätsänderung bei der obersten Handlungsanweisung der Androiden und damit zu einem Massaker geführt, bei dem 1594 Menschen ums Leben kamen. Die meisten Agenturen hatten seitdem ihre Androidenprogramme auf Eis gelegt, oder die Produktion auf andere Zweige der Roboterbranche verlagert. Hammond Maninski Inc. aus der befestigten Stadt Pittsburgh experimentierte laut in der britischen TV-Polizeishow *Dixon of Dock Green* veröffentlichten Gerüchten zufolge mit der Donovan-Behandlung, bei der menschliche Gehirne in androide Körper eingesetzt wurden, die man dann aufs Schlachtfeld schickte. Lauderdale wußte, daß dieses Vorgehen ungeeignet war. Man sollte das menschliche Gehirn möglichst vom Schlachtfeld fernhalten. Es durfte die Aktionen an sämtlichen Monitoren verfolgen und Gott spielen, aber nicht in eine Konservendose gesteckt werden, wo es auf den ersten Zufallstreffer einer selbstgebastelten Splitterbombe wartete, der seine dünne Schale knacken würde.

Er führte einen Systemcheck an der Hauptsteuereinheit durch. Die Androiden hatten sich seit der letzten Inspektion nicht von der Stelle gerührt. Eigentlich müßte er jemanden abstellen, der sie häufiger abstaubte, dachte Lauderdale. Sie waren seit achtzehn Monaten nicht mehr eingesetzt und nur nach einigem Drängen zu Paraden und zum Antreten herausgelassen worden. Lauderdale ärgerte sich, wie sehr sein Spezialbereich vernachlässigt wurde. Er kam sich in Apache überflüssig vor, wie ein Mann, den man nur mit Gelegenheitsjobs betraute, anstatt ihn den Auftrag erfüllen zu lassen, für den er sich verpflichtet hatte.

Colonel Rintoon hatte jedem einzelnen befohlen, sein Aufgabenbereich im Fort zweifach zu überprüfen. Er war überzeugt, daß irgendwo ein Mörder frei herumlief, und daß er sich mittels bislang unbekannter Hilfe Zutritt zu und eine Fluchtmöglichkeit aus Youngers Küche verschafft hatte. Jeder war gehalten, nach Hinweisen Ausschau zu halten. Lauderdale stimmte mit Captain Finneys Beurteilung überein. Younger war von seinem eigenen Küchengerät umgebracht worden. Die körperliche Anwesenheit eines Mörders war überhaupt nicht erforderlich gewesen. Finney hatte erläutert, wie ein Mörder sich an der Küche zu schaffen machen konnte, indem er das Zentralsystem des Forts anzapfte, Rintoon dagegen blieb beharrlich bei seinem Glauben an das, was er sehen konnte: den Energieverlust und die Anzeigetafeln. Für ihn war Fort Apache unversehrt. Rintoon stand kurz vor dem Zusammenbruch. Um ihn herum schossen Probleme aus dem Boden, die seine geistigen Fähigkeiten um einiges überstiegen.

Keiner der Androiden hatte blutige Finger. Das allerdings hatte Lauderdale auch nicht erwartet.

Er warf einen letzten Blick in den Lagerraum, schaltete das Licht aus und trat hinaus auf den Gang.

Lieutenant Rexroth kam vorbei und hielt in seinen Händen einen Computerausdruck.

Sie stießen zusammen. Rexroth grüßte.

»Tut mir leid, Captain.«

Lauderdale war genervt. »Wohin so eilig, Rex?«

»Major Faulcon muß sich das hier ansehen.«

Sie gingen, liefen fast, nebeneinander her.

»Was ist denn so wichtig?«

»Youngers Anweisungen. Sie befanden sich kodiert in seinen persönlichen Dateien. Captain Finney gab mir die Codes, damit ich mir Zutritt verschaffen konnte. Sie stehen in Zusammenhang mit dieser Geschichte.«

»Sollten Sie sie dann nicht zu Colonel Rintoon bringen?«

Rexroth blieb abrupt stehen. Lauderdale sah, daß der andere Offizier hin- und hergerissen war. Er wollte über etwas sprechen, glaubte aber, es nicht zu dürfen.

»Was ist los, Rex?«

Rexroth blickte erst auf den Computerausdruck, dann über seine Schulter. Außer ihnen war niemand auf dem Gang.

»Was hat Younger gesagt?«

»Ich... begreife es nicht... es betrifft die Befehlshierarchie.«

Lauderdale nahm den Ausdruck in die Hand. Rexroth leistete keinen Widerstand. Lauderdale begann, den Anfang zu lesen.

»Punkt fünf, Sir.«

Lauderdale suchte weiter unten. Drei Sterne markierten die Stelle.

»Er war dreifach verschlüsselt. Und mit dem Vermerk ÄUSSERST DRINGEND versehen.«

Lauderdale las. »FÜR DEN FALL MEINES TODES ODER MEINER DIENSTUNFÄHIGKEIT«, hatte Younger geschrieben, »GEHT DAS KOMMANDO ÜBER FORT APACHE AUF MAJOR HENDRY FAULCON ÜBER. UNTER GAR KEINEN UMSTÄNDEN DARF COLONEL VLADEK RINTOON ZEITWEISE ODER AUF DAUER DAS KOMMANDO ÜBER DEN AUSSENPOSTEN ÜBERTRAGEN WERDEN.«

»Das verstehe ich nicht«, sagt Lauderdale. »Das ist gegen alle Vorschriften.«

»Sehen Sie noch weiter unten. Die Erklärung steht in der Fußnote.«

Da stand es. »COLONEL RINTOONS LETZTES PSYCHIATRISCHES PROFIL DEUTET DARAUF HIN, DASS ER UNTER EXTREMEM STRESS LEIDET. ER DARF NICHT BEFÖRDERT UND MUSS AUS DEM AKTIVEN DIENST ENTFERNT WERDEN, SOBALD EIN OFFIZIER MIT ENTSPRECHENDEM DIENSTGRAD AUS COMANCE GEHOLT WERDEN KANN. DIE VORLÄUFIGE DIAGNOSE DEUTET AUF BEGINNENDE PARANOIA, ZWANGHAFTE AGGRESSION UND EINE ZERSPLITTERTE PSYCHE HIN. KOPIEN DIESES BERICHTS GINGEN AN GENERAL ERNEST HAYCOX UND GOUVERNEUR TOLLIVER.« Das Datum war zwei Tage alt. Gutes Timing.

Rexroth spielte nervös mit seiner Lippe. »Wir müssen etwas unternehmen, Sir.«

»Colonel Rintoon hat das Kommando übernommen. Es gab nichts, was dagegen gesprochen hätte. Younger hätte ihn sofort vom aktiven Dienst suspendieren sollen, wenn er hiervon überzeugt war.«

»Hat er aber nicht. Wir müssen mit Major Faulcon sprechen. Sie, ich und Finney. Rintoon muß seines Kommandos enthoben werden, bevor etwas ernsthaft schiefgeht.«

Der Korridor war immer noch menschenleer.

»Es ist bereits etwas ernsthaft schiefgegangen, Rexroth.«

»Ja, Sir. Tut mir leid, Sir.«

Lauderdale zog seinen Revolver und preßte den Lauf in die fleischige Unterseite von Rexroths Kinn und feuerte – zweimal.

»Der Pfad des Joseph ist dornig«, flüsterte er.

Dann löste er Alarm aus.

IV

Sie tranken richtigen Kaffee auf dem Balkon ihres Hotels, von dem aus man den hübschen Zentralplatz von Managua überblicken konnte. Man feierte das Blumenfest, und der Platz war ein Farbenmeer aus Blütenbergen, die man zu Füßen der Reiterstatue von Augusto Ceasar Sandino angehäuft hatte – fast bis zur Höhe seines Sattels. Von einem drei Stockwerke hohen Transparent strahlten die lächelnden Gesichter von Daniel Ortega und Erzbischof Romero herab.

Obwohl es bereits später Vormittag war, hatten sie sich gerade erst ihr Frühstück hinaufbringen lassen. Eine Musikgruppe spielte die Lieder der Revolution, und ein junges Mädchen sang von Weizen, Liebe und ihrer 33er Munition.

»Trente-Trente?« meinte Leona. Die leichte Brise bewegte ihr glänzendes Haar, während sie eine Pampelmuse mit einem gezackten Löffel auseinanderschnitt. »Ich trage Waffen, du trägst Waffen...«

Ein Vogelschwarm stieg vom Platz auf. Stack nippte an seinem Kaffee, den er mit einer frevelhaften Menge Süßstoff verdorben hatte.

»...alle Kinder Gottes tragen Waffen.«

Leona war nicht wirklich verbittert, das wußte er, aber in den Staaten warteten dringende Aufgaben auf sie beide. Sie hatten ein schlechtes Gewissen, weil sie sich diesen Urlaub erschlichen hatten.

Er stellte seine Tasse ab und ging herum auf ihre Seite des Tisches. Er strich ihr Haar glatt und küßte sie auf den Kopf. Sie entspannte sich und streichelte seine Handgelenke, er massierte ihr den Nacken.

Das Mädchen sang jetzt von der Liebe, von den Kindern, die sie von ihrem Freund, einem Soldaten erhoffte, von der strahlenden Zukunft, die ihr Kampf dem Land bringen würde. Sie sang vom Widerstand gegen die Yankeetyrannen und die internationalen Gesellschaften. Hier unten waren alle freundlich zu ihnen gewesen, aber in den TV-Shows und den Liedern waren die Amerikaner immer die Schurken. Nach jahrelangem Genuß von Rekaffee konnte sich Stack mit dem kräftigen Geschmack von echtem Kaffee im Mund gut vorstellen, warum so mancher die Zentralamerikanische Föderation für das Paradies auf Erden hielt.

Stack ließ seine Hand unter Leonas Kleid gleiten und streichelte ihre Brüste. Er bückte sich und küßte sie auf den nach Pampelmuse schmeckenden Mund.

Sie sog begierig an seiner Zunge.

Die Menge auf dem Platz hob ein Jubelgeschrei an, als Oscar Romero auf seinem eigenen, viel größeren Balkon Arm in Arm mit Georgi erschien, dem neuen Papst aus Rom. Stack und Leona achteten nicht auf die Ansprachen.

Leona stand auf und drückte ihren Körper gegen seinen. Eng umschlungen tanzten sie zur Hymne der Zentralamerikanischen Föderation und wiegten sanft ihre Körper.

Er sog den Hauch von Parfüm in ihrem Haar und den sanften Moschusgeruch ihres weiblichen Körpers ein.

Stack wußte nicht genau, ob er sie ins Zimmer gedrängt und sie aufs Bett geworfen hatte oder umgekehrt. Sie lagen jetzt auf dem Bett und schmiegten sich zärtlich aneinander.

Ihre Morgenmäntel begannen zu stören. Sie ließen voneinander, lösten ihre Gürtel und warfen ihre Kleider fort. Nackt fielen sie sich wieder in die Arme. Er küßte sie auf Nacken und Kinn. Sie streichelte seinen Rücken und seine Seiten.

Dann glitt sie unter ihn, und er sah ihr in die Augen, während er mit seinem Gesicht immer näher kam.

Sie küßten sich...

Stacks Herz machte einen Satz, als er erschrocken aufwachte. Sein Hals schmerzte, wo sich der Gurt eingeschnitten hatte, und sein Gesicht puckerte; sein Kopf war immer noch von Exxons Fausthieben zerschunden. Es gab kaum einen Zentimeter an seinem Körper, an dem ihm nicht irgend etwas weh tat.

Chantal rüttelte ihn. Es war ihr Duft gewesen, den er gerochen hatte, nicht der von Leona.

»Zeit zum Aufwachen, Trooper Stack.«

Seine Wunden begannen wieder zu schmerzen. Sein Körper fühlte sich an wie ein ausgebeulter Taucheranzug. Gerne wäre er zu Dr. Zarathustra gegangen und hätte ihn gegen ein neues, strapazierfähigeres Modell eingetauscht. Er erinnerte sich, was der Zauberer von Oz einmal gesagt hatte: »Herzen sind so lange unpraktisch, wie man sie nicht unzerbrechlich machen kann.«

Er rieb sich den Schlaf aus den Augen und betrachtete die Frau. »Ich habe geträumt.«

Chantal stand auf und trat vom Auto zurück. »Das habe ich mir schon gedacht. Ihre Augen haben stark gezuckt.«

Er versuchte, sich zu recken, sich die imaginäre Last von den Schultern zu schütteln.

»Sie haben gelächelt.«

Stack seufzte. »Es war ein schöner Traum.«

»Das habe ich gemerkt.«

Chantal konnte sich ein Grinsen nicht verkneifen. Zu seinem Entsetzen stellte Stack fest, daß eine mächtige Erektion den Schoß seiner Kavalleriehosen ausbeulte. Er veränderte seine Haltung, um der Beule etwas von ihrer Üppigkeit zu nehmen, und wartete, bis sich seine Erregung gelegt hatte.

Chantal glitt auf den Fahrersitz und betätigte einige Schalter. Federico reagierte mit dem Aufleuchten von Lämpchen und dem Anzeigen von Meßergebnissen.

Bei Tageslicht schien Chantal nicht dieselbe Frau zu sein wie am Abend zuvor. Als sie mit ihrer Kanone und der stählernen Entschlossenheit im Silver Byte auftauchte, hätte Stack sie leicht für Red Harvest unter Aufputschmitteln mit einem Hauch Clint Eastwood und Annie Oakley halten können.

Heute morgen wirkte sie trotz der gleichen Aufmachung zurückhaltender. Fast schon passiv, gesetzt. Ihre unbewußt leicht vorgeschobenen Lippen hatten etwas Kätzchenhaftes, ihre ganze Art strahlte eine unangreifbare Ruhe aus. Zudem war sie jünger, als er angenommen hatte. Vier-, fünfundzwanzig vielleicht. Sie sah aus, als könnte sie die schwere Waffe, die sie bei sich trug, kaum heben, und schon gar nicht die Stoppermunition abfeuern und damit das Schwarze einer Zielscheibe treffen. Stack wußte es allerdings besser.

Nicht nur weil sie ihn zweimal vor dem sicheren Tod gerettet hatte, besaß Chantal Juillerat etwas durchaus Anziehendes.

»Ihnen auch einen guten Morgen, Ms. Juillerat.«

»Jeder hier in Amerika nennt mich Ms. Das bin ich nicht gewöhnt.«

»Möchten Sie lieber mit Madam angeredet werden?«

»Chantal, bitte.«

Sie drückte auf die automatische Zündung.

»Nathan.«

»Ich danke Ihnen, Trooper Stack.«

Federico fuhr los. Rollendes Material allerersten Qualität. Seine elegante Linienführung ließ den typischen US-Kav Cruiser aussehen wie ein Brauereipferd neben einem Panther.

»Gibt es was zum Frühstück?«

»Im Handschuhfach sind ein paar N-R-Gi-Riegel. Oh, und ein paar Kirschen.«

»Sie müssen Geld wie Heu haben.«

Sie zuckte mit den Achseln. »Ich habe ein großzügiges Spesenkonto. Obst ist für die Ernährung sehr wichtig.«

»Kann sein. Aber dadurch wird es auch nicht billiger.«

Wieder ein Achselzucken. Das war wohl eine typisch europäische Geste, dachte Stack. Ein Zeichen der berühmten Gelassenheit.

Er spuckte die Kerne in die Hand und warf sie aus dem Fenster. Vielleicht gingen sie in der Wüste auf.

»So«, sagte sie, »und wo ist jetzt diese Kirche St. Werburgh?«

»Sehen Sie das halbzerstörte Gebäude dort drüben?«

»Ja.«

»Folgen Sie dem Pfad des Todes und der Zerstörung durch die Stadt, dann können Sie sie nicht verfehlen.«

»Für Sie ist das alles vielleicht langweilig. Tut mir leid. Wenn ich fertig bin, werde ich Sie zum Fort zurückfahren.«

»Ich begleite Sie gerne. Das macht mir nichts.«

»Also gut. Dann los.«

Langsam fuhren sie über das holprige, mit Wrackteilen übersäte Gelände.

»Federico«, sprach sie in ein stimmaktiviertes Terminal.

»Buon giorno, Sorella.«

»Guten Morgen. Könntest du mich für eine Satellitenleitung vormerken lassen? Ich möchte ein Gespräch mit Rom. Ich wäre dir sehr dankbar, wenn du DeAngelis auftreiben könntest. Wenn nicht, tut es Edwina auch.«

Federico piepte zur Bestätigung und machte sich an die Arbeit. Stack merkte, daß er sich in sehr gehobenen Kreisen bewegte. Er bezweifelte, daß Brevet Major General Younger ebenso leicht eine freie Leitung über Satellit bekommen würde.

Chantal schnappte nach Luft, als hätte ihr jemand mit einem Tauende ins Gesicht geschlagen. Stack folgte ihrem Blick.

Sie betrachtete die geschändeten Überreste der Kirche.

V

Rintoon hatte die Wachen verdoppelt, aber selbst das hatte den oder die Mörder nicht daran gehindert, über Nacht noch neunmal zuzuschlagen. Cat Finney hatte sich mit einer Automatik unter dem Kopfkissen zur Ruhe begeben, das Schloß an ihrem

Kabuff kodiert und einen Schreibtisch vor die Tür geschoben. Viel geschlafen hatte sie nicht. Niemand, der Youngers Küche gesehen hatte, würde in den nächsten Monaten besonders gut schlafen.

Rintoon erstattete bei der allmorgendlichen Einsatzbesprechung Bericht.

»Rexroths Todesursache ist ungeklärt. Es ist möglich, sogar wahrscheinlich, daß wir von einem Selbstmord ausgehen müssen...«

»Wo befindet sich dann seine Waffe, Sir?«

»Gute Frage... äh... Badalamenti. Es ist denkbar, daß ein unbekannter Armeeangehöriger sie... äh... an sich genommen hat, bevor Captain Lauderdale die Leiche entdeckte.«

Finney trug dieselbe Uniform wie am Vortag. Sie war immer noch von ihrer Kletterei im Aufzugsschacht verschmutzt. Sie hatte über der Stuhllehne gehangen, und war demzufolge morgens am schnellsten greifbar gewesen. Nur ungern gestand sie es sich ein, aber sie hatte das Gefühl, daß ihre Angst aus der Kindheit vor dem Kleiderschrank sie allmählich wieder zu beschleichen begann. Die ganze Nacht über war sie immer wieder aufgewacht und hatte die Rippen der Tür in der absurden Befürchtung angestarrt, dort drinnen könnte der Killer auf sie lauern. Ihre sauberen Uniformen befanden sich in diesem Schrank, und dort würden sie vermutlich auch bis zum Ende der Krise bleiben. Rintoon hatte überhaupt nicht geschlafen und sah von Minute zu Minute wüster aus. Sie hatte Schwierigkeiten, den hypernervösen, unrasierten, neonäugigen befehlshabenden Offizier von heute morgen mit der gestriegelten, blasierten, selbstgefälligen Nummer Zwei von gestern in Verbindung zu bringen. Irgend etwas an ihm wirkte jedoch zunehmend vertraut, so als verwandelte er sich in eine andere, ehrlichere, direkter wahrnehmbare Gestalt.

»Also schön. Wenn wir Rexroth aus unseren Überlegungen ausschließen und Brevet Major General Younger einmal beiseite lassen, haben wir es mit acht weiteren GUEs zu tun, die alle verzeichnet sein wollen.«

GUE. Das kannte sie noch nicht. Captain Badalamenti, ganz offensichtlich zu clever für eine Beförderung, fragte, was die Abkürzung bedeutete.

»GUE, Badalamenti. Gewaltsames Unbekanntes Ereignis.«

Major Hendry Faulcon, nach Rintoon der nächste in der Befehlshierarchie, gehörte zu den Leuten, die um fünf Uhr bereits wieder einen Schatten auf dem Kinn bekamen. Er rasierte sich zwei, dreimal am Tag. Gestern abend hatte er Spätdienst gehabt und versucht, sich gegen halb zwölf zu rasieren. Soweit das überhaupt jemand beurteilen konnte, mußte ihm der Elektrorasierer in seinem Quartier aus der Hand geglitten sein, woraufhin er sich halb durch seine Gurgel gefressen hatte. Er war in seinem eigenen Blut halb erstickt und halb ertrunken. Ein typisches GUE.

Major P. ›Howling Paul‹ McAuley lag tot in einer Dusche. Sein Körper war mit microfeinen Nadeln gespickt. Dr. Wilma King, dienstälteste Ärztin des Forts, war in ihrem Behandlungsraum einer intensiven Strahlenquelle ausgesetzt gewesen und verfault. S. M. ›Max the Bax‹ Baxter, ein T-H-R Op im mittleren Management, war bei der Aufarbeitung des Papierkrams nach der letzten gemeinsamen Aktion von der Lieblingsmordwaffe aller, dem nichtidentifizierten stumpfen Gegenstand, außer Gefecht gesetzt worden. Die Captains Garnett und Stableford waren in ihren Kojen mit Napalm bombardiert worden – dabei hatten sie die gleichen Vorsichtsmaßnahmen getroffen wie Finney. Top Sergeant Alexander Stewart lag zermalmt unter den Rädern eines Cruisers, dessen Automatikgetriebe er angeblich hatte reparieren sollen. Und Trooper Charlie Stross, der in der Arrestzelle saß, weil er es gewagt hatte, Sergeant Quincannon nach einem zwanzig Meilen Gewaltmarsch durch die Wüste mit voller Ausrüstung zu widersprechen, war auf mysteriöse Weise aus seiner Zelle verschwunden und hatte nur ein paar abgetrennte Finger zurückgelassen, einige mit Blut hingeschmierte kabbalistische Symbole und ein Stück Gewebe, das nach zögernder Einschätzung als Bauchspeicheldrüse identifiziert worden war.

Jeder am Tisch sah krank aus. Im Besprechungsraum gab es mehr als genug freie Plätze. Badalamenti riß vor Nervosität Tierfiguren aus einem Notizzettel. Captain Lauderdale und Lieutenant Willifort waren im Kampfanzug mitsamt ihrer M-29 und was sonst noch dazugehörte, angetreten. Sie waren offenbar der Ansicht, Fort Apache befände sich auf dem Kriegspfad. Lieutenant Colosanto, der sich mit Rexroth ein Zimmer teilte, knabberte Aspirintabletten, als handelte es sich um Pfefferminzbonbons. Finney war bei ihrer dritten Tasse Rekaffee, dabei schaffte sie normalerweise nicht einmal die erste.

»Ich bin zu einem Schluß gekommen«, begann Rintoon.

Alles hörte widerwillig zu.

»Dieser Außenposten wird angegriffen.«

Die Enttäuschung lag in der Luft.

»Und ich bin einigermaßen sicher, die Schuldigen ausfindig gemacht zu haben.«

Alles hob wieder interessiert den Kopf. Lauderdale legte das Gewehr vor sich auf dem Tisch zurecht und hielt sich bereit.

»Ich bin der Ansicht...«

Rintoon trank einen Schluck Rekaffee.

»Ja?« fragte Badalamenti.

Rintoon schluckte. »...daß die Maniax dafür verantwortlich sind.«

Badalamenti verdrehte die Augen und tippte sich an die Stirn. Rintoon bemerkte es nicht und fuhr fort...

»Unsere gemeinsame Aktion hat sie schwer getroffen, und dies ist ihr letzter Versuch, die US-Kavallerie zu besiegen.«

»Aber...« warf jemand ein. Dann erst bemerkte er das Funkeln in Rintoons rotgeränderten Augen.

»Baxters Tod trägt ihre Handschrift. Er war wesentlich an

der Strategieplanung der Gemeinsamen Aktion beteiligt. Damit wurde er automatisch zum vorrangigen Ziel für Great Exalted Bullmoose und seine verbliebenen Gefolgsleute.«

»Baxter war ein Schreibtischhengst, Sir«, sagte Badalamenti. »Er hat lediglich die Ausgaben und die Zahlungen bearbeitet. Er ist sein ganzes Leben kein einziges Mal bei einem Einsatz dabeigewesen.«

Finney konnte sich nur mit Mühe unter Kontrolle halten. Der Rekaffee hatte sein gefährliches Werk getan. Sie fühlte sich, als hätte sie einen Stoß in die Nieren bekommen.

Rintoon sah Badalamenti mit einem Lächeln an, und Finney spürte, wie das Eis ihr langsam in die Venen sickerte. Aus dem Lächeln wurde ein breites Grinsen, und seine Brauen begannen zu zittern.

Finney erinnerte sich, wo sie ein derartiges Gesicht schon einmal gesehen hatte. Rintoon glich zunehmend dem von Jack Nicholson in der Schlußsequenz von *The Shining*. In den Szenen, in denen er seine Frau und seinen Jungen mit der Axt verfolgt.

»Die Maniax sind schuld, Badalamenti. Schuldig, schuldig, SCHULDIG!«

Badalamenti erhob sich. »Die Maniax sind *erledigt*, Sir! Wir haben sie fertiggemacht. Wir haben ihre Kommandostruktur zerschlagen. Wir haben ihr Munitionslager in die Luft gejagt. Wir haben ihre Anführer zusammengetrieben.«

»Bullmoose existiert immer noch!«

»Ein solches Wesen existiert überhaupt nicht. Sämtliche Hordenführer zusammen, das war Bullmoose, Sir. Der Posten war auf keine Person festgelegt. Das haben Sie selbst zugegeben.«

»Setzen Sie sich und hören Sie zu, Badalamenti, oder ich sehe mich gezwungen, eine sofortige Disziplinarmaßnahme einzuleiten. Ich werde solche Gefühlsausbrüche nicht dulden. Auf keinen Fall. Nein, nein, NEIN!«

Rintoon schlug mit der Faust auf den Tisch. Die Rekaffeetassen aus Polystyropor tanzten. Finney wischte die Sauerei, die auf ihren Platz zugekrochen kam, mit dem Ärmel auf. Badalamenti sah sich nach Beistand um, fand keinen und sackte zurück in seinen Sessel.

»Die Maniax sind gerissen«, fuhr Rintoon fort. »Doch, das sind sie wirklich. Sie haben einem tödlichen Schlag standgehalten. Das haben wir uns selbst zuzuschreiben. Aber dies ist ihr letzter Kampf. Sie spielen *kamikaze*. Sie haben Spione in dieses Fort eingeschleust, subversive Elemente, Mörder und *agents provocateurs*. Das ist die einzig plausible Erklärung.«

Niemand sagte ein Wort. Geifer sabberte Rintoon aus dem Mundwinkel und bahnte sich einen Weg durch seine Stoppeln.

»Diese angebliche Schweizerin, Juillerat, ist eine von ihnen. Sie war bei dem ersten UE dabei und hat die Instrumente beeinflußt. Es handelte sich um einen Fehler in der Überwachung, wie ich immer mit Nachdruck behauptet habe...«

Rintoon fehlten nur noch ein paar Silberkugeln, die er klakkend in der Hand rotieren ließ, und das Bild wäre perfekt gewesen.

»Und Rexroth steckte ebenfalls in der Sache mit drin. Er konnte mit seiner Schuld nicht leben und hat sich erschossen. Stross ebenfalls. Seine Mitverschwörer haben ihn umgebracht, weil er kurz davor stand, zu reden. Ich habe eine verräterische Verschwörung aufgedeckt, wie es sie in diesem Ausmaß seit den fünfziger Jahren nicht mehr gegeben hat.«

Colosanto zerbiß geräuschvoll eine Tablette. Badalamenti schob seine Papierfiguren auf der Schreibunterlage hin und her.

»Und ich werde nicht ruhen, bis ich diese Verschwörung bis zu den Wurzeln ausgerottet und sämtliche Beteiligten bis zum letzten Mann vernichtet habe.«

Lauderdale ließ vorsichtig sein Gewehr vom Tisch verschwinden. Hatte er vor, Rintoon zu beseitigen? In diesem Augenblick hätte ihm das ein Vertrauensvotum eingebracht.

»Ich bin überzeugt, die Maniax sind unter uns, sogar in diesem Raum.«

Alles setzte sich auf und sah sich um. Dann sahen sie zu Rintoon hinüber.

»Er hat sich durch seine Worte und seine Taten am heutigen Morgen verraten. Sie halten sich für besonders schlau, diese dämlichen drogensüchtigen Kultgangster, aber diese Nullen haben nicht damit gerechnet, daß sie es mit Vladek W. Rintoon zu tun bekommen würden. Nein, Sir. Da müssen Sie schon verdammt viel früher aufstehen, wenn sie den alten Vladek W. Rintoon austricksen wollen.«

Badalamenti war zur Salzsäule erstarrt.

»Ganz recht, an diesem Tisch sitzt ein Maniak.«

Badalamenti breitete ganz vorsichtig die Hände vor sich aus. Rintoon sah der Reihe nach jeden an. Finney versuchte seinen feuchtglänzenden Augen auszuweichen. Es gelang ihr nicht. Er schien geradewegs durch sie hindurch zu blicken, jede noch so harmlose Pflichtverletzung zu spüren, jeden Ungehorsam, jede Regelverletzung, jeden sündigen Gedanken, egal ob in die Tat umgesetzt oder nur in Betracht gezogen. Dann zog sein furchteinflößender Blick weiter, und Colosanto war an der Reihe, zu schwitzen.

Schließlich zog ein barbarisches, sardonisches Grinsen auf Rintoons Gesicht, und der Offizier flüsterte fast. »Williford.«

Der Offizier fuhr wie vom Blitz getroffen hoch, nahm Haltung an und präsentierte das Gewehr.

»Williford«, sagte Rintoon ebenso honigsüß wie falsch, »Simon will, daß Sie Ihr Gewehr nehmen...«

Mittlerweile war er aufgestanden und hatte die Waffe an die Schulter geführt.

»...und Captain Badalamenti exekutieren.«

VI

Chantal verbrachte ein paar Minuten kniend neben der Leiche des Priesters. Sie schien ihm in die toten, aufgerissenen Augen zu sehen, als wollte sie ihn mittels Telepathie dazu bringen, ihr etwas zu enthüllen. Stack war gar nicht wohl dabei. Fliegen umschwärmten brummend den toten Körper. In dieser Hitze mußte man ihn schnell unter die Erde bringen. Schließlich erhob die Frau sich und schloß der Leiche sacht die Augen. Murmelnd bekreuzigte sie sich. Dann ging sie um den Cruiser und den zertrümmerten Altar herum.

»Vorsicht«, sagte er. »Gestern war es hier auch erst ruhig, aber dann bin ich böse überrascht worden.«

»Kann ich mir denken. Machen Sie sich keine Sorgen. Jetzt ist es weg.«

Sie stand jetzt vor dem Altar. Es war ihr gelungen, das Terminal in Gang zu setzen.

»Hier ist es in das System eingedrungen, von Ihrem Cruiser aus. Aber wie ist es in den Cruiser gekommen?«

»Es?«

Sie winkte ab. »Tut mir leid. Ich habe nur laut gedacht.«

Einige der Funktionen des Altars waren ausgefallen. Der Monitor blinkte sie grün an. Sie experimentierte mit verschiedenen Knöpfen und schaltete das Terminal schließlich ab. Stack nahm seinen Mut zusammen und näherte sich dem Cruiser. Er berührte ihn. Er befühlte die Einschußdellen auf der Haube. Jemand hatte mit ziemlich gewaltiger Feuerkraft auf ihn geschossen.

Chantal stellte ihm eine Frage. »Sagen Sie, vor dieser... äh... Veränderung, was genau ist da mit dem Fahrzeug gemacht worden?«

Es schien eine Ewigkeit her zu sein. Er erinnerte sich, wie Leona um den Wagen herumgegangen war. Ken Kling – der arme, widerliche, tote Bastard – hatte sie ›Cowgirl‹ genannt und sie gebeten, ihm etwas mitzubringen. Eine Cola. Sie hatte sich Hoffnungen auf Slims Barbecue gemacht.

»Benzin. Slim hat den Wagen aufgetankt.«

»Hmmm.« Chantal wurde nachdenklich. »Nein. Im Benzin kann es unmöglich gewesen sein. Das Medium stimmt nicht. Gab es noch irgendeine andere Form des Kontaktes?«

»Nur die üblichen Systemchecks. Slim wurde von den Yakuzas bezahlt. Sein Laden war gut ausgerüstet. Wir haben ihn immer den ganzen Cruiser durchsehen lassen.«

Chantal schnippte mit den Fingern. »Dann war das der Augenblick der Besitznahme.«

»Der Besitznahme?«

Chantal stand jetzt gebückt neben der zerschmetterten Front des Cruisers und klopfte gegen den Dorn, der ihn mit dem Altar verband.

»Ja. Es geht um Besessenheit. Ihr Fahrzeug stand unter dem Einfluß eines Dämons.«

Das war zu verrückt.

»Wie Linda Blair, oder was?«

»So ähnlich. Ein Dämon kann vielerlei Gestalten annehmen. Ihnen gefällt vielleicht die Vorstellung besser, daß es sich um ein Computerprogramm handelt, das ein vorhandenes System infiziert und seine Funktion verändert.«

»Wie ein Virus, oder ein Programm, das erst nach einer bestimmten Zeit aktiviert wird?«

»Ja, sehr gut. Genau wie ein Virus. Ein speziell entwickelter Virus, natürlich. Es handelt sich hier um einen geplanten aggressiven Akt, nicht um eine zufällige Mutation.«

Stack hatte Schwierigkeiten zu folgen. Chantal hatte die Motorhaube geöffnet und stocherte in der Nähe der Maschine herum.

»Genial angepaßt. Es hat überschüssige Metalle aus der Karosserie des Cruisers entnommen und daraus den Durchstoßdorn gebildet. Offenbar vermehrt es sich sehr rasch. Es wird sich dort draußen epidemieartig verbreiten.«

Stacks Kopf schmerzte. Wie gewöhnlich, wenn er ernsthaft nachdenken mußte. »Damit ich das richtig verstehe. In Slims Geräten hatte sich etwas verborgen?«

»Ohne Zweifel.«

»Das macht Sinn. Er behauptete, seine Hardware wäre durchgedreht. Und dieser Dämon hat sich in den Cruiser... entladen, der daraufhin Amok lief.«

Chantal hob einen Finger wie eine Lehrerin, die eine Schlußfolgerung richtigstellen will. »Nicht Amok. Es geschah mit voller Absicht. Es ist direkt hierher gekommen, in diese Kirche, und hat sich in das Altarsystem eingeklinkt. Es hat genau das getan, worum man es ersucht hatte. Jetzt befindet es sich im Netzwerk, und muß dringend aufgehalten werden.«

»Dieser Dämon? Das ist doch nur ein Computervirus, oder? Kein Geist oder sowas?«

Chantal sah ihn an. Ihr Gesichtsausdruck war ernst.

»Gibt es tatsächlich Geister?«

Sie nickte. »Ich fürchte, ja. Es wird Ihnen nicht leicht fallen, diese Dinge zu begreifen. Sind Sie religiös?«

»Daddy war Baptist. Ich bin vermutlich gar nichts.«

»Nun, in diesem Fall ist ein Dämon ein Computervirus.«

»Hören Sie auf, Chantal.«

Sie setzte sich auf die zerschmetterte Haube des Cruisers und erklärte es ihm geduldig. »Außerdem handelt es sich um eine übernatürliche Erscheinung, ein unsterbliches Wesen, einen Diener des Teufels. Er wurde von einem mächtigen Teufelsanbeter aus der Hölle herbeigerufen und zu einem geplanten Angriff auf die katholische Kirche und die Datenzentren der Vereinigten Staaten eingesetzt. In diesen Kanälen wird er bleiben, bis man einen *Exorzismus* an ihm durchgeführt hat.«

»Schwester, wer zum Teufel sind Sie eigentlich?«

Chantal blickte ihn an, während seine Frage verhallte. Irgendwo sprudelte Wasser hervor. Weihwasser, wie er sich erinnerte. Chantal seufzte und schüttelte den Kopf. Sie hatte Schwierigkeiten, die Worte zusammenzubekommen.

»Nathan«, sagte sie, »ich bin eine Nonne.«

TEIL VI: Auftrag von höchster Stelle

LUZERN, SCHWEIZ, 1982

»Chantal«, brauste Mlle. Fournier, ihr Kindermädchen, auf, »Papa hat zu tun. Du darfst ihn jetzt nicht stören.«

»Nein, nein. Das ist schon in Ordnung«, sagte ihr Vater. »Für sein *bon-bon* ist Papa niemals zu beschäftigt. Wie gefällt dir der Unterricht, Kleines. Kommst du mit dem Ballett voran?«

Chantal biß sich auf die Lippen und überlegte, ob sie ihre Fragen stellen sollte. Sie war schon fast acht. Eigentlich sollte sie es nicht mehr nötig haben, Erwachsenen Fragen zu stellen. Sie konnte lesen. Sie wußte, wie man über das Terminal in der Villa in das Netzwerk gelangte. Ihre Privatlehrer meinten, sie hätte einen IQ über 170.

»Komm her«, sagte Thomas Juillerat, wandte sich von seinem mit Papier überhäuften Schreibtisch ab und winkte sie zu sich. Sie lief in seine Arme. »Brauchst du meinen Rat?«

Chantal nickte und versuchte, nicht zurückzuschrecken, als er ihr mit seinen kurzen, dicken Fingern durch ihr langes, dunkles Haar fuhr. Er war Kinder nicht gewöhnt und tat ihnen manchmal weh, ohne es zu wollen.

»Weißt du, wieviel dein Papa normalerweise verlangt, wenn er jemandem einen Rat gibt?« fragte Mlle. Fournier streng.

»Fünfzigtausend Schweizer Franken. In ECU sogar noch mehr.«

Papa war das peinlich. Er setzte Chantal auf seinem Schoß zurecht.

»Mlle. Fournier, würden Sie mir bitte einen Kaffee bringen, und eine Limonade für die kleine Madame?«

Mlle. Fourniers Augen verengten sich ein wenig, doch das schien nur Chantal zu bemerken. Sie nickte und verließ den Raum. Es war schon spät, beinahe Zeit, schlafen zu gehen, aber Papa wußte nicht, wann sie ins Bett mußte. Wenn sie im Herbst nach Milano zurückkehrte, würde Mama verärgert feststellen, wie oft sie den Sommer über lange hatte aufbleiben dürfen. Wenn Mama verärgert war, beriet sie sich mit Pater Daguerre, ihrem Beichtvater, um die Angelegenheit zu klären.

»Nun, was wolltest du denn wissen, mein kleiner Liebling? Muß ich in meinen Rechtsbüchern nachschlagen?«

Chantal war sich nicht sicher. Vielleicht wäre das keine schlechte Idee. Sie mußte daran denken, wie Pater Daguerre reagiert hatte, als sie wissen wollte, warum Marcello, der Junge von nebenan, ständig seine Hand in der Hose hatte. Aber jetzt konnte sie nicht mehr zurück. Sie holte tief Luft.

»Papa, was tust du eigentlich?«

Papa schien die Frage zu amüsieren. Wie die meisten Erwachsenen fühlte auch er sich in Chantals Gegenwart nicht völlig ungezwungen. Er schämte sich seiner Gefühle und versuchte, sie nicht zu zeigen.

»Das weißt du doch, Chantal. Ich bin Rechtsanwalt. Hauptsächlich arbeite ich für den Schweizer Wirtschaftsrat.«

»Ja, ja, ja. Aber was machst du da?«

Papa hob Chantal von seinem Schoß und setzte sie auf den Schreibtisch. Unter ihrem Po zerknüllte Papier. Er nahm seine dicke Brille ab.

»Hauptsächlich untersuche ich Gesellschaften, die in Industrien investieren wollen, die in der Schweiz ansässig sind.«

»Investieren? Das bedeutet Geld?«

Papa mußte lächeln. »Ja. Gewöhnlich eine Menge Geld. Manchmal kommt es vor, daß Menschen mit sehr viel Geld sich dieses Geld auf... unmoralische Weise verschafft haben. Du weißt, was dieses Wort bedeutet?«

»Ja. Gegen das Gesetz.«

»Nun, ich fürchte, das stimmt sehr oft nicht. Nicht jedes Land verfügt über vollkommen gerechte Gesetze. Manche Dinge, die, sagen wir, in Polen legal sind, sind hier nicht erlaubt. Und manche Dinge, die, wie ich leider gestehen muß, in der Schweiz erlaubt sind, sollten eigentlich nirgendwo auf der Welt erlaubt sein.«

Chantal versetzte ihrem Papa einen leichten Klaps, wie immer, wenn er an der Sache vorbeiredete. »Papa, ich meine doch nicht die Gesetze der Menschen. Ich meine Gottes Gesetze.«

Papa bekam wieder diesen Blick, wie immer dann, wenn er stolz auf Chantal war und sich gleichzeitig über sie ärgerte.

»Richtig. Gottes Gesetze. Das hast du gut gesagt, Chantal. Nun, ich versuche also, Menschen, die Gottes Gesetze gebrochen haben, daran zu hindern, ihr Geld in diesem Land zu investieren.«

»Und deswegen bekommen wir immer diese Anrufe?«

»Wer hat dir von diesen Anrufen erzählt?«

»Rudi und Inge haben in der Küche darüber geredet, als ich Mlle. Fournier geholfen habe, Plätzchen zu backen. Sie sagten, die Leute rufen an, verraten ihren Namen nicht und sagen böse Dinge. Und daß sie auch durch dein Terminal reinkommen.«

Papas Stirn legte sich in Falten. »Das stimmt. Es sind böse Menschen.«

»Als du vor ein paar Tagen bei diesem Treffen warst, und Mlle. Fournier ihr Mittagsschläfchen gehalten hat, bin ich ans Telefon gegangen, als einer dieser bösen Menschen angerufen hat.«

Papa war schockiert. »Was hat er gesagt?«

»Du sollst aufhören, etwas für dieses Dings, BioDiv oder wie das heißt, zu tun. Seine Stimme klang so komisch. Wie diese Leute von der Regierung, mit denen du manchmal telefonierst.«

»Das war ein Zerhacker. Sie haben bestimmt einen Zerhakker benutzt.«

»Genau. Damit ich ihn nicht wiedererkenne. Nicht einmal, wenn er sich auf dem Spielplatz vor der Schule mit mir anfreunden will.«

Papa hielt sie bei den Schultern. »Hat er gesagt, daß er das tun will? Daß er dich auf dem Spielplatz ansprechen will?«

»Nein. Aber machen böse Menschen sowas nicht? Pater Daguerre hat mir viel von solchen bösen Menschen erzählt.«

Papa war erleichtert, trotzdem bildeten sich Schweißperlen zwischen den Falten auf seiner Stirn.

»Warum rufen dich diese Leute mit der komischen Stimme an und sagen ihren Namen nicht?«

»Was? Nun, Chantal, was ich tue, macht mich bei bestimmten Leuten sehr unbeliebt. Sie wollen mich daran hindern. Sie denken, wenn sie mich bedrohen, könnten sie mich daran hindern, daß ich mich gegen ihre Investitionen ausspreche.«

»Du meinst Leute wie die von GenTech.«

Papa war alles andere als begeistert. »Du hast sehr gute Ohren, Chantal. Wenn du erwachsen bist, wird dir das vielleicht noch einmal Ärger machen. Es stimmt, im Augenblick überprüfe ich eine internationale Gesellschaft mit dem Namen GenTech. Sie wollen eine Krankenhauskette übernehmen, und ich meine, das sollte man ihnen nicht erlauben.«

»Was haben sie denn getan, Papa? Warum sollte man ihnen das nicht erlauben?«

»Sie haben schlimme Dinge getan.«

»Was für schlimme Dinge?«

»Sehr schlimme Dinge.«

»Du willst mir nicht davon erzählen, stimmt's?«

Papas Stirn legte sich wieder in Falten. »Nein, es ist einfach so ... so kompliziert.«

»Zu kompliziert für jemanden mit einem IQ über 170?«

»Chantal, du bist wirklich gerissen. In Wirklichkeit bist du viel klüger als ich. Klüger als beinahe alle Menschen, die du kennst. Aber du bist noch ein kleines Mädchen. Es gibt Dinge, für die es noch zu früh ist.«

»Rudi hat gesagt, du hättest herausgefunden, daß GenTech armen Leuten in China Arme und Beine abschneidet und sie den reichen Leuten hier annäht. Ist das wahr?«

Papa seufzte. »Vor dir kann man nichts geheimhalten, was? Ja, das ist eines der schlimmen Dinge, die sie meiner Ansicht nach tun.«

»Das ist alles, was ich wissen wollte.«

»Aber du wußtest es doch schon.«

»Ja. Aber ich wollte es von dir wissen, Papa.«

Thomas Juillerat drückte seine Tochter und küßte sie aufs Haar. Sie fragte sich, warum er so zitterte.

»Wenn du erwachsen bist, Chantal, was möchtest du dann werden? Was möchtest du mit deinem IQ und deinen feinen Ohren machen?«

Chantal stieß ihn weg und sah ihm stolz lächelnd ins Gesicht. Das hatte sie noch niemandem verraten.

»Ich will Spion werden.«

II

GENFER SEE, SCHWEIZ, 1987

»Chantal«, erinnerte sie ihre Memo-Box, »Ihre Mutter ist da.«

Sie setzte sich im Boot auf und steuerte es auf den Steg zu. Sie hatte sich treiben lassen, in den Himmel geschaut und sich die

Samovar Seven auf ihrem in die Sonnenbrille eingebauten Walkman angehört. Ihr Zimmer in Mailand war mit Hochglanzfotos russischer Popstars gepflastert, die sie aus dem Magazin *Europ-Teen* ausgeschnitten hatte. Ihre Eltern waren mit ihrem musikalischen Geschmack nicht einverstanden. Es war eines der wenigen Dinge, über die sie sich einer Meinung waren.

Sie trug Sneakers, enge Biker-Hosen und ein weites, mit kyrillischen Buchstaben bedrucktes T-Shirt. Das T-Shirt hatte ihr wegen der grellen Farben gefallen, die Worte jedoch, hatte sie enttäuscht festgestellt, bedeuteten nichts Vernünftiges. Echte Russenmode hatte immer einen guten Spruch drauf, und wenn es nur eine Textzeile war.

Sie hatte den größten Teil ihrer Sommerferien am See verbracht – am Lac Léman, wie man ihn am gegenüberliegenden Ufer nannte – und es war ihr vorgekommen, als treibe sie im Mittelpunkt der Welt. Hier war die Grenze zwischen der Schweiz und der Europäischen Gemeinschaft. In der Villa Diodati wimmelte es von wichtigen Leuten, die gekommen waren, um mit ihrem Vater zu sprechen. Franz-Joseph Strauß, der Präsident der EG, war drei Tage lang geblieben, war mit Papa am Seeufer spazieren gegangen, und sie hatten per Handschlag eine Handelsschranke besiegelt. Im Augenblick war eine Gruppe mittelalter Herren in identischen Anzügen zu Gast – einige Iraner, einige Türken, und ein paar Amerikaner. Vertreter mächtiger Interessengruppen innerhalb des Panislamischen Kongresses. Man stritt sich um Importquoten für elektronische Erzeugnisse, die von billigen Arbeitskräften in Griechenland und Albanien hergestellt wurden.

Unter ihrer Brille zischte die asexuelle Stimme von Petya Tscherkassov, der von seiner verlorenen Liebe sang, »*The Girl in Gorki Park*«. Petya war absolut cool und dieses Jahr vollkommen angesagt. Sein mürrisches Gesicht – er sah aus wie eine mädchenhafte Version von Franz Kafka – blinkte einem aus ihrem 3-D Glitzerbadge an ihrer Hüfttasche entgegen. *Eu-*

rop-Teen behauptete, er sei auf dem besten Wege, sich von seinem letzten Selbstmordversuch zu erholen, als er nach einem Open-Air Konzert in Turinskaya Kultbaza nackt in die siberische Ödnis aufgebrochen war. »Es ist nicht leicht, geliebt zu werden«, hatte er behauptet, und damit den Titel seiner letzten Single zitiert.

Sie hatte kaum mit Gleichaltrigen zu tun, war also viel alleine gewesen, hatte gelesen, Musik gehört, nachgedacht und in der Trainingshalle schattengeboxt. Einer der Leibwächter ihres Vaters hatte versucht, ihr etwas Tae Kwon Do beizubringen, aber er war längst nicht so fit wie ihr *sufi* in Mailand. Nachdem sie ihn ein oder zweimal auf den Teppich gelegt hatte, hatte er das Interesse daran verloren, mit ihr zu sparren. Versuchsweise hatte sie eine Woche lang nicht gebetet – nicht einmal, als Mlle. Fournier sie mit in die Messe genommen hatte – und Gott hatte sie nicht bestraft. Aber sie war wieder auf ihre alten Gewohnheiten verfallen. Daß sie die meiste Zeit weder von ihrem Vater noch von ihrer Mutter begeistert war, war schließlich kein Grund, Jesus Christus den Rücken zu kehren.

Mehrere Male hatte sie am Bildschirm das *Leben der Heiligen* durchgeblättert, und endlich Proust zu Ende gelesen, aber hauptsächlich hatte sie sich wie gewöhnlich in Computerwissenschaften vertieft. Mlle. Fournier hatte ihr erzählt, genau in dieser Villa sei Mary Shelley durch Gespräche mit ihrem Mann, Percy Bysshe Shelley, und Lord Byron dazu inspiriert worden, *Frankenstein: oder der moderne Prometheus* zu schreiben, und sie hatte über das Jahr 1816 nachgelesen, in dem die Dichter und ihre Mätressen einen unangenehm verregneten Sommer mit trüben Gedankenspielen verbracht hatten. Byrons Tochter, so erfuhr sie aufgeregt, hatte später Charles Babbage finanziell unterstützt, den Erfinder der Vorläufer heutiger Computer. Sie fragte sich, ob der Geist des klumpfüßigen Dichters noch durch die Korridore humpelte. Wohl eher nicht.

Im Augenblick faszinierten sie die Zusammenhänge höherer

Mathematik, Biogenetik und Heuristik, und immer wieder hatte sie Declan O'Shaughnessy S. J.'s *Cybermind, Cybersoul* gelesen. Das Buch lag neben ihr im Boot, während ihr die Gedanken im Kopf herumkreisten wie Radiowellen aus den Tiefen des Alls. Die Terminals in der Villa waren die meiste Zeit, selbst nachts, von Papas Angestellten besetzt, aber sie hatte sich mittels eines Haushaltsprogrammes und durch die Kopplung ihres Zimmermicros mit dem Telefon den Zugriff auf das Terminal in einem Nachbarhaus verschafft – das leerstand, weil die Besitzer den Sommer in Großrhodesien verbrachten – und war so auf illegale und *unmoralische* Weise in der Lage, die Tiefen schweizerischer Systeme auszuloten. Bereits jetzt kommunizierte sie mit Hackern in so fernen Orten wie Los Angeles, Moskau oder Sakhalin und tastete sich durch die Schattenwelt der Infonetze.

Das Boot machte automatisch am Steg fest. Dort wartete Mlle. Fournier in Begleitung einer Dame. Chantal schob ihre Musikbrille ins Haar, das sie sich, nach längeren Überredungsversuchen, mit Erlaubnis ihres Vaters ganz kurz hatte schneiden lassen, und winkte ihrer Mutter zu. Es war Zeit, nach Mailand zurückzukehren.

»Chantal, was hast du bloß mit deinem Haar gemacht?« wollte Isabella Juillerat, vormals Mondrone, wissen, während sie zehn Zentimeter von der Wange ihrer Tochter entfernt in die Luft küßte. Wie gewöhnlich war sie hochelegant gekleidet. Sie trug ein weißes, enganliegendes Kleid, das ihr von der Brust bis zur Mitte des Oberschenkels reichte, dazu einen ellenbogenlangen weißen Handschuh mit roten Krallen und einen passenden Hut, der ihren Kopf wie die Ringe des Saturn umkreiste.

Chantal bekam ständig zu hören, sie würde, war sie erst mal erwachsen, wie ihre Mutter aussehen. Im vergangenen Jahr jedoch war sie ungefähr zwanzig Zentimeter gewachsen, ohne ansonsten irgendwelche weiteren sekundären Geschlechtsmerkmale zu entwickeln. Marcello aus Mailand bezeichnete sie als ›Vogelscheuche ohne Titten‹.

»Laß dich anschauen«, sagte ihre Mutter und zog eine perfekt gezupfte Braue hoch. Sie war gleichmäßig sonnengebräunt, in der letzten Zeit hatte sie am Hals und im Ausschnitt orangefarbene Flecken bekommen. Offenbar war das einer der Nebeneffekte der Behandlung. Pater Daguerre hatte ihr angeraten, zu warten, bis Dr. Zarathustra sein Hauptpflegesystem perfektioniert hätte, aber sie hatte sich daraufgestürzt wie auf alles andere auch. Man hatte ihr zu verstehen gegeben, daß der Zauberer von GenTech sie auf Kosten des Hauses in den Genuß einer Verjüngungskur brachte, in der Hoffnung, sie könne in Bezug auf ein bestimmtes Vorhaben der Multis ihren Einfluß bei ihrem Gatten geltend machen.

»Warst du auch in der Messe? Jede Woche?«

»Sogar zweimal, Mama.«

»Gut. Dann besteht für deine Seele keine Gefahr. Aber deine Kleidung! Warum trägst du nicht die Kleider, die ich dir geschickt habe? Du könntest ausschließlich Originale tragen!«

»Ich bin Boot gefahren, Mama. Da wird alles naß.«

»Unsinn! Du mußt dich jederzeit sehen lassen können, Chantal.«

Pater Daguerre, der in seiner Soutane wie ein Ringer wirkte, stand mit einem anderen Priester ein wenig abseits. »Hallo, Chantal«, sagte der französische Priester, während ein verstohlener Blick über sein Gesicht huschte. »›Glaube ist der Stoff, aus dem alle Hoffnung besteht, die Offenkundigkeit des Unsichtbaren…‹«

Chantal verzog leicht den Mund und stützte die Hand in die Seite. Sie sollte wieder einmal zeigen, was sie konnte. »Das ist nicht schwer. Der Brief des Paulus an die Hebräer, Kapitel 11, Vers 1.«

Pater Daguerre nickte mit ernstem Gesicht. »Und weiter…?«

Chantal seufzte. Es war ihr ein wenig peinlich. »›Denn durch ihn bekamen die Ältesten einen guten Leumund. Durch den Glauben begreifen wir, daß die Welt entstand aus dem Wort Gottes, auf daß die Dinge, die wir sehen, nicht aus Dingen bestehen, die nur scheinen.‹«

»Ausgezeichnet, ausgezeichnet«, meinte der Priester. »Latein?«

Chantal wechselte die Sprache. »›Der Glaube befähigte Abel, seinem Gott ein größeres Opfer darzubringen als Kain, wodurch er...‹«

»Hebräisch?«

Das war schon schwieriger. »›...wodurch er Zeugnis davon erhielt, daß er rechtschaffen war; Gott wurde Zeuge seines Opfers, und so...‹«

»Griechisch?«

»Alt- oder neugriechisch?«

»Altgriechisch, Angeberin.«

»›...und so war er tot und sprach dennoch. Der Glaube verzückte Enoch so, daß er den Tod nicht sah, und ward nicht gefunden, denn Gott war es, der ihn so verzückt hatte, denn bevor...‹«

»BASIC?«

»Das geht mündlich nicht. Ich könnte es Ihnen ausdrucken lassen. Es ist nicht schwer.«

»Englisch?«

»Das ist doch Kinderkram, Pater. ›...denn vor seiner Erleuchtung erhielt er den Beweis, daß er Gott gefallen hatte.‹«

»Und Russisch?«

Chantal mußte im Kopf erst übersetzen. Griechisch-Russisch war am einfachsten. »›...ohne den Glauben jedoch ist es unmöglich, ihm zu gefallen: denn wer sich Gott nähern will, muß glauben...‹«

Der andere Priester, dessen schwarzer Umhang rot abgesetzt war, mischte sich ein. Er sprach Russisch, als wäre es seine Muttersprache. »›...muß glauben, daß er ist, und daß diejenigen belohnt sein werden, die voller Eifer nach ihm suchen.‹«

Chantal betrachtete den neuen Priester argwöhnisch. Er war blaß, hatte schulterlanges Haar und eine hohe Stirn. Auf seltsame Weise erinnerte er sie an Petya Tscherkassov.

»Das ist Kardinal Grinko, Chantal«, sagte ihre Mutter. »Er ist ein Freund von Pater Daguerre. Er ist aus dem Vatikan angereist, um mit deinem Vater zu sprechen. Er ist ein Sonderbeauftragter von Papst Mandela.«

Der Kardinal verbeugte sich. Irgend etwas an ihm gab ihm etwas Besonderes, erkannte Chantal. Sie hatte einen ihrer hellsichtigen Augenblicke. Er verzog einen Mundwinkel nach oben, und ihre Blicke trafen sich. Die anderen bemerkten nichts, und Chantal begriff nicht recht, was zwischen ihnen geschehen war, aber sie erkannte, daß sie einen Bund mit diesem Fremden geschlossen hatte.

»Guten Tag, Kardinal«, sagte sie und tat ihr Bestes, einen Knicks zu machen, obwohl sie nur ein T-Shirt trug, das sie dabei leicht anheben konnte.

»Bitte, Chantal. Nenne mich Georgi.«

III

GENF, SCHWEIZ, 1988

»Steh gerade, Chantal.«

»Ja, Mutter.«

Isabella Juillerat rückte ihren Schleier zurecht und glättete ihre bodenlange, schwarzglitzernde Krinoline. Als die Nachricht sie erreichte, daß man sie zur Witwe gemacht hatte, hatten drei Mailänder Spitzenmodeschöpfer die ganze Nacht über gearbeitet, um eine Auswahl an Trauerkleidung für sie zu entwerfen, und sie ihr am folgenden Morgen in gegenseitiger Konkurrenz präsentiert. Wie gewöhnlich hatte sie sich für die kostspieligste Kollektion entschieden.

Chantals schwerer Kragen kratzte. Es schien unmöglich, aber seit der Anprobe schien sie – zur denkbar unpassendsten Zeit – Brüste bekommen zu haben. Drei Stunden hatte sie jetzt bereits gestanden, und nun mußte sie dringend zur Toilette. Sie hatte ihrem durchtrainierten Körper eingeredet, stillzustehen und alles über sich ergehen zu lassen. Das war das mindeste, was er tun konnte.

Der Trauerzug hatte sich langsam seinen Weg zum Friedhof gebahnt. Die Straßen waren voller Menschen. Mutter bezeichnete sie als Pack, Chantal hielt ihre Trauer größtenteils für echt. Wer nicht schwarz gekleidet war, trug eine schwarze Armbinde. Nur die nächsten Anverwandten und die VIPs – und natürlich die Medien – wurden auf den eigentlichen Friedhof gelassen. Das Monument Juillerat, wie es von nun an heißen würde, war mit Schleiern verdeckt.

Im Augenblick sprach Jean-Marie LePen. Er wich vom Thema ab und ritt auf der Gemeinschaft der Völker oder ähnlich nebulösen Vorstellungen herum. Im Leben hatten ihr Vater und LePen während dessen siebenmonatiger Präsidentschaft in der EG einen unerklärten Krieg geführt, und Papa hatte den Präsidenten im privaten Kreis als einen ›gottverfluchten, tollwütigen Hurensohn‹ bezeichnet, ›den man einschläfern‹ müßte. LePens Rede war im Grunde nichts weiter, als eine wenig überzeugende Erklärung, daß ›er es nicht gewesen‹ sei.

Vielleicht tatsächlich nicht. Thomas Juillerat hatte sich, ohne jemals ein offizielles Amt bekleidet zu haben, auf allen Seiten hingebungsvolle Freunde und arge Feinde gemacht. LePen war sicher nicht der einzige, der vor Freude einen Luftsprung gemacht hatte. Die japanischen, koreanischen und kalifornischen Aufsichtsräte von GenTech, das Kabinett des Premiers Ian Paisley, das Weiße Haus des Präsidenten Charlton Heston, die

Moscheen von Teheran und Ferdy sowie Imeldas Malacanang in Manila, überall dürfte der Tod des Unbequemen Mannes bejubelt worden sein.

Chantal hatte sich geschworen, nicht zu weinen. Ihre Mutter hatte den ganzen Vormittag dezent auf die Tränendrüse gedrückt, vor allem dann, wenn eine Fernsehkamera auf sie gerichtet gewesen war. Pater Daguerre hatte sie beim Einsteigen in den Wagen stützen müssen.

Passiert war es auf den Stufen des Internationalen Gerichtshofes in Brüssel, nachdem man in Papas Sinne gegen die Praktiken der Organfarmen in der dritten Welt entschieden hatte. Er hatte gerade einem russischen Nachrichtennetz ein Interview gegeben, als ein oder mehrere Unbekannte ihn anstießen, und ihm dabei ein Elektrostilett in den Hals jagten. Das Gerät entlud sich fünf Minuten lang, wahrscheinlich war Papa jedoch innerhalb der ersten Sekunden gestorben. Drei Monate zuvor hatte er seinen ersten kleinen Herzanfall gehabt. Die belgische Polizei hatte niemanden verhaften können, und eine eingehende Untersuchung erbrachte nichts. Sämtliches Filmmaterial über den Vorfall zeigte lediglich einige verschwommene, unmöglich zu identifizierende Gestalten auf den Stufen. Mittlerweile hatte der Mörder wahrscheinlich längst ein anderes Gesicht, wenn nicht gar ein anderes Geschlecht.

Isabella war nervös. Chantal vermutete, daß sie sich über die Tischordnung beim Gedächtnisempfang am selben Abend Gedanken machte, schalt sich aber dann selbst wegen dieses unbarmherzigen Gedankens. Im stillen sprach sie ein Gebet.

Chantal wußte, daß sie ihre Ehe hätten beenden können. Kardinal Georgi hatte ihr erklärt, Papst Mandela hätte das kirchliche Scheidungsverbot gelockert. Isabella jedoch war nicht unbedingt einverstanden mit allen Veränderungen, die der augenblickliche Papst an der Kirchendoktrin vornahm. Und wenn sie es sich genau überlegte, hatte Papa nie wirklich den Wunsch geäußert, seine gegenwärtige Situation zu ändern. Gelegentlich waren da andere Frauen gewesen, aber alle waren im Nichts verschwunden wie zuvor Isabella. Es war unmöglich, mit all den Sorgen der Welt zu konkurrieren. Das wußte Chantal.

Sie merkte, daß sie feuchte Wangen hatte. Pater Daguerre legte ihr die Hand auf die Schulter, und sie legte ihre darüber.

Georgi war anläßlich des Begräbnisses extra aus Rom angereist. Er hatte Mandela bei seiner, wie befürchtet wurde, letzten Krankheit, zur Seite gestanden. Er schüttelte Isabella die Hand und sprach ihr sein Beileid aus, dann blieb er vor Chantal stehen. Er streckte seine Hand aus und wischte ihr vorsichtig die Tränen ab.

»Chantal, wenn ich irgend etwas für dich tun kann, du hast meine Privatnummer.«

Sie verneigte sich, und er war verschwunden. Der britische Kriegsminister, Angus McGuinness, war an seine Stelle getreten, hielt ihr seine feuchtkalte Hand hin und murmelte irgendeine geistlose Bemerkung. Dann war es irgendeine Dame aus höheren Kreisen, die mit ihrem Volantkleid darauf hoffte, sich in *Vogue* wiederzufinden.

Das Begräbnis dauerte den ganzen Nachmittag.

IV

DUBLIN, REPUBLIK IRLAND, 1991

»Jetzt zeigen Sie uns mal, was Sie können, Schwester Chantal.«

Sie verneigte ihren Kopf so sittsam wie möglich, und setzte sich vor das Terminal. Die Computerräume im St. Patrick's Priesterseminar befanden sich in Fertigbaubarracken mitten auf dem Campus. Wenn es nicht genügend Stühle gab, mußten sich die Schüler auf Tische und Pulte setzen. Mit fliegenden Fingern durchbrach sie die Sperren. Die harten Fingerkuppen, mit denen sie in endlosen Trainingsstunden die Wände ihrer Übungshalle traktiert hatte, landeten auf den Tasten. Die Aufgabe hätte die meisten anderen Novizen überfordert, für sie dagegen war sie zu einfach.

Sie hatte sich tief eingeklinkt, sondierte das Labyrinth und steuerte ihren APOSTEL mit ihrer Maus. Ihre Konzentration war vollkommen. Sie stand in völligem Einklang mit dem System. Es war eine vollkommene Kommunion.

Wie ein Gebet.

»Gut«, sagte Pater O'Shaughnessy. »Sehr gut.«

Sie ließ sich von dem Kompliment nicht ablenken und hielt sich fern von einer Datei, die sich falsch anfühlte. Pater O'Shaughnessy klopfte ihr anerkennend auf die Schulter. Sie spürte ein Gebilde aus nur leicht gesicherten HEIDEN-Programmen auf, entschärfte die Tretminen und stellte eine Schnittstelle her. Alles eine Frage der Geschicklichkeit. Der APOSTEL klinkte sich nacheinander bei jedem der HEIDEN-Programme ein und brachte ihre Anweisungen durcheinander. Dabei hinterließ er eine Reihe BEKEHRTER.

Sie war fast fertig mit dem Test. Fehlerfrei.

Schwungvoll klinkte sie sich aus der Schnittstelle wieder aus.

...und der Monitor füllte sich mit elektronischem Müll. Sie hatte eine in der Tiefe verborgene Falle ausgelöst, und ihr Status wurde ausgedruckt. Eine primitive, computererzeugte Darstellung des Höllenfeuers flackerte über den Bildschirm. Pater O'Shaughnessy warf einen Blick auf den Ausdruck und riß ihn ab.

»Bescheidenheit, mein Kind, Bescheidenheit. Das ist etwas, was wir alle lernen müssen.«

Auf dem Rückweg zu ihrem Platz hörte Chantal einen der anderen Studenten kichern.

»Schmerzlich ist die Sünde des Stolzes«, teilte Pater O'Shaughnessy der Klasse mit, »sie kann einen erniedrigen...«

Chantals Gesicht brannte, und sie senkte den Kopf. Der Nonnenschleier bedeckte ihren Hals, trotzdem hätte sie gerne eine altmodische Trachtenhaube getragen, die sie sich hätte über den Kopf ziehen können.

»... aber es gibt schlimmere Sünden. Wer zum Beispiel sein Licht unter den Scheffel stellt, wie Bruder Leon, oder wenn der Eifer nicht mit dem Streben in Einklang steht, wie bei Schwester Sarah.«

Er hielt den Ausdruck in die Höhe.

»Laßt uns Schwester Chantals Vordringen im Detail untersuchen, was meint ihr? Ich hoffe, eure Kollegin kann euch etwas beibringen, an dem meine armseligen Bemühungen gescheitert sind. Laßt uns zu unserem APOSTEL zurückkehren. Wie ihr wißt, handelt es sich bei einem APOSTEL um ein unabhängiges Programm, das, sobald es in ein vorhandenes System eingespeist wird, das Wort des Herrn verbreitet und ausgewählte HEIDEN-Programme bekehrt. Schwester Chantals Vordringen hat die Risiken und Gefahren aufgezeigt, denen sich ein jedes APOSTEL-Programm im Cybernetz gegenüber sieht, und die jenen Risiken und Gefahren nicht unähnlich sind, denen sich die ursprünglichen Apostel gegenüber sahen, als sie zum erstenmal das Wort des Herrn verbreiteten...«

V

MILANO, ITALIEN, 1992

»Chantal... kommst du zurück?«

»Nein, Marcello.«

Es war später Nachmittag. Mlle. Fournier war mit Isabella zum Einkaufen ausgegangen. Chantal saß vor ihrer Schminkkommode und betrachtete das Zimmer hinter ihr im Spiegel. Seit sie sämtliche Poster abgenommen hatte, die sie als Kind an der Wand hängen hatte, wirkte es leer, unbewohnt, wie die nackten Zellen in St. Patrick's, in denen sie drei Jahre lang gelebt hatte. In keiner von ihnen hatte sie sich zu Hause gefühlt, und jetzt war es zu Hause auch nicht anders. Sie kämmte ihr Haar. Als sie noch jünger war, hatte sie Stunden vor dem Spiegel gesessen, war sich mit dem Kamm durch ihre langen, langen Haare gefahren und hatte vor sich hin geträumt. Jetzt mußten ein paar Striche mit der Bürste genügen. Sie hatte einer Menge Dinge den Rücken gekehrt.

»Magst du mich nicht mehr?« fragte Marcello vom Bett her, wo sein Kopf im Schatten der herabhängenden Vorhänge lag.

»Das ist es nicht.«

Peinlich genau untersuchte sie Gesicht und Hals. Ihre Haut war makellos. Drei Wochen zuvor, in Dublin, hatte sie für die Schule gekämpft und war glatt von einer Novizin aus St. Brendan's geschlagen worden. Ihr Gesicht war ein einziger blauer Fleck gewesen. Jetzt war davon nichts mehr zu sehen. Ihre Mutter griff zunehmend häufiger auf die kleinen Operationen des Dr. Zarathustra zurück. Chantal hatte dagegen nur das Gebet, die Meditation und das Training. Bislang funktionierte das gut.

»Ist es wegen deines Gelübdes?«

»Du weißt, daß das nicht der Grund ist.«

Marcello setzte sich auf. Er sah verbittert aus. »Nein, natürlich nicht. Dein Freund Papst Georgi sagt, du kannst dich so oft aufs Kreuz legen lassen wie du willst, solange du nur niemand anderen heiratest als Christus! Verdammt, Chantal, was für ein Leben ist das denn?«

Sie nahm sich vor, nicht böse auf Marcello zu werden und sortierte den Schmuck aus, den sie nie wieder tragen würde. Isabellas Bewunderer schenkten ihr ständig Schmuck. Die wertvolleren Stücke wollte sie Mutter Teresa für ihren Fundus überlassen. Den Rest sollten ihre alten Freunde bekommen.

»Möchtest du diesen Ring?« fragte sie Marcello. »Es ist ein

Feueropal. Aus Australien. Prinz Bonfigliori hat ihn mir geschenkt. Sieh, wie er das Licht einfängt.«

Marcello beugte sich über sie. Er trug nur seine Jeans. Sein schmächtiger Oberkörper glänzte. »Wovon redest du, Chantal«, sagte er mit Wut in den Augen, »wovon, zum Teufel, redest du eigentlich? Was geschieht hier? Ich komme mir vor wie ein völliger... ein völliger Trottel.«

»Gar nichts geschieht hier, Marcello. Hier ist nie etwas geschehen.«

»Letzten Sommer, und den Sommer davor, ist wohl etwas geschehen, etwas verdammt...«

»Marcello, du hast mich als ›Vogelscheuche ohne Titten‹ bezeichnet.«

»Das ist lange her.«

»So lange auch wieder nicht.«

Marcello schlich in den Schatten zurück. Er zitterte. Vielleicht weinte er sogar. Italienische Männer sind so emotional. Im Gegensatz dazu war sie so... ja, was eigentlich? So schweizerisch? Sie verschloß ihr Schmuckkästchen und stand auf.

An diesem Abend wollte sie das Hausterminal benutzen. Sie konnte Pater O'Shaughnessy über eine sichere Verbindung in Singapur kontakten, vorausgesetzt, sie erwischte das richtige Satellitenfenster. Außerdem hatte sie einige ihrer Theorien über Begrenzte Künstliche Intelligenzen ausgearbeitet. Er hatte ihr versprochen, sie in seinem nächsten Aufsatz als Co-Autorin zu nennen, daher war sie bemüht, ihre Hintergrundforschung einzubringen, um diese Ehre auch zu verdienen.

»Marcello, würdest du bitte nach unten gehen und uns Tee machen. Ich möchte mich jetzt umziehen.«

Er lachte böse. »Umziehen? Chantal, du brauchst dir nichts anderes anzuziehen. Du bist auch so längst nicht mehr die, die du einmal warst. Seit dem Tod deines Vaters...«

Sie fuhr ihm über den Mund. »Tee, Marcello. Dazu Eis und Zitrone, bitte.«

Er ballte die Faust, überlegte es sich dann aber anders. Schon als Kind war er immer der Verlierer gewesen.

»Ciao, Chantal«, sagte er und hob sein Hemd und seine Sandalen vom Boden auf. »Ciao für immer.«

»Leb wohl«, sagte sie in sämtlichen Sprachen, die sie kannte. Sie war noch lange nicht fertig, als die Schlafzimmertür längst zugegangen war und Marcello das Haus verlassen hatte.

Seit jenem Tag, an dem man ihren Vater beerdigt hatte, war sie den Tränen nicht mehr so nahe gewesen.

Sie saß rechtzeitig vor dem Terminal, bahnte sich ihren Weg durch die Unterverzeichnisse der Gesellschaften und suchte den Cyberlabyrinth-Code für die Sperren. Als sie nach Singapur durchkam, erwartete Pater O'Shaughnessy sie bereits.

VI

SAN FRANCISCO, USA, 1993

»Chantal...?«

Seit dem endgültigen Ablegen ihres Gelübdes war sie nicht mehr so angespannt gewesen. Sie versuchte, ihre Mitte zu finden. Ihre Muskeln blieben verkrampft.

»Chantal...?«

Mutter Kazuko Hara verbeugte sich.

»Mutter...« Chantal verbeugte sich und trat zurück.

Der erste Tritt kam hoch, traf sie am Oberschenkel.

Die Japanerin trat erneut zu und erwischte sie diesmal an der Hüfte. Chantal packte Mutter Kazukos Knöchel, stieß sie zurück und hoffte, sie so aus dem Gleichgewicht zu bringen. Sie jedoch drehte sich und hatte sich aus ihrem Griff gelöst.

»Gut«, sagte Mutter Kazuko und hieb mit der flachen Hand nach Chantals Stirn.

Chantal tauchte unter dem Schlag weg, ließ ihre Fingerspitzen vorschnellen und traf Mutter Kazuko über dem Herz in die Rippen.

»Sehr gut«, sagte die Oberin.

Sie kämpften weiter, waren sich in jeder Hinsicht ebenbürtig und wechselten die Kampfstile nach Belieben. Die beiden Nonnen kämpften sich durch Karate, Faustkampf, Baritsu, Savate, sämtliche Untergruppen von Wushu – die fünf Tierstile des Tempels der Shaolin, Choy-Li-Fut, den Betrunkenen Stil, die Adlerkralle, Hsing-I, Hung-Gar, das Wilde-Affen-Kung-Fu, das Auge des Phoenix, die Gottesanbeterin (ihr besonderer Lieblingsstil), Hapkido, Ringen im griechisch-römischen Stil, Kickboxen, Aikido, Arnis, Jiu-Jitsu, Ninjutsu, Straßenkampf, Armringen und Tae Kwon Do.

Chantal wußte, wenn Mutter Kazuko – die die Studenten Mutter Gadzooks O'Hara nannten – sich bei ihren Schlägen nicht zurückhalten würde, wäre sie bereits zehn Sekunden nach Mutter Kazukos erstem Schlag tot gewesen.

Ihre Schwachstellen begannen zu schmerzen. Es war nicht nötig, diesen Kampf zu gewinnen – seit das St. Mathilda-Dojo bestand, hatte niemand mehr Mutter Kazuko bezwungen –, trotzdem mußte Chantal den Kampf eine volle Viertelstunde lang durchstehen.

Es war keine offizielle Prüfung. Der Kampf fand in einer privaten Sporthalle ohne sachkundige Beobachter statt. Chantal wußte jedoch, daß sie ohne Mutter Kazukos Fürsprache in der Gesellschaft Jesu nicht weiterkommen konnte.

Der einzige Vorteil gegenüber ihrer Meisterin bestand in ihrer Größe. Sie nutzte sie so gut sie konnte und versuchte, ihre Gegnerin, die immer wieder ballettartig hohe Tritte anbrachte, ständig auf den Zehenspitzen zu halten und ihren Kopf mit Fingerstößen zu bearbeiten.

Es reichte nicht, war aber wenigstens etwas.

Endlich war es vorbei. Chantals Trikot war durch den

Schweiß eine Schattierung dunkler geworden, Mutter Kazuko jedoch, die in einem lockeren weißen Kimono kämpfte, hatte sich scheinbar nicht angestrengt. Wie eine Echse brauchte sie wohl nie zu schwitzen.

Sie verbeugten sich voreinander, und Chantal wischte sich den Schweiß aus ihrem Gesicht ins Haar und taumelte gegen die Sprossenwand in der Ecke. Mutter Kazuko stützte sie.

»Es ist in Ordnung, erschöpft zu sein, Schwester«, sagte sie in einem Englisch, das einen schweren Akzent aufwies, »aber manchmal ist es nötig, seine Erschöpfung zu verbergen.«

Chantal richtete sich auf und drückte die Hände auf die Seiten. Langsam ließen ihre Schmerzen nach.

Mutter Kazuko lächelte, so daß man ihre vorstehenden Zähne sehen konnte. »Gut. Denk daran, die Berufung der Jesuiten gleicht in vielerlei Hinsicht dem Weg der Ninjutsu, dem Weg der Verschwiegenheit.«

Ein Geräusch wie ein Pistolenschuß ertönte. Chantal drehte sich in die Richtung, aus der es gekommen war, nahm die geduckte Haltung einer Kämpferin an – Knie leicht gebeugt und bereit, einen Tritt abzufeuern.

Das Geräusch wiederholte sich. Es war ein langsames Händeklatschen, das sich allmählich zu Beifall steigerte. Ein Priester trat applaudierend aus dem Schatten.

Chantal erkannte Pater Daguerre und warf sich ihm in die Arme.

»Wie du gewachsen bist, Schwester.«

»Sanskrit.«

Pater Daguerre versuchte ein Lächeln. »Nein, Schwester Chantal. Jetzt sind wir erwachsen. Wir müssen darauf bedacht sein, unsere gottgegebenen Fähigkeiten nicht für eitle Zwecke zu vergeuden.«

»Sie ist noch jung«, sagte Mutter Kazuko. »Sie lernt noch.«

Pater Daguerre küßte Mutter Kazukos Hand. »Sie hat bereits viel gelernt, Mutter Oberin. Sie haben sie gut unterrichtet.«

»Ich habe nur hervorgebracht, was der Herr in sie hineingelegt hat.«

Sie verließen die Sporthalle. Eine Gruppe von Anwärtern für das Priesteramt übten im Hof Tai Chi. Zwei junge Priester in kurzen Ärmeln standen neben einem Helikopter, dessen Rotorblätter träge kreisten, und überprüften die Instrumente. Es war ein sonniger Tag. Der Chor probte. Das Dojo gab anläßlich der diesjährigen Abschlußfeier die Matthäus-Passion. Innerhalb der Schutzzone war San Francisco eine angenehme Stadt.

»Es ist so lange her, seit Sie mich besucht haben, Pater Daguerre. Wie geht es meiner Mutter?«

»Wie immer. Sie läßt Grüße bestellen.«

»Wie lange werden Sie bleiben?«

»Nicht lange. Dies ist kein Besuch im eigentlichen Sinn. Ich komme von Papst Georgi.«

Chantal blieb stehen. Seit Georgi den Thron von St. Peter bestiegen hatte, war sie ihm nur bei öffentlichen Audienzen begegnet. Er hatte sich ziemlich von seinen alten Freunden zurückgezogen. Sie hatte geglaubt, er ginge ihr aus dem Weg.

»Ich bringe dich in den Vatikan. Es gibt einen Auftrag, ... für den deine besonderen... Fähigkeiten erforderlich sind.«

Eine Wolke schob sich vor die Sonne. Plötzlich fröstelte Chantal in ihrem durchgeschwitzten Trikot.

»Der Helikopter wird dich zum Flughafen von San Francisco bringen. Dort habe ich eine Maschine des Vatikans für dich bereitstellen lassen. Wird es lange dauern, bis du gepackt hast?«

»Ich sitze seit fünf Monaten auf gepackten Koffern, Pater.«

»Das ist gut.«

Schwester Chantal hatte endlich eine Mission.

VII

Chantals erster Auftrag bestand schlicht darin, ein Infoleck in einer Turiner Kirche zu stopfen. Wie sich herausstellte, hatte der Panislamische Kongress einen Schläfervirus in Umlauf gebracht, der ABTRÜNNIGEN-Programme erzeugte, und Ayatollah Bakhtiar benutzte das Leck in Turin, um die EG zu infiltrieren. Verschiedene griechische Exilanten, alle aktiv in der mazedonischen Befreiungsbewegung, waren von sogenannten ›Unsichtbaren‹ umgebracht worden, Mördern, die nicht im Datennetz erfaßt waren. Sie löste den Systemzusammenbruch einfach, indem sie es an einigen Stellen umprogrammierte und spürte den Geheimagenten des Ayatollah über seine doppelte Computerkennung auf. Sie hätte ihn gerne zu einem Verhör vorgeführt, er jedoch hatte lieber Selbstmord begangen, als den Inquisitoren des Opus Dei gegenüberzutreten. In den Trümmern seines Hotelzimmers hatte sie ihm die Sakramente erteilt und gebetet, sein Gott möge ihre rituelle Handlung anerkennen.

Das war nicht das beschauliche Leben der Nonnen, wie sie es sich als kleines Mädchen vorgestellt hatte. Mutter Kazuko hatte ihr erzählt, daß viele der großen Kampfkünste von Mitgliedern religiöser Orden erfunden worden waren. Englische Mönche hatten mit Rücksicht auf das biblische Verbot gegen jedes Blutvergießen während der Kreuzzüge die Bruder-Tuck-Technik zum Zerschmettern von Schädeln Ungläubiger ohne Blutverlust entwickelt. Im fernen Osten waren viele Kampftechniken zur Selbstverteidigung von umherziehenden Mönchen und Priestern entwickelt worden. Waren die Wege des Kreuzes und des Schwertes auch wunderbar, so waren sie doch vielbereist.

Seit Turin war sie durchschnittlich fünf Mal pro Jahr eingesetzt worden, hatte auf allen fünf Kontinenten gekämpft – die Antarktis eingeschlossen – und hatte verschiedene päpstliche

Auszeichnungen erworben, die sie nie würde öffentlich tragen können. Pater Daguerre, ihr erster Lehrer, reichte sie weiter an Mutter Edwina, jene englische Nonne, die als Kontrolleurin verdeckter Aktionen der Jesuiten fungierte, sowie an Kardinal Fabrizio DeAngelis, den Spitzencomputermann des Vatikans. Sie wurde zu einer geschätzten Kraft der Kirche.

In einer Seitengasse in Edinburgh, als sie hinter einem verschollenen Bankier des Vatikans und einem Koffer voller übertragbarer Wertpapiere her war, sah sie sich mit der schwierigsten Entscheidung von allen konfrontiert. Ein Angreifer, den sie nicht ohne weiteres außer Gefecht setzen konnte, war mit dem Messer auf sie losgegangen. Sie schoß ohne jeden bewußten Gedanken, wie man es ihr im Training beigebracht hatte, erteilte seiner blutenden Leiche die Sterbesakramente, und tat anschließend monatelang Buße, die sie sich selbst auferlegt hatte. Es war nicht einfacher geworden, aber es war Teil ihrer Berufung. Wie ihr Vater war auch sie bereit, für ihre Überzeugung zu sterben. Im Gegensatz zu ihm hatte sie jedoch auch gelernt, für sie zu töten.

Zwischen ihren Einsätzen operierte sie von Wohnungen innerhalb der Mauern des Vatikans selbst aus. Offiziell galt sie als Programmiererin und Übersetzerin der Bibliothek des Vatikans. Sie sah Papst Georgi häufig, die altvertraute Nähe zwischen ihnen schien sich jedoch mit seiner Ernennung in Luft aufgelöst zu haben. Sie fragte sich, ob der Papst noch ihre Mutter besuchte. Als er noch Kardinal war, hatte Georgi häufig heimlich mit Isabella Juillerat zu Abend gegessen, und manchmal fragte sich Chantal, ob ihr Verhältnis tiefer gewesen war, als es jetzt schien. Der Camerlengo, Kardinal Brandreth, begann sich für sie zu interessieren und ermutigte sie, die leicht veralteten Computersysteme des Vatikans zu modernisieren. Sie führte ihre eigenen Recherchen durch und veröffentlichte auf den verschiedensten Gebieten, entweder in Zusammenarbeit mit Pater O'Shaughnessy oder allein unter ihrem Namen.

Sie unterrichtete einen Kursus in Dublin, wo sie für einen unpäßlichen Pater einsprang, und stellte fest, daß die Studenten seit ihrer Zeit am Seminar sich nicht verändert hatten. Die Novizen rauchten immer noch Dope, hörten verbotene russische Platten und stürzten sich gedankenlos in Affären.

Gelegentlich unternahm sie den Versuch, ihre Verbindungen zur internationalen Intelligenz zu nutzen, und sich so in die immer noch nicht abgeschlossene Akte ihres Vaters einzuarbeiten. Keines der Gremien, die offiziell oder inoffiziell Untersuchungen in diesem Mordfall durchgeführt hatten, waren zu irgendwelchen konkreten Ergebnissen gekommen. Im allgemeinen war man der Ansicht, Snordlij Svenson sei der Mörder gewesen, ein Unabhängiger, der von Reykjavik aus operierte, und der selbst sechs Monate später bei einem vollkommen unverdächtigen Unfall im Haushalt umgekommen war. Eingehende Untersuchungen von Svenssons Geldgeschäften und seiner Buchführungssoftware hatten keinen eindeutigen Auftraggeber für die Strafaktion gegen Juillerat ergeben.

Daß ihre Tochter eine Schwester war, hatte Isabella Juillerat eine Zeitlang verstimmt, aber inzwischen hatte sie sich mit dem Gedanken abgefunden. Wann immer jedoch Chantal ihre Mutter traf, versuchte ihre Mutter sie dazu zu überreden, in einen profilierteren, reizvolleren Zweig der Kirche überzuwechseln. Bei ihren Qualifikationen gäbe es keinen Grund, warum sie nicht zum Kardinal aufsteigen sollte. Früher oder später würde es dank Vatikan LXXXV einen weiteren weiblichen Papst geben, und, darauf wies Isabella ausdrücklich hin, »das müßte dann jemand sein, der...«

1996 arbeitete Chantal mit Mutter Kazuko zusammen und machte einer Serie obszöner Entweihungen ein Ende, die in den Kirchen an der Westküste geschehen waren. Die Schuldigen waren, wie sich herausstellte, eine Kultgang von Teufelsanbetern aus Venice, Kalifornien, die mit ein paar recht widerwärtigen Dämonen unter einer Decke steckten. Ein Spezialist in Cyberexorzismus wurde aus Mexico-City eingeflogen, wo seine Dienste laufend verlangt wurden, und man machte der Verderbnis ein Ende. Dabei war der Cyberexorzist ums Leben gekommen, und Chantal hatte die Durchführung des Rituals übernommen. Mutter Kazuko wurde bei der fünftägigen Auseinandersetzung schwer verwundet, und hatte sich danach an einen stillen Ort zurückgezogen, um neue Kräfte zu schöpfen.

Nach und nach taten sich für Chantal verborgene Welten auf. Zuerst die rationale, sich ausdehnende, aufregende Welt der internationalen Datennetze. Dann die alte, rituelle, sich fortwährend verändernde und dennoch ewig gleichbleibende Welt der Kirche Roms. Und endlich die düstere, tief verunsichernde Welt dahinter, die kaum je ein Auge erblickte. In der Bibliothek verschaffte man ihr Zugang zu verbotenen Büchern – dem *Liber Eibon*, dem *Necronomicon* des wahnsinnigen Arabers Al-Hazred, *The King in Yellow*; Errol Undercliffs *Forgotten Byways of the Severn Valley*, den *Private Memoirs and Cofessions of a Diabolical Genius* von Julian Karswell, den *Riddles of the Mythwryn* von Edwin Winthrop, den *UFOs From Atlantis – The Secret Exploded* von Robert Anton Wilson, John Sladeks *Arachne Rising* – zudem besuchte sie gemeinsam mit Pater O'Shaughnessy die Wiener Geheimversammlungen, während derer führende Theologen, Wissenschaftler und Politiker einige der eher beunruhigenden Entwicklungen des vergangenen Jahrzehnts diskutierten. Pater O'Shaughnessy legte ein Thesenpapier vor, in dem die zunehmenden Fälle physikalischer Anomalitäten und der offensichtliche Niedergang der Gesetze der Physik dargelegt wurden, und ließ ein paar düstere Anspielungen über das unveränderliche Gleichgewicht von Raum und Zeit und dessen Zerbrechlichkeit fallen.

Gelegentlich hatte sie Träume. Eine mondgleiche Ebene aus weißem Salz. Ein großer, dunkelhaariger Mann mit einem breitkrempigen Hut und uralten Augen, die hinter seiner verspiegelten Brille brannten. Eine Brücke mitten in der Wüste, besetzt mit Wasserspeiern direkt von Notre Dame. Der Höllenschlund, der sich in einem Ozean aus Sand auftat.

Ihr Ratgeber und Professor versicherte ihr, daß derartige Träume vollkommen normal seien für einen Angehörigen des Klerus mit ihrem Beruf.

Dann, gegen Ende des Jahres 1998, wurde sie zu einer Audienz bei Papst Georgi einberufen...

VIII

VATIKAN, 1998

Papst Georgi saß im Audienzzimmer vor einem echten, die ganze Wand bedeckenden Michelangelo. Eine weiße Leinwand wurde vor dem Gemälde herabgelassen, ratternd rollten die Rolläden vor den Fenstern herunter. Chantal fiel auf, wie sehr Georgi seit ihrem ersten Treffen gealtert schien. Er trug einen gut geschnittenen Geschäftsanzug und ein Käppchen. Nur sein Siegelring verriet seine Stellung. Die Kardinäle Brandreth und DeAngelis trugen ihre roten Roben und musterten sich dabei von oben bis unten mit dem Grimm zweier Damen der Mailänder Gesellschaft, die bei einem Empfang im selben ›Originalmodell‹ erschienen waren. DeAngelis war im Vatikan bekannt für sein modisches Gespür. Auf Gesellschaften war er des öfteren in grellroter Abendgarderobe anzutreffen. Mutter Edwina, die scharfe und intelligente Engländerin, der Chantal gewöhnlich nach ihren Einsätzen Bericht erstattete, trug einen Halbschleier, eine cremefarbene Bluse und Hosen. Pater O'Shaughnessy, mit dessen Anwesenheit Chantal nicht gerechnet hatte, war zum erstenmal, soweit Chantal zurückdenken konnte, mit Soutane, Kragen und Birett bekleidet. Chantal war ebenfalls in vollem Habit erschienen. Pater O'Shaughnessy grinste, als er sie sah, und gab ihr durch ein anerkennendes Verziehen des Mundes zu verstehen, wie schick er sie fand.

»Heiliger Vater«, sagte sie und küßte seinen Ring.

Er schlug ein Kreuz in die Luft und deutete auf einen Stuhl. Man setzte sich um einen runden Tisch. Kardinal DeAngelis hatte eine Steuerkonsole vor sich. Er dämpfte das Licht und drückte auf Knöpfe. Er bearbeitete die Tastatur mit der Präzision eines Genußmenschen, der in einem höchst künstlerisch arrangierten Salat herumstochert.

»Verzeihung, aber ich nehme eine genaue Sicherheitsüberprüfung vor. Wir müssen vorsichtig sein.«

»Nichts, was bei diesem Treffen besprochen wird, darf nach außen dringen«, meinte Mutter Edwina. Ihre Worte waren offensichtlich an Chantal gerichtet.

»Selbstverständlich«, sagte sie. Sie wurde das Gefühl nicht los, daß die ältere Frau sie nicht besonders mochte.

»Fertig«, sagte der Kardinal. »Wir sind definitiv abhörsicher. Dieses Treffen wird nicht aufgezeichnet werden. Es wird nicht in unseren Niederschriften zu finden sein.«

»Fabrizio«, sagte Georgi, »dies ist Ihre Präsentation. Bitte beginnen Sie.«

»Vielen Dank, Heiliger Vater...«

Kardinal DeAngelis erhob sich, und auf dem Bildschirm erschien eine Karte. Chantal erkannte ein Gebiet, das die Vereinigten Staaten, Mexico und den größten Teil der Zentralamerikanischen Konföderation umfaßte. Es war mit kleinen, roten Kruzifixen übersät, die, wie sie vermutete, die Kirchen darstellten. Die Kruzifixe waren mit einem leuchtenden Fadennetz verbunden.

»Wie Sie sehen, haben wir versucht, alle unsere Operationen auf dem amerikanischen Kontinent in ein supranationales Netzwerk einzubinden. Es ist mit den lokalen Netzwerken verbunden, deckt sich aber nicht völlig mit ihnen. Natürlich hat es bei der Durchführung dieses Projektes einige Schwierigkeiten gegeben. Solange die Feindseligkeiten zwischen Washington und Managua anhalten, sind weder die USA noch die ZAK besonders erfreut über die Verknüpfungen durch uns. Dennoch bin ich jetzt in der Lage zu melden, daß wir erfolgreich waren. Wir sind jetzt vollkommen in die neue Welt integriert, von Alaska bis Feuerland, selbst bis hin zur Antarktis...«

Kardinal Brandreth applaudierte gemächlich. Chantal glaubte einen Hauch von Sarkasmus zu entdecken, als sie sah, wie der Camerlengo elegant den Mund verzog.

»Ich danke Ihnen, Ihre Glückwünsche kommen jedoch verfrüht. Es gibt Schwierigkeiten. So, wie die Dinge liegen, ist unsere gesamte Operation gefährdet.«

DeAngelis hielt inne, so daß sich sein Adlerprofil als Silhouette vor die Karte schieben konnte. Er fuhr sich mit seiner beringten Hand durch seine elegant frisierte Löwenmähne. Mutter Edwina fiel es schwer, still zu sitzen. DeAngelis drückte auf eine Taste. Die Karte verschwand, und es erschien ein verschwommener, zu gigantischer Größe aufgeblasener Schnappschuß. Ein Mann in Schwarz, mit Sonnenbrille und einem breitkrempigen, schwarzen Hut, stand im gleißenden Sonnenlicht und breitete die Arme zu einem Dankgebet aus.

»Dies ist Elder Nguyen Seth von der Kirche der Josephiner.«

»Von dem habe ich schon gehört«, sagte Chantal, die beim Anblick der undeutlichen Fotografie aus unerfindlichen Gründen erschrak. »Er ist der Mann, der hinter Deseret steht.«

»Das ist richtig. Er hat sich vor ein paar Jahren erfolgreich in Washington verwendet, woraufhin man ihm den damals nutzlosen Staat Utah zusicherte, den er in Deseret umbenannte und von den Toten wiederauferstehen ließ. Nach allem, was man hört, hat er die Wüste in einen Garten verwandelt.«

Luftansichten von Weizenfeldern, Reisfeldern und Treibhäusern erschienen im Rücken des Papstes. Georgi schenkte ihnen keine Beachtung. Seine Augen ruhten, wie schon bei ihrem Eintreten, auf Chantal. Sie fühlte sich leicht unbehaglich unter diesem prüfenden Blick. Es war, als wäre aus dem Scherz schließlich Ernst geworden.

»Natürlich haben wir seit VATIKAN LXXXV die Kirche der Josephiner zusammen mit allen anderen protestantischen Sekten zum Schein anerkannt. Allerdings waren wir in diesem Fall alles andere als begeistert. Wie viel zu viele amerikanische fundamentalistische Sekten verbindet auch diese fanatischen Glaubenseifer mit einer gewissen Überspanntheit, die sich gut verkauft. Ohne Elder Seth wäre es eine zu vernachlässigende Größe.«

Eine weitere vergrößerte Fotografie erschien. Ein Mann im Kampfanzug und mit Sonnenbrille feuerte mit einem Sturmgewehr in eine Hütte hinein. Im Hintergrund waren ein Dschungel und Soldaten zu erkennen, die die Kamera mitten im Kampfeinsatz eingefangen hatte. Aus den Gewehren kamen Rauchwolken und Feuerstöße.

»Es wird Sie überraschen, zu erfahren, daß dies Nguyen Seth im Jahr 1974 ist, mit einem Kommandotrupp der Roten Khmer. Er ist gerade dabei, ein Dorf an der vietnamesisch-kambodschanischen Grenze dem Erdboden gleichzumachen. Bei dem verschwommenen Menschen mit dem Granatwerfer hinter ihm handelt es sich möglicherweise um einen weltweit gesuchten internationalen Terroristen mit dem Namen Roger Duroc. Während des Vietnamkrieges kämpfte Nguyen Seth zusammen mit den Russen gegen die Chinesen, wechselte allerdings des öfteren die Seiten. Gewöhnlich befand er sich immer gerade auf der Seite, die die schlimmeren Greueltaten beging. Die Republik Vietnam hat wegen seiner außergewöhnlich abstoßenden Kriegsverbrechen einen hohen Preis auf seinen Kopf ausgesetzt. Bevor er in die Schlacht zog, führte er im allgemeinen mehrere Menschenopfer durch, die seinen militärischen Unternehmungen die Weihe verleihen sollten.«

»Dieser Anführer der Josephiner«, sagte Pater O'Shaughnessy, »ist also kein angenehmer Zeitgenosse?«

»Er ist noch ganz etwas anderes, Pater. Wie wir jetzt sehen werden.« Ein neues Foto erschien. »Dies ist ein Gruppenbild, aufgenommen auf der Isis bei Oxford, 1933. Bei dem Kahlköpfigen handelt es sich um Alistair Crowley, dem Bergsteiger und Magier. Der Mann mit dem wütenden Blick ist W. B. Yeats, der Dichter. Dies hier ist Arthur Machen, ein zwielichtiger walisischer Schreiberling. Das hier ist Julian Karswell, ein gefährlicher Psychopath. Diese junge Dame hier hat man am Tag nach dieser Aufnahme ohne Kopf aus dem Fluß gefischt. Und dieser orientalisch aussehende Gentleman ist...«

»Nguyen Seth«, sagte Brandreth.

»Unmöglich«, warf O'Shaughnessy ein. »Seths Vater vielleicht?«

»Er scheint keinen gehabt zu haben«, sagte DeAngelis. »Das hier stammt aus dem Jahr 1888. Aus den *Illustrated London News.*«

Es war eine vom Alter gezeichnete Illustriertenfotografie, durch die das Gedruckte durchschimmerte. Nur die Hauptakteure waren deutlich zu erkennen. Die Menge im Hintergrund war verschwommen, in Bewegung.

»Inspektor Lestrade von der *Metropolitan Police* nimmt in Whitechapel den Tatort eines Mordes von Jack The Ripper in Augenschein. Er sieht aus wie ein Vollidiot, finden Sie nicht? Aber wen entdecken wir mitten in der sensationshungrigen Menge, die sich vor Neugier fast den Hals verrenkt?«

Mitten in der konturlosen Masse war ein Mann lange genug stehengeblieben, daß sein Gesicht deutlich hervorstach. Nguyen Seth.

»Es kommt noch eine Fotografie, dann müssen wir auf Gemälde zurückgreifen, fürchte ich.« Die Fotografie erschien. »Das ist Hendrik Shatner, Bruder des Gründers der Kirche der Josephiner, der eine ihm von höchster Stelle gegebene verspiegelte Sonnenbrille vorführt. Und wie Sie sehen können, hat er einen indianischen Freund...«

Hendrik linste, auf eine Springfieldbüchse gestützt, mit seinem Habichtsgesicht in die Kamera, jeder Zentimeter ein Pilgrim und ein Pionier. Nguyen Seth trug Wildlederhosen und lange Zöpfe, sein Gesicht war deutlich zu erkennen.

»In der Geschichte wird Hendriks Tonto als ›Der Ute‹ bezeichnet, aber nachdem, was mir unsere Ethnologen erzählt haben, hat kein Ute jemals derartige Halsketten getragen. Kein einziger Ureinwohner Amerikas hat das. Es handelt sich um eine Kette aus menschlichen Fingerknochen.«

Ein weiteres Bild erschien. »Das war 1868. Nun befinden wir uns im Jahr 1476. Es handelt sich um einen Stich mit dem Titel ›Der Tod des Dragyla‹. Wie Sie vielleicht wissen, wurde Vlad, der Pfähler, von seinen eigenen Truppen in türkischer Kostümierung hingerichtet, woraufhin man seinen abgetrennten Kopf nach Konstantinopel sandte, wo der Sultan ihn ausstellen ließ. Betrachten Sie die Gesichtszüge des Moldaviers, der auf Vladeks Hals einhackt. Angeblich ist er der Verräter, der den Befehl gab, den Prinzen zu töten, und der anschließend den Kopf verschwinden ließ.«

Die Gesichtszüge waren nur grob umrissen, trotzdem unmißverständlich. Dem Realismus wurde von mittelalterlichen Künstlern keine große Bedeutung beigemessen, dieses Bild sah jedoch aus, als wäre es nach einem Modell gezeichnet.

»Dann wäre er beinahe sechshundert Jahre alt«, entfuhr es Brandreth.

»Nun, eigentlich sogar noch älter. Alle Bilder – und wir haben tatsächlich noch *hunderte* in unseren Archiven – zeigen ihn etwa im gleichen Alter, irgendwo zwischen vierzig und sechzig, dabei jedoch kräftig und gesund. Wir haben keinerlei Grund zu der Annahme, daß er jemals jünger gewesen ist. Unser Freund Elder Seth hat von den Josephinern in der Tat den passenden Namen bekommen. Tatsächlich ist er unser aller Urahn. Selbst wenn sie die Legende vom umherziehenden Juden nicht unberücksichtigt lassen…«

»Was die Kirche ja nun auch nicht tut«, warf der Papst ein.

»Sehr richtig, Heiliger Vater. Wie auch immer. Läßt man Ahasuerus mal beiseite, ist diese Person, wie immer ihr Name lauten mag, vermutlich der älteste auf der Erde wandelnde Mensch.«

»Was ihn schon seit sehr langer Zeit zu einem unangenehmen Zeitgenossen macht.«

»Sehr gut formuliert, Pater O'Shaughnessy. Und nun haben wir allen Grund zu der Annahme, daß er einen Schlag plant, der die katholische Kirche in der Neuen Welt in jene Position zurückversetzt, die sie innehatte, bevor die ersten Jesuiten im Kielwasser von Kolumbus und Vespucci aufbrachen...«

»Und dabei, wie man weiß«, meinte O'Shaughnessy, »ganze Zivilisationen ausgerottet haben.«

»Das geschah unter einer früheren päpstlichen Administration«, sagte Georgi, »für die wir keine Verantwortung zu übernehmen haben.«

»Ich verstehe es noch nicht ganz«, sagte Chantal. »Wo liegt die Bedrohung?«

Die Karte erschien wieder. DeAngelis tippte auf den Staat Arizona.

»Hier irgendwo. Mein Tip wäre Tombstone, Seths abstoßendem Sinn für Humor entsprechend, aber es könnte überall im Südwesten sein. Wir haben noch nicht alle Verbindungen in der erwünschten Stärke hergestellt. Von den Rändern der *Outer Darkness* gehen laufend Berichte über größere Zwischenfälle ein. Alle unsere Spione in Deseret sind verschwunden, trotzdem haben wir Grund zu der Annahme, daß Nguyen Seth dämonische Kräfte bislang unbekannten Ausmaßes heraufbeschworen hat, und sein einzig logisches Ziel dabei ist unser Netzwerk. Wir nehmen an, daß er es ganz besonders auf die Zentralamerikanische Konföderation abgesehen hat.«

»Präsident North wird ihm die Verdienstmedaille des Kongresses verleihen.«

»Das scheint bedauerlicherweise möglich. Die ZAK stellt die einzige erfolgreiche Symbiose von katholischer Kirche und Regierung außerhalb des Vatikans selbst dar. Stünden sie nicht auf der Seite der Engel, Sie wollten nicht einmal auf derselben Landmasse mit ihnen sein, nicht einmal mit der Landenge von Panama und den Schlachtfeldern Mexikos dazwischen.«

»Vielen Dank, Fabrizio«, sagte der Papst. »Pater O'Shaughnessy, Sie haben die... äh... Unregelmäßigkeiten verfolgt?«

Endlich wurde O'Shaughnessy ernst. »Chantal weiß das meiste bereits. Es freut mich, daß Sie der Geschichte nun doch Ihre Aufmerksamkeit zuwenden. Es handelt sich nicht um eine kleine, isolierte Angelegenheit. Auf der gesamten westlichen Hemisphäre hat es vorübergehende Verschiebungen gegeben. Das Epizentrum scheint, durchaus nicht zufällig, wie ich anmerken möchte, Salt Lake City zu sein. Viele der Unregelmäßigkeiten waren nur auf subatomarer Ebene zu beobachten gewesen, nichtsdestotrotz gibt es sie. Ich nehme an, Mutter Edwina hat Sie über die starke Zunahme des Verschwindens aus der internationalen Gemeinschaft der Wissenschaftler auf dem Laufenden gehalten. Auch das paßt, denke ich. Die Verschwundenen waren allesamt keine Spitzenleute, sie stammten aus den unterschiedlichsten Disziplinen, aber sie standen alle kurz davor, hinter diese seuchenartige Verbreitung von Unmöglichkeiten zu kommen. Als Fußnote möchte ich noch anmerken, daß ich vermutlich der nächste auf einer Liste von Kandidaten bin, die man verschwinden lassen will.«

»Das wurde bereits in Betracht gezogen«, sagte Mutter Edwina. »Und nach diesem Treffen werden Sie in der Tat verschwinden. Aber wir selbst werden für Ihr Verschwinden sorgen. Sie werden Ihre Arbeit unter strenger Bewachung an einem geheimen Ort fortsetzen.«

»Da bin ich durchaus erleichtert.«

Die Karte verschwand, und das Licht ging an. Chantal wußte, wie weit sie sich von Lausanne entfernt hatte. Niemand rauchte, dennoch war es eines dieser berühmten Rauchzimmer, in denen die Geschicke der Welt entschieden wurden. Brandreth und Mutter Edwina steckten die Köpfe zusammen, und Fabrizio DeAngelis hatte sich zurückgelehnt und wartete darauf, daß man ihn bewunderte. Chantal war nicht so abgelenkt, daß sie nicht bemerkt hätte, daß der junge Kardinal sich für sie zu interessieren schien. Der Papst beugte sich vor und erwachte zum Leben.

Seit jenem Tag auf dem Landungssteg am Genfer See hatte Chantal darauf gewartet, daß Georgi sie um etwas bat. Dies war jedoch nicht die Bitte, die sie erwartet hatte.

»Chantal«, sagte er und blickte ihr direkt in die Augen, »Sie sollen wissen, was wir von Ihnen verlangen. Sie werden sämtliche diplomatischen Privilegien genießen, und in begrenztem Maß auch die Unterstützung der Behörden vor Ort. Wir können Ihnen nicht allzuviel verraten, daher werden Sie mit Ihrem Schweizer Paß reisen. Natürlich wird unser gesamter Klerus, werden alle Laien Sie unterstützen... die Bilder lassen jedoch einen Ein-Personen-Einsatz geraten erscheinen. Und natürlich sind Sie die einzige aktive uns zur Verfügung stehende Kraft, die über die nötigen Kenntnisse verfügt. Nehmen Sie den Auftrag an?«

Chantal verneigte sich. »Natürlich, Heiliger Vater.«

»Gott segne Sie, mein Kind. Wir werden stündlich für Ihren Erfolg beten.«

»Vielen Dank, Heiliger Vater.«

Sie erhob sich und verließ rückwärts gehend den Raum. Noch in derselben Stunde saß sie in einem Privatjet von Rom nach Phoenix, Arizona.

Unter der Maschine drehte sich die Erde langsam um ihre Achse.

TEIL VII:
Das Fort wird gehalten

»Das ist ja eine tolle Geschichte, Schwester«, sagte Stack, nachdem Chantal ihm erzählt hatte, warum sie sich in Arizona aufhielt. »Schwester ist doch richtig, oder? Ich sollte Sie Schwester nennen.«

Sie stand auf und reckte sich in ihrer Uniform wie eine Katze. »Können Sie machen, trotzdem ist mein Name immer noch Chantal. Wir geben nicht alles auf.«

Umrahmt von Sonnenlicht ging sie zum Portal von St. Werburgh. Es würde wieder ein heißer Tag werden in der Wüste. Rings um den toten Priester begannen die Fliegen zu summen.

»Aber... Sie sind ein Op.«

»Diese Tätigkeit gibt es schon sehr lange. Die Kirche hat immer Soldaten gehabt. Pater O'Pray war auch einer von ihnen.«

Sie ging hinaus, suchte etwas und kam zurück. Über der Schulter trug sie eine alte Schaufel.

»Und jetzt begraben wir ihn.«

Stack betrachtete sich die Sauerei. »Sie werden ihn zuerst losmachen müssen.«

Die Frau – die *Nonne* – verkniff ihren Mund zu einer schmalen Linie und warf Stack den Spaten zu.

»Ich habe einen Handlaser in Federico. Suchen Sie eine freie Stelle draußen und heben Sie ein Grab aus.«

Stack schätzte, daß er die leichtere Aufgabe hatte, wagte

aber keinen Widerspruch. Er hatte den Eindruck, Schwester Chantal lege keinen großen Wert auf Galanterie.

Draußen suchte er in einiger Entfernung von den Kirchenmauern eine Stelle, zog sein Hemd aus und machte sich an die Arbeit. Aus der Kirche vernahm er das Zischen eines Lasers, der durch Stahl schneidet, dann das Knirschen auseinanderbrechender Maschinenteile.

Er hatte sich gut anderthalb Meter in den sandigen Boden vorgegraben, als Chantal die Leiche herausschleppte. Sie hatte versucht, das Loch in O'Prays Brust zu kaschieren und seine Jacke darüber zugeknöpft, aber das half kaum, die entsetzliche Wunde zu verbergen. Große Mühe bereiteten ihr seine steifen Glieder, bis sie sie zu einer Ruhestellung über seiner Brust verschränkt hatte.

»Das ist tief genug, Stack.«

Er kletterte heraus und nahm sein Hemd von einem Grabstein, über den er es gehängt hatte. Chantal ließ ihren Blick über seine Wunden schweifen.

»Müssen Sie die nicht behandeln lassen? In Federicos Kofferraum befindet sich ein komplett ausgestattetes Feldlazarett.«

»Ich stand gestern schon den ganzen Tag unter Drogen, vielen Dank. Jetzt lasse ich der Natur freien Lauf.«

»Es könnte sich entzünden.«

»Ach was. Das Morph-Plus der US-Kavallerie enthält zwei Teile Penizillin und ein Teil Schmerzmittel. Ich war über einen Tag lang wie auf einem Trip.«

Das Licht der Sonne fiel auf den Friedhof wie ein heißes Laken. Chantal hatte Schmutzflecken im Gesicht und an den Händen. Sie wischte sie sich mit einem Erfrischungstuch ab, entfernte den Schmutz und streckte ihre Hände.

»Das Glockenseil ist verbrannt.«

»Und?«

»O'Pray ist aufrecht gestorben. Man sollte die Glocke für ihn läuten. Er sollte ein Begräbnis bekommen.«

Stack betrachtete den Turm. Das Glockenhaus war unbeschädigt, wenn man von ein paar zerbrochenen Dachpfannen absah. Die Glocke hing und rührte sich nicht.

Er zog seine Handfeuerwaffe und schoß auf sie. In der reglosen Stille war der Knall unnatürlich laut. Die Glocke bewegte sich, läutete aber nicht. Er feuerte noch einmal, und traf erneut. Diesmal löste sich der Klöppel, und Stack wurde mit einem schallenden Glockenton belohnt. Er sah Chantal an. Sie zog ihre SIG aus dem Halfter, und leerte ein ganzes Magazin auf die Glocke, die heftig zu schwingen und zu schlagen begann. Fast tat der Lärm weh, und dennoch hatte er etwas Angemessenes. Stack wußte nichts über den Toten, fühlte jedoch, daß jeder, der sich entschloß, seiner Berufung in Welcome nachzugehen, den derben Klang von Stoppermunition und Gußeisen zu schätzen wüßte.

Menschen erschienen auf dem Friedhof. Armindariz war da, verstohlen und verkatert, und Tiger Behr, der sein Robobein dem echten vorgezogen hatte. Pauncho, der Küchenchef, schob seinen wabbelnden Wanst den kleinen Anstieg zur Kirche hoch. Eine Schar Kinder kam in Reih und Glied, angeführt von einer würdevollen Frau in Schwarz. Wüstenratten kamen verschämt aus ihren Unterschlüpfen gekrochen, schüttelten den Schmutz und Staub von ihren Klamotten und ließen die Köpfe hängen. Stack überlegte, ob er ihre Ausweise mit den Fahndungslisten im zertrümmerten Cruiser vergleichen sollte, entschloß sich dann aber, den Vormittag über eine Amnestie im Gedenken an Pater O'Pray zu gewähren. Ein Motorrad mit Beiwagen fuhr vor. Shell und Miss Bleifrei stiegen ab. Sie ließen die Hände von ihren Waffen und betraten den Friedhof. Shell hielt seine Kralle vor das Gesicht, um die Augen vor der Sonne zu schützen.

Chantal gab Armindariz und Pauncho ein Zeichen, sie sollten die Schaufeln nehmen. Dann ging sie zu Federico, zog einen weiten, schwarzen, eher für einen Priester als für eine Nonne bestimmten Talar heraus, den sie sich um den Körper schlang. Er wurde am Hals geschlossen, so daß ihr Gesicht wie eine weiße Maske wirkte. Die Veränderung war verblüffend. Es bereitete Stack ein perverses Vergnügen, die Gesichter von denen zu beobachten, die letzten Abend im Silver Byte gewesen waren. Selbst in Miss Bleifreis Gesicht machte sich eine Mischung aus Schock und Überraschung breit.

Chantal begann, etwas auf Latein zu sagen. Die Totenmesse, wie Stack vermutete. Einige der Worte klangen ein wenig wie Spanisch, aber viel verstand er nicht. Wann immer von den Trauernden eine Reaktion erwartet wurde, überließ er das der vielköpfigen Familie Armindariz. Er merkte, daß Pater O'Prays Gemeinde an Begräbnisse gewöhnt war.

Als sie fertig war, ließ Chantal Armindariz und seinen Hilfstotengräber das Grab zuschaufeln.

»Macht ihm einen Grabstein«, sagte sie zum Saloonbesitzer, »und baut die Kirche wieder auf.«

»Aber, es gibt keinen *Padre Burracho*... keinen Priester mehr.«

Sie riß sich den Talar vom Leib und fuhr sich mit den Fingern durchs Haar. »Es wird ein neuer kommen. Wo einer fällt, erhebt sich der nächste.«

Chantal stieg in Federico und schaltete die Bordsysteme ein. Der eine oder andere aus der Gemeinde hatte den Wagen lüstern beäugt. Man mußte die Leute im Auge behalten.

»Buongiorno, Sorella«, sagte der Ferrari. »Meine Sensoren zeigen eine dämonische Aktivität in nächster Nähe an. Die Feindseligkeiten werden in den nächsten dreißig Sekunden beginnen. Ich rate Ihnen dringend zu einem sofortigen Ausweichmanöver.«

Chantal hatte ihre Waffe gezückt. Stack sah sich um. Die Stimme, die für die Trauernden aus dem Nichts gekommen sein mußte, hatte sie in Schock und Verwirrung versetzt. Kinder scharten sich um ihre Mütter.

Armindariz hielt im Schaufeln inne.

»Was hat der Wagen damit gemeint, Trooper?« fragte Tiger Behr, an Stracks Seite humpelnd. »Dämonische Aktivitäten? Was ist das für ein Quatsch?«

Stack drehte sich zu dem alten Cyborg um, wollte es ihm gerade erklären.

Behr stockte der Atem. Seine Augen weiteten sich, und sein ganzes Gesicht schob sich nach vorne, als hätte ihm gerade jemand mit dem Vorschlaghammer von hinten gegen den Schädel gehämmert. Er rang nach Luft.

Die Feindseligkeiten hatten begonnen.

»Behr«, sagte Stack, »was ist mit Ihnen?«

Der alte Mann ließ seinen Roboarm vorschnellen. Finger mit Knochen aus Durium packten Stack bei der Kehle.

Wieder einmal schmeckte Stack sein eigenes Blut.

II

Lauderdale verfolgte aus nächster Nähe, wie die Techniker die Verkleidung im Ops Center abrissen und die betreffenden Leitungen kappten. Colonel Rintoon hatte ihn im Einsatz zum Major befördert und ihn mit der Abschottung des Forts gegen Aggressoren beauftragt. Alle nicht autorisierten Verbindungen zur Außenwelt waren untersagt, außerdem hatte Rintoon loyale Wachen vor dem Ops Center mit dem Befehl postiert, jeden ohne Ansicht der Person zu erschießen, der versuchen sollte, von wo auch immer Hilfe zu holen. Rintoon war überzeugt, daß der gesamte Rest der US-Kavallerie durchsetzt mit Maniax war. Lauderdale hatte um Erlaubnis gebeten, die Androiden einsetzen zu dürfen, und der Colonel hatte den Vorschlag erst einmal auf Eis gelegt. Schon bald, das wußte Lauderdale, würden seine Androiden zum Einsatz kommen.

»So, bitte, Sir«, sagte eine der Technikerinnen. »Jetzt kann niemand mehr Kontakt nach außen aufnehmen, außer in diesem Raum, Sir.«

»Gute Arbeit.«

Die Technikerin erwiderte nichts. Sie packte ihr Werkzeug zusammen und ging. Lauderdale konnte Techniker nicht ausstehen. Eifersüchtig wachten sie über ihre besonderen Fähigkeiten und schufen dadurch eine geheimnisvolle Aura, mit der sie andere ausschlossen. Androiden waren natürlich etwas anderes. Sie mußten geheim sein und furchteinflößend wirken.

Der Aufstieg zu seiner gegenwärtigen Position war leicht gewesen.

Williford hatte sich geweigert, den Verräter Badalamenti zu exekutieren, also war die Aufgabe an Lauderdale übergegangen. Als er sie erledigt hatte, hatte Rintoon ihn augenblicklich zum Captain befördert und ihm befohlen, Williford zu exekutieren, da sich der Lieutenant durch seine Befehlsverweigerung angeblich als getarnter Maniak zu erkennen gegeben hatte. Anschließend hatte Rintoon ihn zum Major befördert. Lauderdale hatte überlegt, ob er sich die Rangabzeichen auf seine alten Uniformjacken nähen lassen sollte, aber zum Glück hatten die verstorbenen Majore McAuley und Faulcon ungefähr seine Größe gehabt, also konnte er deren Garderoben übernehmen.

Rintoon war damit beschäftigt, sämtliche Feldeinheiten zum Fort zurückzurufen. Ihre Positionen leuchteten auf der Karte auf und bewegten sich zurück nach Lake Havasu. Die Cruiser-Patrouillen wurden bei ihrem Eintreffen sofort eingetragen. Das Fort befand sich auf dem Kriegspfad. Der Colonel erwartete jeden Augenblick einen Angriff der Maniax. Lauderdale konnte darüber nur lächeln. Er fragte sich, wie sein Vorgesetzter reagieren würde, wenn er dahinterkam, was das Fort Apache tatsächlich angriff.

Der Colonel hatte den ganzen Vormittag damit verbracht, Verräter auszusondieren und sie erschießen zu lassen. Unter der 302 Mann starken Besatzung des Forts hatte er dreizehn ausfindig gemacht. Zusammen mit den anderen Verlusten füllten sie das winzige Leichenschauhaus des Forts bis zum Überquellen; man mußte die Leichen bereits auf Krankenbetten lagern.

Lauderdale fiel auf, daß bis auf Colonel Rintoon keiner der anderen Offiziere seit der Sache mit Badalamenti mehr mit ihm gesprochen hatte. Es spielte keine Rolle.

Captain Finney saß an ihrer gewohnten Steuereinheit und schien unter Kontrolle zu sein; Lauderdale wußte jedoch, daß er sie im Auge behalten mußte. Sie harmonierte zu sehr mit den Computersystemen. Er hatte die Absicht, Rintoon zu empfehlen, ihr den Zugang zu beschränken oder vielleicht völlig zu untersagen. Nun, laut Elder Seth konnte dieses Ding in der Datenbank alleine für sich sorgen.

»Cat?« fragte er.

»Major«, antwortete sie ohne aufzublicken.

»Alle Systeme hundertprozentig in Ordnung?«

»Sir, jawohl, Sir.«

Sie tippte auf die Tasten, und auf dem Bildschirm rotierten Sinuskurven.

»Haben Sie die Hochrechnungen durchgeführt, die der Colonel haben wollte?«

»Sir, jawohl, Sir.« Sie überreichte ihm ein Bündel Papiere.

»Gute Arbeit.«

»Sir, vielen Dank, Sir.«

Lauderdale tat, als betrachte er den Ausdruck. Er begriff keine einzige der Zahlen. Aber er wußte, daß der Ruf des Joseph bald über ihn kommen würde.

Volle drei Stunden war es her, daß er zum letztenmal Blut vergossen hatte. Und Blut war ein wesentlicher Bestandteil des Rituals. Elder Seth persönlich hatte es ihm bei seinem letzten geheimen Besuch in Salt Lake City erklärt. Nur durch konsequentes Blutvergießen konnten sich die Kräfte der Finsternis auf dieser Ebene des Seins ihre Machtstellung halten. Für sie war jedes Opfer wie ein Halt in einer glatten Felswand.

Lauderdale schätzte Cat Finney ab. Sie war gefährlich für ihn. Leicht könnte er den Colonel überzeugen, sie sei ein Maniak gewesen und hätte die kybernetischen Grundfesten der Datenbank in Fort Apache angeknabbert. Seine Hand griff nach seiner Waffe.

Nein. Im Center befanden sich zu viele Operatoren. Finney hatte zu viele Freunde. Lauderdales Position als zweiter Mann hinter Rintoon war gefährdet. Unmöglich zu sagen, wem der alte Mann bei einer Auseinandersetzung Gehör schenken würde. Man konnte ihn ebenso leicht überzeugen, Lauderdale sei ein Maniak und nicht Finney.

»Bleiben Sie am Ball, Cat«, sagte er, »bleiben Sie am Ball.«

»Jawohl, Sir«, antwortete sie.

Er verließ das Ops Center und eilte, Neil Sedakas *»I Love, I Love, I Love My Little Calender Girl«* vor sich hinsummend durch die Gänge. Er fuhr mit der Hand unter seine Uniformjacke und spürte das Klappmesser, das sich in seinem Halfter in seine Achselhöhle schmiegte. Der nächste, der vorbei kam, würde genügen, dessen war er sicher...

Ein Soldat kam um die Ecke. Lauderdale kannte ihn nicht. Das war gut. Persönliche Gefühle beeinträchtigten das Opfer. Es war wichtig, das Blut ohne Haß, ohne Liebe, ohne Gefühl zu vergießen.

»Soldat.«

»Lieutenant... Major, Sir.«

»Name?«

»Brecher, Michaeljohn, T., B-Kompanie, Raucherzeugung, Sir.«

Lauderdale umkreiste den Soldaten. Kein Mensch zu sehen. Er betrachtete Brechers breites Kreuz.

»Sie sind nicht vollständig angezogen, Soldat. Sehen Sie, Ihr Hemdzipfel schaut heraus...«

Er stand hinter dem Mann und zückte sein Messer. Geräuschlos schnellte die Klinge hervor. Mit der Spitze zupfte er an Brechers Hemd und zog es heraus.

»Und hier, an Ihrem Schulterstück, fehlt Ihnen ein Knopf...«

»Sir?«

Er schnitt den Knopf ab. Er fiel zu Boden und rollte davon. In Brechers Augen machte sich ein Hauch von Bestürzung breit, als Lauderdale ihn mit dem Messer seitlich in den Hals piekste.

»Sie sind ein Trümmerhaufen, Soldat«, flüsterte er dem Mann ins Ohr, während er ihm das Messer durch die Halsschlagader stieß und es ihm in die Luftröhre bohrte, bis es kratzend gegen die Halswirbel stieß.

Lauderdale trat zurück, um dem spritzenden Arterienblut auszuweichen.

Die Maniax hatten wieder einmal zugeschlagen. Er ging zur Wand und schlug Alarm.

Aus dem Hals des toten Mannes pumpte eine rote Flut auf den schmutzigweißen Fußboden, bis die Wache erschien.

III

Während seine Handprothese Stacks Hals umschnürte, lallte Tiger Behr, »Ich kann nichts dafür, Mister, ich mache das nicht, ich kann nichts dafür, ich kann nichts dafür...«

Chantal legte ihre Waffe an, aber zu viele Menschen standen im Weg. Die Kinder von Armindariz hatte die Panik ergriffen. Kreischend liefen sie umher wie brennende Katzen.

Mit immer noch erhobener Waffe bahnte sich Chantal einen Weg durch sie hindurch.

Stacks Knie hatten nachgegeben, und er knickte an der Hüfte nach hinten. Mit nachlassender Kraft versuchte er, Behrs von Metall eingefaßtes Handgelenk loszureißen.

Chantal hatte jetzt freie Bahn. Sie drückte ab.

Die Waffe klickte. Ihr fiel ein, daß sie sie auf die Glocke leer gefeuert hatte. Zum Nachladen war keine Zeit.

Durch Behrs zerlumptes Hemd hindurch erblickte sie einen mageren Hautflecken, der nicht von einem Fleischimitatpanzer geschützt wurde.

Sie stützte sich an einem Grabstein ab und sprang ihn mit beiden Füßen an.

Ihr Tritt traf mit voller Wucht und brach ein Stück aus Behrs Rücken. Aber sie brachte ihn nicht von den Beinen. Der Grabstein kippte um – der sandige Boden bot zu wenig Halt – und sie stürzte auf ihn, verletzte sich an der Hüfte.

Behr richtete sich auf und drehte sich mechanisch um. Er hielt Stack auf Armeslänge von sich und hob ihn vom Boden. Sein Gesicht war jetzt grau, und dort, wo Behrs Finger sich in sein Fleisch bohrten, blutete er.

»Warum haben Sie das getan, Lady?« fragte er. »Ich hab Ihnen doch gesagt, daß ich das nicht bin. Das sind diese verdammten Dinger. Manchmal kann ich sie einfach nicht unter Kontrolle halten.«

Sie versuchte es mit einem doppelten Karateschlag zu beiden Seiten seines Halses. Behr brüllte, fiel aber nicht.

Sie sah, daß eine Gesichtshälfte weinte. Wut und Enttäuschung mußten ungeheuerlich sein. Sein elektronisches Auge jedoch glühte boshaft.

»Tiger, hast du dir ein optisches Brennglas einsetzen lassen?«

Der alte Hell's Angel machte einen entsetzlich deprimierten Eindruck. »Hab ich, verdammt, Lady. Ich wünschte, es wäre nicht so, aber...«

Das Glühen wurde rot. Chantal schlug ein Rad und wich aus. Behrs Kopf schraubte sich auf seinem Hals herum, und der Strahl strich über den Friedhof. Ein steinernes Kruzifix zersplitterte in einer Explosion, und wettergegerbte Gedenktafeln aus Holz gingen in Flammen auf.

Die Trauernden hatten größtenteils in der Kirche Deckung gesucht. Wer eine Waffe dabei hatte, hielt sie in der Hand.

Kugeln prallten gegen Behrs gepanzerte Brust.

»Vorsicht«, rief Chantal, »sonst trefft ihr den Soldaten.«

Das schien den meisten egal zu sein. Ein langmähniger Alter in zerrissenen Lederklamotten sprang mit einer Schrotflinte aus Pater O'Prays Grab und legte an. Bevor er abdrücken konnte, hatte ihn der Brennstrahl mitten in der Brust erwischt und er torkelte tödlich getroffen nach hinten.

Chantal tanzte um Behr herum. Sie hatte erkannt, daß sie schneller auf den Beinen war, als er sich drehen konnte, und daß die Reichweite seines Brenners bestenfalls 120 Grad seines Gesichtsfeldes ausmachte. Sie machte sich dicht an ihn heran und schlug zu, sobald sie einen Teil seines ursprünglichen Körpers erblickte.

Er beschwerte sich immer noch. »Tu mir nicht weh, Schwester. Tu diesem Ding weh!«

Sie mußte sich um Stack kümmern.

»Die Schaufel«, schrie sie. Armindariz duckte sich, die Schaufel noch immer fest umklammert, zwischen zwei Gräber. »Die Schaufel«, wiederholte sie.

Armindariz erhob sich und schleuderte ihr die Schaufel in hohem Bogen zu. Sie wirbelte durch die Luft, bis sie das Ding zu fassen bekam. Sie packte fest zu und wuchtete sie beidhändig gegen Behrs Ellenbogen aus Fleisch und Knochen.

Behr schrie auf, als die Metallkante den spröden Knochen durchschlug.

»Tut mir leid, Tiger«, sagte sie.

Stack ging röchelnd zu Boden und löste den abgetrennten Roboarm von seiner Kehle. Immer wieder packte er automatisch zu, während er ihn auf den Boden hämmerte. Aus dem Stumpf hingen Drähte und Transistoren.

Chantal nahm Maß auf Behrs Kopf und holte erneut aus. Der Brennstrahl blitzte auf, und das Schaufelblatt explodierte zu rotglühenden Splittern. Sie hatte nur noch einen glühenden Holzstiel in der Hand, mit dem sie auf den Oberkörper des Cyborgs einstach. Splitternd zerbarst er auf dem eingebeulten Brustpanzer.

Durch das Glas konnte Chantal erkennen, wie das Blut in Behrs Mechanik sickerte und einige Kurzschlüsse in seinen Schaltungen hervorrief.

Sie tauchte unter seinem linken Schwinger weg und warf sich auf ihn, in der Hoffnung, mit ihrer Schulter einen Riß in seinen Panzer zu brechen.

Sie fühlte sich, als hätte sie versucht, Notre Dame zu rammen. Die Kathedrale allerdings, nicht das College Football Team.

Sie rollte von dem Cyborg weg. Der Strahl näherte sich ihr gefährlich.

Hinter Behr ragte eine riesige Gestalt auf, und eine Kralle schloß sich um seine Kehle. Shell war dazwischengegangen. Schweiß lief von seinen ebenholzartigen Armmuskeln und seinem kantigen Gesicht, als er zudrückte.

»Hör auf, Mann«, sprudelte Behr.

Shell hielt mit seiner echten Hand Behrs Hinterkopf fest, um zu verhindern, daß der Brenner in seine Richtung kam. Behrs Kopf drehte sich immer noch unerbittlich. Chantal hörte seine Wirbel unter seinem Außenpanzer knirschen.

»Das tut beschissen weh, verdammt«, brüllte Behr.

Shell ächzte, drohte den Kopf mit Behrs Hals zu verlieren. Plötzlich knallte es, und Behrs Wirbelsäule war gebrochen.

Der Spritschlucker setzte sich auf, Behrs Kopf drehte sich jedoch weiter, bis er nach hinten zeigte und sich sein totes und Shells lebendiges Gesicht in die Augen sahen.

Der Brenner glühte auf, und Shell sackte vor dem Cyborg zusammen. Wo Augen und Nase gewesen waren, klaffte ein zerfetztes, rauchendes Loch. Während er fiel, sah Chantal kurz das Sonnenlicht durch die Wunde des Schluckers hindurch scheinen. In der Kirche heulte jemand – Miss Bleifrei – in ungekünsteltem Leid auf.

Behrs Überreste waren etwas wackelig auf den Beinen. Chantal erhob sich und wartete darauf, daß er sein Gesicht erneut auf sie richtete. Behrs Zunge hing heraus, und sein echtes Auge war getrübt. Die Feststoffbatterie des Brennglases hatte sich völlig auf Shell entleert. Die gesamte Biomechanik im Innern seines Körpers war abgestorben, seine Roboterhälfte jedoch wollte sie immer noch töten.

Er hob seine Hand und schob seine Zunge zurück in den Mund. Dann klappte er mit drei Fingern seinen Unterkiefer auf. Behr hatte eine teils künstliche Sprechbox gehabt.

»Hallooo, Baby«, sagte er.

»The Big Bopper«, entfuhr es ihr. »J. P. Richardson, *Chantilly Lace*, 1958.«

»Höchste Position in den Charts Platz zwölf«, schnarrte die mechanische Stimme. »Verlaß dich drauf, die Schwester aus der Schweiz hat ein fotografisches Gedächtnis.«

Der Tote torkelte nach vorn, den Arm ausgestreckt wie Lon Chaney Jr. als ›Die Mumie‹. Sie sah, daß dieses Wesen blind war, nahm aber an, daß es noch über irgendein Sonar oder einen Wärmesensor in seinem Innern verfügte.

»Wer bist du?« fragte sie, einen Schritt zurückweichend.

»Mein Name ist Legion…«, antwortete er.

»…denn du hast viele Namen. Der Witz ist alt.«

»Alt, aber gut, meinst du nicht auch, *mon petit choux*?« Jetzt benutzte er die Stimme ihres Vaters.

»Auch der Trick ist alt. Er hat schon in Kalifornien nicht funktioniert, und das wird er hier auch nicht.«

Er trat einen Schritt vor und wechselte die Stimme. »Chantal, komm zurück«, sagte er auf italienisch, in Marcellos weinerlichem Singsang, »oder liebst du mich nicht mehr?«

Sie trat ihm vor den Hals. Er stand jetzt nicht mehr ganz so fest.

»Ich bin immer noch tot«, sagte ihr Vater. »Ich bin damit beschäftigt, in der Hölle den Kopf vor herabstürzenden Felsen einzuziehen. Und was hast du dagegen unternommen?«

Ihr Fuß schmerzte. Der letzte Tritt war etwas vorschnell gewesen.

»Ah, die Sünde der Überheblichkeit«, sagte Pater O'Shaughnessy, »das war immer dein Verderben, Schwester Chantal, immer über das Ziel hinausschießen, immer übertrieben selbstbewußt.«

Irgend jemand fiel kreischend wie eine Todesfee über den Kerl her, und er wurde im Nu in zwei Hälften gebrochen. Es war niemand, der Chantal zuvor schon einmal aufgefallen wäre.

»Nenn mich Georgi«, sagte der Papst, »und komm ins Bett.«

Mit dem Handballen traf sie gegen seine Glassex-Brust. Sie bekam einen Riß.

Der Kerl hustete, und sie konnte sehen, wie sich die Räder drehten. Sie versetzte der Brust einen weiteren Hieb, und der Riß wurde breiter. Irgend etwas im Innern war zerbrochen.

Die Leute kamen aus der Kirche gekrochen. Offenbar sah jeder, daß der Kampf zwischen Chantal und dem Ding in Tiger Behrs Körper ausgetragen wurde. Sobald es die Nonne erledigt hatte, würde es das Ding in Behrs Körper nicht mehr lange tun. Stack lag bewußtlos am Boden, er war neben dem Grab in Ohnmacht gefallen.

Chantal schlug dem Kerl mitten ins Gesicht, ohne sichtbare Wirkung. Ihre Knöchel bluteten.

Sie zog ihr Bowiemesser, versenkte dessen Spitze im Riß in der Brust dieses dämonischen Wesens und begann zu sägen. Es lachte nur, packte sie am Hals und zog sie an sich heran. Das Messer verschwand in der Brusthöhle.

»Komm zu Papa«, gurrte es obszön. Sie spürte, wie sich seine Fingernägel in sie hineingruben.

Dann stürzten sie beide ins Grab, und ein weiterer lebhafter Körper warf sich kreischend auf sie.

Es war Miss Bleifrei, mit einem kleinen Damenrevolver in ihrer zierlichen Hand. Chantal stieß sich von Behr fort und stellte fest, daß sie direkt neben Pater O'Pray lag.

Miss Bleifrei drückte das Gesicht des Cyborgs in die Erde des Grabs. Zwischen dem panzerartigen Schädel und dem geriffelten Halsansatz erschien ein Streifen sich abschälender Haut. Die Spritschluckerin drückte ihre Waffe in die Öffnung und leerte alle Kugeln hinein. Einige hatten anscheinend die Mechanik zerfetzt, denn die Gestalt zuckte und schüttelte sich, während aus den Wunden Funken stieben. Miss Bleifrei stand kreischend auf; zwischen der Gestalt und ihrem Revolver sprangen knisternd elektrische Spannungsbögen hin und her, erreichten ihre Ohrringe, die Schnalle ihres Overalls, ihre Zahnfüllungen. Sie unterbrach die Verbindung und sackte zusammen. Wo ihre Haut sichtbar war, färbte sie sich schwarz.

Das Wesen erhob sich, immer wieder Rauch und Flammen aus seinem aufgesprungenen Torso stoßend. Chantal versuchte, sich aufzurichten, doch die Wand des Grabes gab hinter ihr nach, als sie versuchte, sich mit dem Rücken abzustützen.

»Komm zu Papa.« Die Finger der ausgestreckten Hand verwandelten sich in blutige Speerspitzen.

Es kam einen Schritt auf sie zu. Chantal konnte das schmelzende Plastik und das faulige Fleisch darunter riechen.

Seine Finger strichen ihr sanft über den Hals. Sie schlug nach seinem Handgelenk, aber seine Kralle langte weiter nach ihr.

»Komm zu Pa...«

Es gab eine Explosion, ohrenbetäubend laut in der Enge des Grabes, und der Kopf des Cyborg zerplatzte wie eine heruntergefallene Wassermelone. Einen Augenblick lang blieb das Wesen noch stehen, dann sackte es zu Chantals Füßen zusammen.

Sie schaute hoch und erblickte Trooper Nathan Stack, in dessen Hand das gerade abgefeuerte Schrotgewehr noch rauchte.

»Die US-Kavallerie ist zur Stelle«, sagte er, das Schrotgewehr nachladend.

»Helfen Sie mir mit dem Mädchen«, sagte Chantal.

Miss Bleifrei wimmerte. Chantal nahm sie in den Arm und reichte sie zu Stack nach oben, der sie neben dem Grab ausstreckte.

Chantal zog sich nach oben. Der kopflose Cyborg trat aus, ein letzter mechanischer Reflex, dann brannte er völlig durch.

Sie kniete neben Miss Bleifrei, fühlte ihren Puls und Herzschlag.

»Und?« wollte Stack wissen.

Chantal schnippte mit den Fingern. Er war auf Draht. Wußte sofort, was sie wollte, und legte es ihr in die Hand.

Miss Bleifrei schnappte nach Luft, versuchte, zu sprechen, aber aus ihrer Kehle drang kein Laut.

Chantal steckte der Schluckerin die Spritze mit Morph-Plus in den Hals und drückte. Die Lider des Mädchens begannen zu flattern.

»Wasser«, sagte Chantal, »aus der Kirche.«

»Ich glaube nicht, daß sie schlucken kann. Sehen Sie sich diese Krämpfe an.«

»Wasser«, sagte sie. »Nicht zum Trinken.«

»Oh«, machte Stack und rannte los.

Chantal drückte das sich windende Mädchen auf den Boden und versuchte, ihr die Haare aus den Augen zu streichen. Ihr Herz schlug jetzt unregelmäßig. Die Entladungen mußten ihr einen heftigen Schlag versetzt haben.

Stack kam mit einem tropfenden Hut voll Wasser zurück. Er setzte ihn neben ihr ab. Sie tauchte ihre Finger ein und begann mit dem Ritual – dem wohlvertrauten Ritual – und besprenkelte das Mädchen.

Chantal erteilte Miss Bleifrei den letzten Segen.

Die Spritschluckerin versuchte immer wieder, etwas zu sagen.

Als Chantal schließlich fertig war, brachte das Mädchen ihre letzten Worte heraus.

»Ma ... *maaaa.*«

Chantal bekreuzigte sich, stand auf und klopfte sich den Staub von den Kleidern.

»Armindariz«, sagte sie. »Heben Sie noch ein paar Gräber aus.«

IV

Mal ganz abgesehen von allem anderen, irgend etwas stimmte im System nicht mehr. Finney nahm ein weiteres Mal ihre Checks vor. Sämtliche Verbindungen waren stabil. Es gab keine offensichtlichen Defekte. Trotzdem stimmte etwas nicht. Es funktionierte, wie es sollte, und dennoch...

Die Reaktionen auf ihre Speicherabfrage kamen einen Tick langsamer, als sie sollten. Zu viele Dateien verweigerten ihr den Zugang. Das ganze System schien nichts mehr von sich zu geben und alles für sich behalten zu wollen. Das war übel. Sie fühlte sich wie bei der Vernehmung eines gut erzogenen Kindes, von dem sie wußte, daß es für eine Reihe von Abscheulichkeiten verantwortlich war. Es tischte einem wohldurchdachte, plausible, vernünftige Erklärungen auf, während es hinter seinem Rücken bereits die Messer schliff.

Sechs Stunden am Stück saß sie jetzt bereits vor ihrer Steuereinheit und testete alles durch. Das war ihre Art, sich unsichtbar zu machen und die Sache heil zu überstehen.

Rintoon war vollkommen wahnsinnig und schien Lauderdale angesteckt zu haben. Wer es gewagt hatte, den Mund aufzumachen, als vielleicht noch eine Möglichkeit bestand, den Irrsinn in Fort Apache zu beenden, lebte nicht mehr. Fast schien es, als fielen ständig neue Leichen aus dem Schrank. Finney hätte nicht gedacht, diese Schicht noch lebend antreten zu können.

Colosanto rief die Namen der Einheiten auf, die immer noch

dort draußen waren. Mittlerweile war fast jeder zur Basis zurückgekehrt. Tyree und Stack hatte sie als überfällig auf die Liste gesetzt, obwohl jeder die beiden inzwischen aufgegeben hatte. Sie waren tot, das stand fest.

Finneys Bildschirm leuchtete grün auf. Zehn Zentimeter große Buchstaben hoben sich flackernd in Schwarz ab.

HALLO, sagte er.

HALLO, CATHERINE.

Sie fuhr zusammen und sah sich um. Die anderen Operatoren waren in ihre Arbeit vertieft oder starrten deprimiert ins Leere.

JETZT SIND WIR BEIDE ALLEIN, DU UND ICH, CATHERINE, hieß es auf dem Bildschirm.

»Na und?« tippte sie ein.

LASS UNS EINE PARTY FEIERN!!!!

Hinter der Schrift brach sonnenhelles Licht hervor. Totenschädel, Fledermäuse und Partyhüte tanzten in den Ecken. Ein Totenkopf machte eine obszöne Geste.

»Wer bist du?« gab sie ein.

ICH WEISS ES, UND DU MUSST ES HERAUSFINDEN.

»Jesus Christus«, zischte sie.

NICHT SCHLECHT, ABER LEIDER FALSCH, FALSCH, FAAAAALSCH!

»Bitte identifiziere dich.«

VERPISS DICH, RATTENAAS.

»Lauderdale?«

SPINN IMMER NUR SCHÖN WEITER STROH ZU GOLD, MEINE HÜBSCHE. RUMPELSTILZCHEN VERRÄT SEINEN NAMEN NICHT.

Sie drehte sich mit ihrem Sessel herum und überlegte, ob sie jemanden zu sich hinrufen sollte. Sie beschloß, es nicht zu tun. Diese Verrücktheiten sprengten jedes Maß. Colosanto war mit ihrer Liste fertig und setzte sich wieder. Finney wußte, daß sie einem Zusammenbruch nahe war. Es war überraschend, daß erst so wenige aus der Mannschaft Stufe Acht erreicht hatten.

Sie sah wieder auf den Bildschirm. Ein Köter wie aus einem Tom und Jerry-Cartoon setzte mit einem Baseballschläger einer Zeichentrickkatze übel zu. Mit jedem Schlag wurde ihr Kopf zu einer formloseren Masse gedroschen.

HIER KITTY, KITTY, KITTY!

Der Katzenkopf blähte sich auf wie ein Heliumballon und schwebte davon. Knurrend verschwand der Köter.

ICH DACHTE, ICH HÄTTE 'NE KATZ GESEH'N!

»Was willst du hier?« fragte sie.

...DEN TEUFEL SPIELEN.

Der Drucker begann zu drucken, und Finney hätte schwören können, daß sie aus seinem Geräusch ein spöttisches Lachen heraushören konnte. Oder den Spruch am Ende der Warner Brothers-Cartoons: *»Und immer schön sauber bleiben.«*

Er druckte, in alphabetischer Reihenfolge, eine vollständige Liste der gesamten Besatzung des Forts aus. Sie erschien größtenteils in gewohntem Schwarz, einige Namen jedoch waren rot gedruckt.

Sie erkannte sie wieder. Es waren die der Toten.

ICH WERDE DICH ERLÖSEN! bot ihr der Bildschirm an.

Finney legte ihre Stirn in Falten. Wieso wollte das, was immer in der Maschine stecken mochte, sie erlösen?

ICH WERDE DICH ERLÖSEN, ALS LETZTE.

V

»Fort Apache antwortet nicht.«

»Das ist unmöglich«, erwiderte Stack.

Chantal beschleunigte, als Federico die Ebene erreichte. Sie hatten die Berge hinter sich gelassen und befanden sich wieder in der flachen Wüste. An diesem Tag war überhaupt kein Verkehr. Selbst die Straßenratten hatten sich irgendwohin zurückgezogen. Nicht, daß sie Federico groß die Stirn hätten bieten können.

»Aber es stimmt. Ich habe es auf allen Frequenzen versucht. Nicht eine davon ist offen.«

»Lassen Sie mich mal versuchen.«

»Bitte.«

Sie reichte ihm den Laptop, und er tippte sein Kavallerie-Rufzeichen ein. Eine Codenummer blinkte auf.

»Es bestätigt, stellt mich aber nicht durch. Es ist, als befänden wir uns am Ende der Schlange in einer Warteschleife.«

»Mist.«

»Ich hätte nicht gedacht, daß Nonnen sich so ausdrücken.«

»Offenbar sind Sie noch nie einer begegnet.«

»Stimmt.«

Federico lag hervorragend auf der Straße. Stack beneidete Chantal um ihren Wagen.

»Möglicherweise werden sämtliche Leitungen des Forts benötigt, um mit irgendeinem Problem fertigzuwerden«, sagte sie.

»Unwahrscheinlich.«

»Dennoch ist es möglich.«

»So etwas habe ich noch nie gehört, und ich bin jetzt schon seit fünfzehn Jahren bei den Blauröcken.«

»In diesem Fall haben die Dämonen vom Fort Besitz ergriffen. Das ist schlimm.«

»Was Sie nicht sagen.«

»Nein, es ist schlimmer, als Sie glauben. Fort Apache bildet einen Knotenpunkt im Netzwerk. Es ist sehr viel komplizierter als St. Werburgh. Die Systeme sind alle untereinander verbunden. Wenn unser Feind eine beträchtliche Kraft erreicht, kann er einen Angriff auf El Paso starten, und ist El Paso erst gefallen, fällt auch ganz Süd- und Zentralamerika.«

»Geschieht ihnen recht.«

»Die Worte eines wahren Amerikaners. Glauben Sie wirklich, daß nationale Grenzen in der Hölle viel zählen? Wenn Ihre Nachbarn in Flammen aufgehen, sind Sie auch dran. Außerdem liegt El Paso auch für eine Reihe von Datenbanken in den USA strategisch günstig.«

»Mein Groll gegen die ZAK ist völlig berechtigt, Schwester. Mein Vater starb '73 bei einem Kampfeinsatz in El Salvador.«

Sein Vater war Berufssoldat gewesen. Er war während der Intervention bei einer Schlacht mit den Guerillas gefallen.

Chantal wurde einen Augenblick lang still. »Mein Vater ist auch tot. Tut mir leid.«

Stack hörte einen neuen Unterton in ihrer Stimme, einen Hauch von Zweifel, von Zartheit.

»Bei der Abfahrt wußte er, daß er nicht zurückkommen würde. Bevor er ging, sagte er zu mir, ich könne mit meinem Leben anstellen, was ich wollte, nur zur Armee sollte ich nicht gehen. Und jetzt sitze ich hier mit den Streifen an meinen Beinen und keinen auf meiner Schulter. Was dachte Ihr alter Herr über Ihre... Ihre Berufung?«

Sie kippte ein paar Schalter am Armaturenbrett. Die Windschutzscheibe verdunkelte sich vor der gleißenden Sonne. »Ich habe meine Berufung erst nach seinem Tod richtig erkannt. Er war nicht besonders fromm, aber ich hoffe, daß er trotzdem mit meinem Leben einverstanden ist. Auch er war in gewisser Hinsicht Soldat...«

»Sie haben gesagt, Sie wären aus der Schweiz, richtig? Ich dachte, die Schweiz sei neutral?«

»Die Schweiz ja, mein Vater nicht. Er führte seinen ganz privaten Kreuzzug. Er kämpfte vor internationalen Gerichtshöfen für eine bessere Welt. Sein Name war Thomas Juillerat. Er wurde ermordet. Vielleicht haben Sie von ihm gehört?«

»Nein, ich fürchte nicht.«

»Spielt keine Rolle. Europa muß einem hier sehr weit weg vorkommen. Ich glaube, mein Vater hat etwas bewirkt. Er hat etwas für die Welt getan.«

»Die Welt, hm? Dieselbe, von der Sie sich zurückgezogen haben?«

Sie drehte sich zu ihm um. »Ich bin nicht Mitglied in einem Orden, der zurückgezogen von der Welt lebt, Stack. Ich lebe ebenso in dieser Welt wie Sie.«

»Auf jeden Fall sind Sie nicht so wie Schwester Bertille.«

Chantal mußte lachen. »Sally Field, *The Flying Nun*, 1967 bis 1970. Nicht gerade einer der Höhepunkte der amerikanischen Popkultur.«

»Gibt es eigentlich irgend etwas, das Sie nicht wissen?«

»Die Zukunft.«

»Ja, klar...«

VI

Lauderdale wusch sich unter einem Hahn im Lagerraum die Hände. Voller Absicht ging er mit dem wiederaufbereiteten Wasser des Forts verschwenderisch um. Es gab niemanden, der ihn daran hätte hindern können.

Er konnte jetzt tun, was er wollte.

Seine Androiden standen immer noch still. Er salutierte vor ihnen und mußte lachen. Das GloJO, das er eingeworfen hatte, begann, Wirkung zu zeigen. Er brauchte dieses zusätzliche Stimulans. In der letzten Zeit hatte er ziemlich unter Druck gestanden.

Unter seiner Staubabdeckung grüßte einer der Androiden zurück. Lauderdale fuhr zusammen, sein Herz setzte aus, und er griff nach seiner Waffe.

Irgend jemand dort drunter tat so, als sei er ein Android.

Er feuerte und hörte, wie die Kugel von einer Duriumhaut abprallte. Es war doch ein echter Android. Die verschossene Kugel prallte gegen eine Wand und fiel zu Boden.

Mit dem Lauf seiner Waffe riß er das Polythen von der salutierenden Gestalt. Es handelte sich tatsächlich um einen Androiden, ohne Gesicht und ausdruckslos.

War es denkbar, daß es eine Fehlfunktion gegeben hatte?

Vorsichtig trat er näher. Er hatte seine Zugangs-Keycard in der Hand. Die Inspektionsplatine befand sich im unteren Teil des Rückens.

»Los, Major, zeig mal, was du drauf hast...«

Die flossenähnliche Hand fiel aus der Grußposition herab und schlug Lauderdale die heiße Waffe aus der Hand.

»Los, Kump-«

»Was!?«

Der Android trat leichten Schritts und durch einen Kreisel stabilisiert von seinem Podest herunter.

»Ich bin's, Gilbert *The Filbert*, der Colonel aller Irren!«

Der Android klatschte in die Hände und stampfte mit den Füßen auf. Der Metallboden erbebte, und der Lärm hallte durch die Luft.

»Du hast gute Arbeit geleistet, Sunnyboy. Reichlich gutes Blut vergossen. Genau das Richtige für einen heißen Nachmittag. Ein großer, kühler Drink tiefscharlachroten Blutes.«

Der Android tanzte zu einer unhörbaren Melodie. Lauderdale stieß mit dem Rücken gegen die Tür. Er kämpfte gegen seine Angst.

»Du bist es, hab' ich recht?«

»Wen hast du erwartet? Frank Sinatra vielleicht?«

Lauderdale sank auf die Knie und betete. Er sprach dem Emissär seinen Dank aus.

»Dooby-dooby-do«, sang der Dämon.

»Gelobt sei Joseph.«

»Ach, hör auf mit der Kriecherei, Baby. Das zieht einen runter. Soviel Schiß ist gegen das Gesetz. Lauderdale, alter Junge, entweder du kriegst deinen Arsch hoch, oder du mußt dich auf was gefaßt machen.«

Lauderdale erhob sich unsicher. Er blickte in das Gesicht aus Metall und versuchte, den Geist hinter der Maschine zu erkennen.

»Schon besser, Schlaukopf.«

»Die Kraft. Hast du deine Kräfte gesammelt?«

»Noch nicht, aber nicht mehr lange, dann...«

Der Plan funktionierte perfekt. Schon bald würde El Paso fallen. Und dann war Zentralamerika eine leichte Beute. Die Stunde des Joseph war nah. Lauderdale verspürte großen Durst, Heißhunger, eine unstillbare Lust, wütende Aggression, ein köstliches Verlangen nach Essen und Trinken, Frauen und Blut. Er dachte an Elder Seths Versprechen einer von Gesetzen, Einschränkungen und Reglementierungen unbeeinträchtigten Zukunft, in der die Gelüste der Starken mühelos befriedigt werden würden, und die Schwachen nur noch existierten, um ihnen zu Diensten zu sein.

»Wann?«

»Schon bald, mein Sohn. Aber zuerst werden wir hier noch ein bißchen Spaß haben. Es gibt doch immer noch Leute, die lebend hier herumlaufen, oder etwa nicht?«

Lauderdale wurde von der Großartigkeit dessen, was sich ihm hier offenbarte, überwältigt. Seinem Verstand eröffneten sich vielfältige, nach allen Seiten hin offene Möglichkeiten, und er bekam einen Vorgeschmack auf den Lohn, der ihm sicher schien, bevor der Tag vorüber war. Das GloJo hatte ihn locker gemacht, doch dieses Geschöpf schien ihn zu zerreißen. Der alte Lauderdale, der Ja, Sir, Nein, Sir, darf ich bitte Ihren Arsch küssen, Sir Lauderdale war so tot wie... so tot wie Rexroth, Badalamenti, Willeford und Brecher... So tot wie all die anderen.

»Gehen wir runter und tanzen Boogie, Lauderdale«, sagte der Dämon. »Wir erwarten Gesellschaft. Wäre das nicht nett? Eine hübsche junge Dame. Sie kommt aus der Schweiz. Ein schönes Land, diese Schweiz. Eine Menge netter Leute leben dort. Ihr Name ist Chantal Juillerat, und sie ist eine Nonne. Ein hübscher Name für eine Nonne. Ist das nicht nett, NETT, *nett*? Ich möchte, daß du mir diesen einen kleinen Gefallen tust, ich möchte, daß du mir hilfst, sie zu töten. Glaubst du, du schaffst das?«

Lauderdale nickte. Er war fast an der Tür. Die Schalttafeln in der Wand waren nicht verschlossen. Die Steuereinheit summte.

»Guuuuuuut!«

Lauderdale warf die Schalter herum. Die Androiden setzten sich langsam in Bewegung, warfen ihre durchsichtige Schutzhülle ab und reihten sich hinter ihrem Anführer auf.

»Sir?« fragte Lauderdale.

Der Androide stand aufgerichtet da, leise tickte seine Mechanik. Seine Mannschaft hatte sich hinter ihm aufgebaut.

»Sir?«

Der Androide salutierte erneut. Der Dämon befand sich bereits in einem anderen Teil des Forts.

Die Killermaschinen erwarteten geduldig seine Befehle.

VII

Chantal ließ Stack fahren. Federico übernahm den größten Teil der Arbeit und glich den etwas anderen Stil des unter dem Helm sitzenden Soldaten aus. Amüsiert bemerkte sie, daß der Ferrari mit Stack etwas schroffer umging als mit ihr, so als wollte er gegen seinen neuen Herrn aufbegehren.

Sie saß auf dem Beifahrersitz und versuchte, einen klaren Kopf zu bekommen. Mutter Kazuko hatte ihr Zen-Meditationstechniken beigebracht und ihr erklärt, daß sie gleichbedeutend mit westlichen Formen des Gebets waren. Es war gleichzeitig eine Form der Selbsthypnose und Hingabe, eine Befreiung von allen körperlichen und seelischen Schmerzen, sowie eine Vorbereitung auf Kampf oder Tod.

Gerne hätte sie Mutter Kazuko bei sich gehabt. Sie hatte vergangenes Jahr in Kalifornien nur knapp überlebt. Wenn dies vorbei war, wollte Chantal Kazuko in der Abgeschiedenheit des St. Clement Heims besuchen.

In ihrem Leben gab es reichlich Elternfiguren, stellte sie fest. Thomas und Isabella, trotz all ihrer Fehler. In der Kirche gab es Papst Georgi, Pater Daguerre, Mutter Kazuko, Pater O'Shaughnessy. Außerhalb der Kirche gab es Mlle. Fournier, die Bewunderer Isabellas, Thomas' Leibwächter. Selbst Federico hatte ihr gegenüber gelegentlich väterliche Anwandlungen. Und natürlich gab es dann noch den Vater im Himmel. Und dann, obwohl sie ihm nie gegenübergetreten war, war da noch der Vater alles Bösen in Salt Lake City, der wahrscheinlich entfernt in diese Geschichte in Kalifornien verwickelt gewesen war, und der wohl die Hauptantriebskraft der gegenwärtigen Besessenheit darstellte. Patres, Kirchenmütter, Lehrer, Beichtväter. Gute und böse Elternfiguren.

Mit einem Gebet erbat sie Beistand und Kraft.

Sollte sie sterben, würde sie soviel unerledigt hinterlassen. Gerne hätte sie die Mörder ihres Vaters aufgespürt. Nicht aus Rache, wie sie sich einredete, sondern um der Gerechtigkeit Genüge zu tun, und um seinem Namen gerecht zu werden. Gerne hätte sie sich aufrichtig mit ihrer Mutter versöhnt und in ihrem stolzen Herzen einen Weg gefunden, Isabella ihre Unzulänglichkeiten zu verzeihen. Gerne hätte sie Pater O'Shaughnessy geholfen, jene Stelle zu finden, an der das Cybernetz und das Irdische sich mit dem Göttlichen kreuzt. Gerne hätte sie die Kirche unter Papst Georgi so aufblühen sehen, daß sie es nicht länger nötig hätte, Leute mit speziellen Fähigkeiten einzusetzen. Dann würde sie vielleicht in einen zurückgezogen lebenden Orden eintreten und für ihre Sünden büßen, indem sie Computer, Kampfkünste und Waffen aufgab und sich ganz der Bestellung des Bodens widmete.

In Gedanken sah sie sich als eine zähe, alte Frau in der Haube der Nonnen, die Kranke pflegte, felsigem Boden eine Ernte abrang, und die eher im Chor sang, als alleine und auf sich gestellt gefährliche Aufträge zu erledigen. Vielleicht würde sie heiraten, vielleicht auch nicht...

»Du bist ein As, kein Kanonenfutter«, hatte ihr Pater O'Shaughnessy einmal gesagt, »jemand, der eher zur Waffe greift, anstatt alles murrend zu ertragen. Und damit mußt du für den Rest deines Lebens fertig werden und versuchen, mit uns auf einer Stufe zu leben. Das wird nicht einfach sein.«

Mit einem stummen Gebet bat sie Gott, die Leere in ihrem Innern zu füllen.

Langsam kam sie wieder zurück und ertappte sich mit locker im Schoß liegenden Händen in der Lotosstellung auf dem Beifahrersitz.

»Dort ist es«, sagte Stack, »da vorne. Fort Apache. Es gibt doch nichts Schöneres, als nach Hause zu kommen.«

VIII

»Colonel Rintoon«, sagte Lieutenant Colosanto, »wir haben ein Fahrzeug auf der Zufahrtsstraße ausgemacht.«

»Eines von unseren?«

»Nein, aber es ist als Ausgang aus dem Fort vermerkt. Es handelt sich um den Ferrari mit dem Schweizer Op, dieser Juillerat.«

»Sie war eine Spionin der Maniax. Es muß sich um einen Angriff handeln.«

Finney schwenkte in ihrem Sitz herum und sah, wie der Colonel sich mit wildzerzaustem Haar und geröteten Augen über Colosantos Steuereinheit beugte.

»Sir«, sagte sie, »Juillerat steht unter diplomatischer Immunität.«

Rintoon starrte sie haßerfüllt an. Er war nicht rasiert, und seine Stoppeln waren größtenteils ergraut. Er hatte die Nägel seiner beiden Zeigefinger bis zum blutenden Nagelbett abgekaut, seltsamerweise jedoch seine anderen Finger nicht angerührt.

»Das habe ich doch gerade gesagt, Finney. Sie ist Agentin einer fremden Macht. Sie hat den Auftrag, diesen Posten zu zerstören. Ich werde mich nicht zerstören lassen. Ich weigere mich, liquidiert zu werden. Ich weigere mich, ausgelöscht zu werden. Sie wird den Tag bereuen, an dem sie mit Colonel Vladek W. Rintoon die Klingen gekreuzt hat!«

Finney bemerkte, daß Lieutenant-Möchtegern-Major Lauderdale die Lasche über seinem Halfter geöffnet hatte. Die Uniform, die er von einem toten Offizier ergattert hatte, war ihm mindestens eine Nummer zu groß. Er sah aus wie ein kleiner Junge, der zum Spaß die Sachen seines Vaters angezogen hatte. Sein Gesicht zeigte keinerlei Regung, so als überflöge er in Gedanken eine Liste mit Toilettenartikeln, von denen das Fort einen neuen Vorrat einlagern mußte. Sie fragte sich, wer von ihren Vorgesetzten verrückter war.

»Colosanto, sind die Verteidigungssysteme des Forts einsatzbereit?«

»Jawohl, Sir.«

»Dann tun Sie Ihre Pflicht. Beschützen Sie uns vor diesem Aggressor.«

Finney stand auf. Colosanto warf ihr einen Blick zu und biß sich auf die Unterlippe.

»So machen Sie schon!« fauchte Rintoon.

Colosanto lud das Verteidigungsmenü auf ihren Bildschirm. In einem Fenster wurde die Brückenstraße aus der Vogelperspektive eingeblendet. Ein Lichtpunkt bewegte sich darauf entlang und löste eine Folge von Alarmen aus. Er bewegte sich nicht mit besonders hoher Geschwindigkeit.

Lieutenant Colosanto betrachtete ihre Steuereinheit mit einem unglücklichen Gesichtsausdruck, so als überlegte sie, für welches Vorgehen sie sich entscheiden sollte.

Ein Licht blitzte auf. Colosanto entfuhr ein übertriebener Seufzer der Erleichterung. »Sir, sie versuchen, einen Kommunikationskanal zu öffnen. Das ist kein Angriff. Das ist kein Angriff!«

Rintoon explodierte wutschäumend. »Der älteste Trick, den es gibt, Lieutenant. Angriff unter weißer Flagge! Eine typische Strategie der Maniax. Kein Nachgeben, kein Kompromiß, keine Aufgabe. Seien Sie ein gutes Mädchen und machen Sie mir ein paar Waffensysteme einsatzbereit.«

Colosantos Gesicht sackte in sich zusammen.

»Los, machen Sie schon, Sie gottverfluchtes Satansweib. Muß ich hier denn alles selber machen?«

Der Colonel schäumte vor Wut. Alles stand im Ops Center um Colosantos Platz herum. Finney warf einen Blick auf Lauderdale, der das Geschehen völlig teilnahmslos verfolgte. Colosantos Finger schwebten über der Tastatur.

»Wie lautet das Codewort für den Angriff heute?« wollte Rintoon wissen.

Colosanto war immer noch wie erstarrt. Finney sah, daß sie weinte. Sie schluchzte leise vor sich hin. Ihre Hände zitterten, dann ließ sie sie in den Schoß fallen.

»Das Codewort, Soldat. Sofort! Raus damit!«

Rintoon versetzte Colosanto einen Klaps auf den Hinterkopf. Die Haare fielen ihr ins Gesicht.

»Das Codewort?«

Colosanto schniefte etwas Unverständliches.

»Wie war das? Lauderdale, ich zähle bis drei. Wenn diese Offizierin mir bis dahin nicht verraten hat, was ich wissen muß, erschießen Sie sie.«

»Jawohl, Sir.«

Lauderdale hielt Colosanto seine Waffe an den Hinterkopf.

»Eins!«

Sie verbarg ihr Gesicht in den Händen, und ihre Schultern hoben und senkten sich. Der Lichtpunkt hatte die Brücke erreicht.

»Zwei!«

Ein gequältes Schluchzen drang aus Colosantos Brust.

»Drei!«

Die Sekunde schien sich ewig zu dehnen.

»FEUERSTROM!« sagte Finney.

Lauderdale riß die Waffe hoch und stieß sie gegen Colosantos Hinterkopf, ohne daß sich jedoch ein Schuß löste.

Rintoon und Lauderdale starrten Finney an.

»Ich kenne alle Codes«, sagte sie. »FEUERSTROM lautet das Verteidigungssystem für den heutigen Tag.«

Lauderdale zerrte Colosanto mitsamt Sessel von ihrem Platz weg und schleuderte sie durch den Raum. Dann senkte er seine Waffe, beugte sich über die Tastatur und tippte los. Ein schrilles Piepen ertönte. Lauderdale bekam eine Fehlermeldung.

»Sie hat gelogen«, sagte er und griff nach seiner Waffe. »FEUERSTROM wird die Eingabe verweigert.«

»Wieder ein Maniak demaskiert«, krähte Rintoon. »Los, erschießen Sie sie, alter Junge. Nein, vielleicht sollten wir ihr erst eine Lektion erteilen. Holen Sie mir eine Peitsche und einen Strick.«

»Was haben Sie eingegeben?« fragte Finney.

»FEUERSTURM, Sie Trottel! Genau, wie Sie gesagt haben. Es ist nicht akzeptiert worden.«

Lauderdales Knöchel wurden bereits weiß, so fest hielt er seine Waffe gepackt.

»FEUERSTROM, Lauderdale, FEUERSTROM.«

Lauderdale machte eine verzweifelte Geste und tippte das korrekte Codewort ein.

Der Bildschirm wechselte die Farbe. Der TREFFER-Signalton ertönte und spielte die ersten paar Töne von ›*She Wore A Yellow Ribbon*‹.

»Achtung, Achtung«, säuselte die verführerische Stimme aus den Lautsprechersystemen (für diesen Zweck hatte die US-Kavallerie extra Lola Stechkin engagiert), »diese Einrichtung wird zur Zeit angegriffen. Alles auf Gefechtsstation. Vielen Dank für Ihre freundliche Kooperation.«

»Was wollen Sie als erstes versuchen?« fragte Lauderdale Rintoon. »Die Raketen, die Laser, Napalm oder die Mörser?«

Rintoon hatte Haltung angenommen. Irgendwo in seinem Kopf mußte ein unsichtbares Band ablaufen. Langsam erhob er die Hand zum militärischen Gruß.

»Soldaten, ich bin der Ansicht, wir sollten alle einen Augenblick Zwiesprache mit Gott halten«, sagte er. »Ich glaube, wenn Jesus Christus heute bei uns wäre, dann würde er uns drängen, den Feind zu besiegen. Wir sollten unsere Feinde lieben, Soldaten, denn ohne sie hätten wir keine Chance, jemals einen Sieg zu erringen.«

»Colonel?« sagte Lauderdale. »Was ist mit den Androiden? Kann ich sie einsatzbereit machen lassen?«

»Alles«, sagte Rintoon. »Feuern Sie mit allem, was wir haben, auf diesen Abschaum.«

Finney half Colosanto auf. Lieutenant Colosanto klammerte sich voller Verzweiflung an sie, ihr Körper erzitterte, von einem hysterischen Anfall geschüttelt.

»Gott, vergib mir«, sprach Finney zu sich selbst. »Lieber Gott, vergib mir.«

TEIL VIII: Letzte Reserve

»Wir werden beschossen«, meldete Federico, »ich schlage vor, wir ergreifen die Flucht.«

Sie hatten London Bridge bereits zur Hälfte hinter sich, als die Laser von Fort Apache das Feuer eröffneten und ihre brennenden Strahlen in ihre Richtung schickten.

»Ein schöner Willkommensgruß«, meinte Stack.

»Seien Sie unbesorgt«, sagte Chantal. »Das Fort ist heute nicht ganz mit sich im reinen.«

Stack riß das Steuer herum, aber Federico reagierte nicht. Statt dessen wechselte der Wagen in den Rückwärtsgang und zog sich mit 200 Meilen pro Stunde zurück.

»Was!«

»Federico verfügt über einen sehr ausgeprägten Selbsterhaltungstrieb. Er hat sich gerade über die Helmsteuerung hinweggesetzt und von sich aus die Flucht ergriffen. Seine Reaktionen sind schneller als Ihre. Fühlen Sie sich nicht gedemütigt.«

»Leicht gesagt, Mutter Oberin!«

Stack schlug gegen das Lenkrad und versuchte, seinen Ärger zu unterdrücken. Er ließ sich nicht gerne von einem ausländischen Wagen sagen, wie er zu fahren hatte.

Federicos Reaktionen waren allerdings verblüffend. Ein Vorhang aus brennendem Napalm senkte sich herab, und der Wagen bekam nicht einmal einen Spritzer auf seinen Lack. Stack war überzeugt, der Wagen gab nur mit seiner virtuosen Technik an. Chantal spielte auf ihrem Laptop herum. Aus dem zentralen Gefechtsturm von Fort Apache wurden weiße Blitze geschleudert.

»Wärmesuchende Projektile im Anflug«, sagte Federico.

»Bin schon dabei«, antwortete sie. »Ich kann sie mit einem APOSTEL erreichen und umprogrammieren«, erläuterte sie. »Schauen Sie.«

Die Projektile stießen zusammen und verpufften wirkungslos zu schwarz-roten Wölkchen in der Luft.

Eine Batterie Robo-MGs erhob sich aus dem Wüstensand wie ein Wal, der die Wasseroberfläche durchbricht. Von ihren Gehäusen floß der Sand. Die MGs wirbelten herum, Federico jedoch setzte die Plattform mit einem chirurgischen Laserstrahl außer Gefecht, die Batterie entlud ihre Geschosse frustriert in den Sand.

»So etwas Dummes«, meinte Chantal. »Keine Maschine würde so ihre Munition vergeuden. Das Fort ist besessen.«

»Es klingt zwar ziemlich komisch, aber ich glaube Ihnen sogar.«

Federico beschrieb eine Acht, um dem schweren Flakfeuer auszuweichen. Stack klammerte sich an seinen Gurt. Eine Ecke der Windschutzscheibe bekam einen Riß, als eine verirrte Kugel traf.

»Ein kleiner Kratzer, was, Fed?« spottete Stack, der eine gewisse Befriedigung angesichts der Verletzbarkeit des Wagens verspürte. Dann bleichte die Aufprallstelle vor seinen Augen aus, wurde heller und wieder durchsichtig.

»Selbstdenkendes Glas. Alle Spitzenmodelle von Ferrari haben es.«

»Was...? Wie kann...?«

»Mein Spezialgebiet sind Computer, nicht Autos. Auf jeden Fall hat es etwas mit selbstregenerierender DNA zu tun.«

»Wollen Sie damit sagen, dieses Ding hier lebt?«

»Haben Sie je dran gezweifelt, *Senor?*«

Stack glaubte aus Federicos computererzeugter Stimme einen blasierten Unterton herauszuhören, als wäre er ein herausgeputzter Matador, der sich vor einem Rivalen angeberisch in die Brust wirft, um einer jungen Dame zu imponieren.

»Ihr Wagen ist in Sie verknallt, Schwester.«

Drei ferngesteuerte Helikopter schwebten im Formationsflug über dem Wagen und klinkten sich ein. Ihre Umrandung blinkte auf. Stack wußte, daß sie sich auf einen Schub aus der Teilchenkanone vorbereiteten.

»Ciao, ihr trägen Kisten!« brüllte der Wagen, während er sie nacheinander in die Luft jagte. »Das war zu einfach. Sie verwenden lediglich *amerikanische* Technik.«

Stack war genervt, konnte sich jedoch nicht überwinden, darauf zu hoffen, der Wagen möge es vom guten alten Yankee-Knowhow besorgt bekommen.

Als sie über die Brücke waren, wurden die Tore des Forts geöffnet.

»Jetzt kommen die schweren Geschütze«, sagte Stack. »Halten Sie sich fest.«

Drei Cruiser der US-Kavallerie kamen herausgefahren, begleitet von einer Motorradstaffel. Stack übernahm die Handsteuerung des Lasers und zielte auf den führenden Cruiser. Darin war er besser als jeder gottverdammte Computer.

»Noch nicht feuern«, sagte Chantal. »Wir wissen nicht, wie besessen die Leute in diesen Dingern sind.«

Stacks Daumen erstarrte am Abzug.

Die Cruiser und die Motorradstaffel hatten die Brücke erreicht. Plötzlich scherten drei der Motorräder und ein Cruiser aus und fuhren querfeldein über einen felsigen Wüstenstreifen auf die Interstate zu, wodurch sie sich von Federico wieder entfernten.

»Sie versuchen zu entkommen«, sagte Chantal. »Es gibt also immer noch Widerstand.«

Die übrigen Soldaten blieben in oder auf ihren Maschinen sitzen und unternahmen nichts. Federico erwischte eine ihrer Sendefrequenzen und übertrug ihr Interkom-Geschnatter ins Wageninnere. Mehrere menschliche und sonstige Stimmen redeten aufgeregt durcheinander.

»Ich wiederhole: Feuer eröffnen. Alle Deserteure werden als feindlich eingestuft und müssen augenblicklich vom Schlachtfeld entfernt werden...«

»...he, das sind doch unsere Leute...«

»...die Kleine in dem Wagen war gestern noch bei uns, und jetzt schießen wir auf sie...«

»...ich habe noch nie auf jemanden geschossen...«

»Ich wiederhole: befolgen Sie die Befehle, oder Sie werden als Deserteur eingestuft. Alle Deserteure werden als feindlich eingestuft...«

»...Scheiße, Jennifer, ich tu es einfach...«

»...Bradley, nehmen Sie die Finger vom Laser. Laß uns zusehen, daß wir hier wegkommen. Rintoon ist völlig durchgedreht, und Lauderdale ist noch schlimmer. Wir schicken Hilfe.«

»Er hat recht, es sind Umstürzler oder Maniax. Das wissen Sie ganz genau.«

»Sie haben dreißig Sekunden, ihren Befehlen Folge zu leisten. Danach verlieren Sie die Kontrolle über die Systeme und die Automatik wird übernehmen.«

»...laßt mich aus diesem Ding raus...«

»...falls Sie uns hören können, Lady in dem schicken Schlitten: Pax, Pax, Pax, wir versuchen zu entkommen. Wir haben nichts gegen Sie...«

»...Jennifer, das war ein schlimmer Tag, also hetzen Sie mich nicht...«

Eine der Besatzungen stieg aus ihrem Cruiser und ging zu Fuß weiter. Die Deserteure hatten die Interstate fast erreicht.

Die beiden Soldaten schrien sich an und traten den Sand in Wellen über die Straße. Einer der Motorradsoldaten stieg ab und mischte sich in die Auseinandersetzung ein. Nach einer Diskussion hoben zwei von ihnen die Hände über den Kopf und winkten Federico zu. Der andere stapfte angewidert zum Cruiser zurück. Er bückte sich und wollte gerade hinter das Lenkrad klettern, als das MG auf dem Dach losratterte. Er ging sofort zu Boden, und die anderen Trooper stoben davon. Der Laser blitzte auf, und der erste desertierende Trooper explodierte, als er die Interstate erreicht hatte. Eines der Motorräder schlidderte in den Sand und grub sich teilweise ein. Sich kreuzende Strahlen fuhren zwischen die winkenden menschlichen Gestalten und warfen sie flach in den Sand. Es floß kein Blut. Laser verätzen beim Durchbohren.

Eines der Motorräder versuchte über die Brücke zu fliehen, um Federico zu erreichen, und hätte es beinahe geschafft. Dann erwischte der Laser den Tank, der explodierte und den Fahrer in einer Feuerblume in die Luft katapultierte. Die unkenntliche Gestalt schlug in der Luft wild um sich, prallte auf die Brückenbrüstung und stürzte wie eine zerfledderte Puppe in das Bett des Colorado.

Das Massaker war in zwei Minuten vorbei. Stack und Chantal waren knapp außer Reichweite. Sie sahen nur zu, unternahmen nichts.

»Das menschliche Element ist ausgelöscht«, ließ sich eine mechanische Stimme über Funk vernehmen. »Die Kampfhandlungen werden fortgesetzt.«

»Vielen Dank«, sagte eine weinerliche menschliche Stimme.

»Mein Kader ist zur Stelle. Sie werden jetzt eingesetzt. Das alles hier wird bald beendet sein.«

»Mist«, sagte Stack, »das ist Lieutenant Lauderdale.«

Chantal legte die Stirn in Falten. »Ich kenne ihn. Er war mein Verbindungsmann. Er ist ein Bürohengst, oder? Kein Offizier der kämpfenden Truppe?«

»Er verwandelt sich nur dann in einen Arschkriecher, wenn

man ihn nicht mit seinen Spielzeugen spielen läßt. Wie es aussieht, hat er gerade die Kiste mit seinen Zinnsoldaten aus dem Spielzimmer geholt.«

Stack übernahm das Steuer. Federico ließ ihn gewähren. Er wendete in drei Zügen und ergriff die Flucht.

»Was ist dort los, Stack?«

»Lauderdale läßt die Androiden los.«

»Ist das schlimm?«

»Ich möchte es so formulieren. Während der gemeinsamen Aktion gegen die Maniax hat Exalted Bullmoose, der früher öffentlich für Kannibalismus eingetreten ist, sich in einer Presseerklärung beschwert, ihr Einsatz sei unmenschlich.«

»Das ist allerdings schlimm.«

Eine Formation roboterhafter Gestalten kam aus dem Fort hinaus in die Wüste marschiert. Sie bewegten sich vollkommen synchron, unerbittlich wie lebende Schachfiguren. Aus dieser Entfernung sahen sie aus wie die Trophäen, die bei der Oscarverleihung überreicht wurden. Zwar trugen sie keine großen Schwerter, Stack wußte jedoch, daß ihre Körper mit jedem anderen Waffensystem bestückt waren, von dem man beim Militär nur träumen konnte. Die Truppenführer unter den Androiden waren um einen fußballgroßen Nuklearsprengkopf konstruiert, der per Fernsteuerung gezündet werden konnte. Seit Jahren versuchte die UN schon, die Dinger bei den Genfer Verhandlungen zur Begrenzung strategischer Waffen zur Sprache zu bringen, und im Augenblick hoffte Stack, der Präsident habe das gesamte Programm einseitig abgerüstet, selbst wenn dies der ZAK auf der anderen Seite des Rio Grande eine Überlegenheit im konventionellen Bereich verschaffen sollte.

Eine verdeckte Sperre hob sich vor Federico aus der Straße. Stack ließ den Wagen langsamer werden.

»Wir sind erledigt«, sagte er. »Hier gibt es nicht genug Felsen. Der Sand ist zu weich. Federico würde drei Meter neben der Straße einsinken und steckenbleiben.«

»Ich stimme mit dem Trooper überein«, sagte Federico. »Ich werde meine Verteidigungssysteme zum Einsatz bringen, aber es scheint unratsam, daß ihr hierbleibt.«

Federico hob die Türen an. Stack und Chantal stiegen aus. Stack zog seine Schrotflinte und einen Sack Patronen hinter sich her. Chantal hatte ihre SIG gezückt.

Die Sonne blinkte auf dem anrückenden Trupp Robotersoldaten.

»Ciao, Federico«, sagte sie. »Ich bin bald wieder zurück.«

»Leb wohl, *Sorella*.«

»Sie gehen nach links, und ich nach rechts«, sagte Stack, den Trupp nicht aus den Augen lassend. »Wir treffen uns am Fort.«

»Guter Plan«, meinte sie.

»Chantal...?«

»Was ist?«

Er gab ihr ungeschickt einen Kuß.

»Ich wünsche dir Glück.«

Sie erwiderte seinen Kuß. Eine zarte Berührung.

»Ich dir auch.«

Dann war sie verschwunden und eilte auf die Brücke und die Androiden zu.

Er pumpte eine Patrone in den Lauf und wartete.

»Kommt schon und holt mich, ihr verdammten blechernen Mistköpfe.«

II

»Das ist diese Juillerat«, sagte Lauderdale und tippte auf das Standfoto aus der Videoaufzeichnung, das er von den Androiden überspielt bekommen hatte. »Aber wer ist der Soldat?«

»Das ist Stack«, sagte Finney. »Trooper Nathan Stack.«

»Er wird als vermißt geführt, richtig?«

»Ja. Er war mit Tyree zusammen.«

»Wie ist er mit Juillerat zusammengekommen?«

»Das spielt keine Rolle«, polterte Colonel Rintoon. »Sie sind beide offensichtlich Maniax. Sie müssen zerstört, besiegt, erledigt, ausgelöscht, exterminiert, demobilisiert, getötet werden…«

»Sir, jawohl, Sir«, erwiderte Lauderdale.

Wie hatten sich diese Schweizerin und der Soldat getroffen? Was konnten sie dort draußen im Sand in Erfahrung gebracht haben? Lauderdale wußte, daß man sie nicht ins Fort lassen durfte, solange der Dämon sich breit machte und zum großen Schlag ausholte. Das war der entscheidende Punkt des Rituals. In den nächsten drei Stunden durfte dem Pfad des Joseph kein Hindernis den Weg verstellen.

Sie flitzten in entgegengesetzte Richtungen davon. Der Großbildschirm teilte sich in die Gesichtsfelder eines jeden einzelnen Androiden auf, und auf jedem Bild war Nathan Stack zu erkennen, der mit seiner Schrotflinte um sich schoß. Eines der Gesichtsfelder fiel aus.

»Sollten wir Stack nicht hereinholen?« schlug Finney vor. »Zu einem Verhör? Wir wissen immer noch nicht, was mit Tyree geschehen ist.«

Lauderdale merkte, daß Rintoon die Vorstellung eines Verhörs gefiel. Vielleicht bekam der Colonel doch noch Gelegenheit, von seinen Stricken und Peitschen Gebrauch zu machen.

Der nächste Android fiel. Das durfte eigentlich nicht passieren. Sie waren gegen alles gepanzert, einschließlich schwerer Artillerie. Das war das Problem, wenn man den Maschinen ihren Willen ließ, vermutete Lauderdale. Sie nahmen sich die Freiheit, alles zu vermasseln.

»Ein Verhör«, sinnierte Rintoon, das Wort genüßlich auskostend. Finney wurde zu gerissen, sie nutzte die Verirrungen des Colonels aus. Es war an der Zeit, sie aus dem Weg zu schaffen, dachte Lauderdale. »Ja, ein Verhör…«

»Sir«, sagte Lauderdale. »Sollten wir das nicht durch den Computer laufen lassen? Wir befinden uns in einem Kampfeinsatz.«

»Sie denken mit, Mann. Haben Sie gehört, Finney? Rufen Sie Stacks Daten auf.«

Lauderdale hoffte, sich auf den Dämonen in der Maschine verlassen zu können.

»Ich verstehe nicht...«

»Machen Sie schon.«

Finney bearbeitete die Tastatur, und Stacks Daten erschienen auf dem Bildschirm. Karteifoto, Lebenslauf, Führungszeugnis. Einen Augenblick lang hielt das Bild still, dann begann es zu flimmern und wurde durch eine vorrangige Meldung ersetzt.

Der Dämon hatte sich durchgesetzt. NATHAN STACK WURDE ZWEIFELSFREI ALS SERIENMÖRDER IDENTIFIZIERT, VERANTWORTLICH FÜR MÖGLICHERWEISE 159 MORDE IN FÜNF STAATEN WÄHREND EINES ZEITRAUMES VON ZEHN JAHREN. DER GESUCHTE IST ÄUSSERST GEFÄHRLICH, KANN MIT SÄMTLICHEN WAFFEN UMGEHEN, VERFÜGT ÜBER EIN HÖCHSTMASS AN INTELLIGENZ UND MUSS BEI SICHTKONTAKT SOFORT AUSGELÖSCHT WERDEN. AUF KEINEN FALL, WIEDERHOLE, *AUF KEINEN FALL*, DARF DER VERSUCH UNTERNOMMEN WERDEN, DEN GESUCHTEN LEBEND INS FORT ZU SCHAFFEN.

Finney schüttelte ungläubig den Kopf.

»Das kann ich nicht machen«, sagte sie.

»Mir scheint das sehr schlüssig zu sein. Lauderdale, veranlassen Sie, daß Ihre Androiden die Anweisungen des Computers ausführen.«

»Sie verstehen nicht, Colonel. Das ist nur eine Maschine. Nicht mehr als ein gescheiter Aktenschrank. Er kann Ihnen keine Informationen liefern, die nicht irgend jemand zuvor eingegeben hat. Dieser Zusatz zu Stacks Daten ist nirgendwo vermerkt. Er kommt nicht von außerhalb des Systems...«

»Sie reden dummes Zeug, Frau.«

»Nein, Sir. Das ist einfach nicht möglich. Wie es scheint, hat das System... hat das System *sich etwas ausgedacht.*«

Lauderdale war dabei, mit Hilfe der Fernsteuereinrichtung die Androiden auf Stacks Wärmeschema zu programmieren. Hatten sie das erstmal in ihrem winzigen Hirn gespeichert, würden sie ihm unerbittlich bis zu seinem Tod nachsetzen.

»Ich bin vielleicht nicht so ein großer Geist wie Sie, Captain Finney«, sagte Rintoon, »aber man hat mir zu verstehen gegeben, daß Systeme keine Lügen erzählen. Ist das so, oder ist das nicht so?«

»Sir... für gewöhnlich schon, aber...«

»Schön. Das wär's dann. Wir werden diesen Schmarotzer augenblicklich erledigen und so dem Land die Kosten für einen Prozeß ersparen.«

»Überlegen Sie doch, Sir. Stack ist seit fünfzehn Jahren bei der Kavallerie. Er hatte gar nicht genug freie Tage, um durch das Land zu sausen und 159 Morde zu begehen. Und sehen Sie sich diese Bemerkung hier an. ›Verfügt über ein Höchstmaß an Intelligenz‹. Sie können unmöglich glauben, daß unser psychologisches Profil das nicht angezeigt hätte. Der Mann ist ein einfacher Trooper, verflucht noch mal.«

»Eine derartige Ausdrucksweise dulde ich nicht, Finney. Colonel Rintoon führt ein strenges Regiment. Das Auftreten eines weiblichen Offiziers muß allzeit geprägt sein von Ehrerfüllung, Würde und Höflichkeit. Sie muß gehorsam sein, einfallsreich, korrekt gekleidet, wachsam und gut unterrichtet...«

Rintoon hatte seine Uniform falsch geknöpft.

Lauderdale wußte, daß er diese Farce bald beenden und das Kommando übernehmen mußte. Er konnte die Besatzung des Forts beschäftigen, während der Dämon in den Tiefen sein Werk verrichtete.

Finney erhob sich und schaltete ihr Terminal ab.

»Sir, ich gebe mein Offizierspatent zurück«, sagte sie und ging zur Tür.

»Das ist Meuterei, Finney, Meuterei! Ich könnte Sie wie einen Hund niederschießen lassen.«

Dank Finneys Schlüsselkarte öffneten sich die automatischen Türen.

»... wie einen Hund!«

Finney sah sich um.

»Hat sonst noch jemand die Nase voll?« fragte sie.

Lieutenant Colosanto erhob sich mit verheulten Augen und ging zu Captain Finney. Eine Gruppe von Technikern hastete nach draußen auf den Gang. Finney warf dem Posten an der Tür einen Blick zu, woraufhin er zur Seite trat und sich ihr anschloß.

Überall im Fort wurde Alarm geschlagen.

»Das ist unerlaubtes Verlassen der Truppe«, kreischte Rintoon. »UNERLAUBTES VERLASSEN!«

Die Türen schlossen sich.

Rintoon wirbelte auf dem Absatz herum und suchte jemand, den er fesseln und auspeitschen, verhören oder wie einen Hund niederschießen konnte. Lieutenant Lenihan war dabei, ihr Terminal zu räumen. Er erstarrte, als der bohrende Blick des Colonels ihn traf.

»Meine Schicht ist zu Ende, Sir. Ich muß mich ablösen lassen. Ich bin seit über achtunddreißig Stunden im Dienst.«

Rintoon grunzte und ballte die Faust.

»Das ist Vorschrift, Sir«, sagte Lenihan. »Länger darf ich nicht am Terminal sitzen. Ich könnte Mist bauen und uns alle umbringen. Ich muß jetzt Pause machen. So steht es in der Dienstvorschrift.«

Lenihan ging rückwärts zur Tür und befingerte nervös seine Schlüsselkarte. Rintoon hatte seine Waffe gezückt...

Gut, soll der Colonel ruhig selbst das Blutvergießen übernehmen...

Rintoon feuerte auf den Lieutenant und verfehlte ihn. Die Türen gingen auf, und Lenihan rannte den Gang entlang.

Lauderdale setzte sich vor eine Steuereinheit und schloß das Programmieren von Stacks Wärmeschema in die Androiden ab.

»Unerlaubtes Verlassen, Meuterei«, stammelte Rintoon. Lauderdale ignorierte den alten Mann. »Unerlaubtes Verlassen, Meuterei, Täuschung, Verrat...«

Rintoon saß hinter seinem Rücken zusammengesunken in einem Sessel und sabberte vor sich hin.

Lauderdale ließ sich davon nicht bei der Arbeit stören.

III

Chantal wußte, daß London Bridge zu offensichtlich, zu einfach wäre. Das Fort hatte sie bestimmt vollkommen abgeschirmt. Wahrscheinlich war sie sogar vermint. Also versuchte sie, das Flußbett des Colorado von der Geisterstadt her zu erreichen.

Dem Mörserfeuer von den Zinnen des Forts ausweichend passierte sie eine Reihe verfallener Old English Pubs. Vor ihr explodierte eine rote Telefonzelle, und sie mußte hinter eine Bank aus dem Hyde Park rollen, um den herumfliegenden Glas- und Metallsplittern zu entgehen.

Sie war seltsamerweise nie in London gewesen. Und wenn sie in den nächsten paar Stunden nicht aufpaßte, würde sie keine Gelegenheit mehr dazu finden.

Ein Kampfhubschrauber wurde zudringlich und griff im Tiefflug eine Reihe von Statuen an. Noel Coward fiel in Hüfthöhe auseinander. David Niven bekam es in Brusthöhe. Charlie Chaplins Kopf rollte mitsamt Bowler davon. Mary Poppins' Schirm schmolz dahin. Sherlock Holmes' Spitzkappe wurde glatt über seiner bärenartigen Nase abgeschält. Queen Victoria war höchst unerfreut. Der quietschvergnügte Pearly King sah grinsend zu.

Nach dem, was sie gehört hatte, war London dieser Tage eine öde, graue Stadt voller Leute, die sich über die Rationierungen und das ständige Anstehen beklagten. Vielleicht ersparte sie sich den Besuch.

Sie kniete sich in Stellung und folgte dem Hubschrauber mit ihrer Zielvorrichtung.

Sie erwischte ihn mit dem ersten Schuß. Er zerplatzte wie eine Tontaube.

Der Tumult trieb eine Sandratte aus seinem Schlupfloch. Der Typ hatte sich in einem der Pubs aufgehalten. Den Flaschenhals immer noch fest im Griff und von Kopf bis Fuß in Badetücher mit dem Motiv der Königlichen Familie gehüllt, kam er aus ›The Stoat and Compasses‹ gerannt und sah sich sichtlich genervt um.

»Hinlegen«, schrie sie.

Das Hirn der Sandratte mußte von der Sonne und seiner Flüssigdiät völlig ausgetrocknet sein, denn er zeigte ihr das britische V-Zeichen, setzte die Flasche an die Lippen und zerrte sich das Tuch vom Mund, damit er einen Schluck nehmen konnte. Das Gesicht des Thronfolgers verhüllte sein eigenes.

Neben der Sandratte explodierte eine Granate, und die Flasche zersplitterte ihm in der Hand. Eine gelbliche Flüssigkeit nieselte ringsum hernieder. Er streckte die Finger wieder in die Höhe, allerdings war ihm ein Schrappnellsplitter in die Stirn gedrungen. Prince Andrews Gesicht sog das Blut auf, und die Sandratte ging zu Boden. ›The Stoat and Compasses‹ brach über ihm zusammen.

Chantal sprang vom Kai herunter und landete wie eine Katze. An den Vertäuungsringen an der Kaimauer hingen immer noch Ruderboote, zehn Meter über dem ausgetrockneten Flußbett. Bis zur nächsten Deckung mußte sie quer durch das völlig offene Flußbett zum anderen Ufer, um dann zur Mauer des Forts hochklettern zu können.

Das Bett des Colorado stank. In den schlammigen Pfützen zeichneten sich streifig und regenbogenfarben Spuren der Verschmutzung ab. Nicht nur, daß ein toter Trooper dort herumlag, auch sonst war das Flußbett zu einem Abladeplatz für allerlei Unrat geworden.

Explosionsgeschosse schlugen in die bröckelige Wand aus Gestein und Erdreich hinter ihr. Sie stieß sich ab.

Sie dachte an Mutter Kazuko und konzentrierte die Gedanken voll auf ihren Körper. Der Sprint war gefährlich. Der Schlamm war weich, an einigen Stellen noch feucht, und es gab zu viele halbvergrabene Bettgestelle, Fahrräder und Kinderwagen, über die sie leicht stolpern konnte...

...und wenn sie stolperte, würde sie sich nicht nur den Knöchel umknicken. Sie wäre tot.

Sie rannte auf Zehenspitzen wie eine Tänzerin und nahm die deutlicher erkennbaren Hindernisse im Hürdenlauf.

Ihre Zeit für die 300 Meter war nicht ganz so gut, wie sie es auf einer Aschenbahn gewesen wäre. Andererseits wurde bei einem Sportfest nicht geschossen.

Klopfenden Herzens warf sie sich in das lose Erdreich des Flußufers und schmiegte sich flach an die sanfte Steigung. Jetzt war sie ganz dicht am Fort. Keine der schweren Verteidigungswaffen konnte ihr jetzt etwas anhaben. Falls man dort allerdings immer noch kochendes Öl oder geschmolzenes Blei herunterkippte, würde sie Probleme bekommen.

Von den Zinnen wurde immer noch gefeuert, der Winkel war jedoch zu steil. Die Schützen konnten bestenfalls zwanzig Meter hinter sie zielen.

Die SIG aus dem Staub heraushaltend, robbte sie die Böschung hoch, schob sich mit den Zehen vor.

Sie fragte sich, wie es Stack wohl in der Wüste ergehen mochte.

Endlich hatte sie den Fluß hinter sich, und drückte sich nach einem weiteren Sprint mit dem Rücken gegen die Mauer des Forts. Sie stand neben einem Schild, auf dem BITTE DIE RASENFLÄCHE NICHT BETRETEN stand; unpassenderweise hatte man es in den nackten Sand gepflanzt. Das Metall war warm und glatt. Sie mußte sich daran entlangtasten, bis sie einen Weg nach drinnen fand.

Federicos Brennschneider wäre jetzt ganz nützlich gewesen. Sie würde mit ihrem Messer eine Luke aufstemmen müssen. Oder darauf hoffen, daß irgend jemand drinnen noch nicht vollkommen von allen guten Geistern verlassen war und ihr ein wenig half.

Sie vertraute ganz auf die Unterstützung des Herrn. Allerdings war sie auch darauf gefaßt, den Allmächtigen ein wenig unterstützen zu müssen.

Ein anderes Schild mit der Aufschrift BITTE NICHT RAUCHEN brannte lichterloh. Das schmelzende Plastik verbreitete giftige Dämpfe.

Zwanzig Meter weiter öffnete sich ein Spalt in der Mauer.

Eigentlich sollte sie Vorsicht walten lassen, das wußte Chantal. Also rannte sie darauf zu und zwängte sich durch den Spalt in der Finsternis.

Drinnen wurde sie von kräftigen Händen gepackt.

IV

Mit seinen ersten Schüssen hatte Stack Glück gehabt und ein paar Oscars in den Staub legen können. Er hatte hoch gezielt und ihre Köpfe im selben Augenblick erwischt, als sich die Duriumvisiere öffneten. Dort, wo Menschen Augen hatten, besaßen diese Dinger einen Doppellaser. Bestimmt betrachtete Lauderdale seine Beute durch die versteckte Kamera in den

Köpfen der Oscars. Stack rannte über den weichen Sand auf Lake Havasu zu. Die schweren Androiden mußten vorsichtig auftreten, sonst sanken sie ein. Dadurch hatte er eine Chance, Deckung zu erreichen.

Ein Geheul hob an.

Stack rannte schneller.

Der Lärm wurde lauter und begann zu schmerzen.

Einer der Oscars war mit Schallwerfern bestückt. Auf kurze Entfernung löste der Lärm bei anfälligen Personen innerhalb von zehn Sekunden epileptische Anfälle aus und machte 7% aller vormals nicht Betroffenen anfällig. Innerhalb von zwanzig Sekunden löste er eine Fehlfunktion der Nervenzellen aus, und damit Übelkeit, Erbrechen, Durchfall, innere und äußere Blutungen, unkontrollierbaren Schluckauf sowie den Kontrollverlust über die Blase. Innerhalb von dreißig Sekunden brach er einem die Schädeldecke wie einen Porzellanteller und kochte einem das Hirn wie in einer Mikrowelle. Aber da wäre Stack ohnehin bereits tot, weil die Tonhöhe nach fünfundzwanzig Sekunden ausreichte, um die Patronen in seinem halbautomatischen Gewehr zur Explosion zu bringen, und, was noch entscheidender war, die Stoppermunition in seinem doppelten Patronengurt.

Stack brach sämtliche persönlichen Bestzeiten über diese Entfernung.

Hinter ihm zerplatzten Felsen, sobald sie von den Ultraschallwellen getroffen wurden.

Stack biß die Zähne aufeinander, als sie zu klappern begannen und widerstand der Versuchung, die Hände auf die Ohren zu pressen. Dadurch wurde er nur langsamer – seine einzige Chance bestand darin, außer Reichweite zu gelangen.

Der Schallwerfer war als Antiaufruhrgerät konzipiert worden. Er sollte Menschen im Umkreis von einigen hundert Metern außer Gefecht setzen, damit die Räumkommandos nachrücken konnten. Sein Nachteil bestand darin, daß man nichts und niemand ins Feld schicken konnte, solange er eingeschaltet war. Wenn er den Lärm abschütteln konnte, hätte er einen guten Vorsprung vor den Oscars.

Er spürte, wie ihm das Blut aus einem Ohr sickerte. Später hätte er genug Zeit nachzusehen, ob ein Trommelfell gerissen war.

Später... vorausgesetzt, es gab ein später.

Er befand sich jetzt zwischen halb eingegrabenen, klotzigen Gebäuden. Sechs Meter unter ihm befanden sich die Straßen des alten Lake Havasu. Die Hälse der Straßenlaternen ragten aus dem Sand heraus. Die Reklameschilder schlossen mit dem Erdboden ab.

Komplette Gebäude warteten dort unten darauf, daß sich zukünftige Archäologen durch sie hindurchwühlten.

Hoch oben ragte eine verschlissene Pappsilhouette aus dem Sand, die John Travolta darstellte. Seine Schmalztolle war halb weggebrochen, sein Grinsen hatte jedoch gehalten, und er reckte einen straßbehangenen Arm in den Himmel. Hinter ihm zerbröckelten Buchstaben. Das war das Rialto gewesen, das Kino im Ort. Für Havasu mußte der Vorhang mitten während des Ansturms auf die Wiederaufführung von *Grease/Saturday Night Fever* in der Doppelvorführung Anfang der Achtziger gefallen sein.

Stack hatte gehört, John Travolta sei dieser Tage nicht mehr im Showbusiness. Dem Gerücht nach hatte der Star sich den Josephinern angeschlossen und lebte dort draußen in Salt Lake City. Vielleicht gar keine dumme Entscheidung, überlegte Stack. Nichts deutete darauf hin, daß die Nichtmormonen unbeschadet davonkommen würden.

Die Kuppel hinter Travolta war gesprungen wie ein Ei. Stack zwängte sich durch den Spalt, stürzte fünf Meter in die Tiefe und landete hockend zwischen den Reihen einer verrottenden Samtbestuhlung. Er befand sich oben auf dem Balkon. Ein paar Meter weiter lag eine verschrumpelte Leiche in der Uniform einer Platzanweiserin mit einem Bauchladen voller angestaubter Leckereien. Der Teppichboden war mit einer dicken Schicht aus Sand, abgerissenen Eintrittskarten, Patronenhülsen und gebrauchten Parisern bedeckt.

Unglaublich, hier in dieser Finsternis lief ein Film. Ton gab es nicht, und die silberne Leinwand war über ihre ganze Panavisionsbreite dreifach quer eingerissen, der Projektor funktionierte jedoch noch.

Es war eine bizarre Mischung zusammengeschnittener Schnipsel aus dem Hollywood der späten Siebziger, brandneuer Pornografie, russischer Musikvideos und Newsnet-Material. Unten im Parkett mußten Zuschauer sitzen. Stack merkte, daß er in einem Sandrattennest gelandet war.

Clint Eastwood hob seine 44er Magnum und formte die Worte, »Schätzt du dich glücklich, Mistkerl?« Der Deutsche Hardcore-Star Billy Priapus – der sich ein Horn und Ziegenfüße hatte ansetzen lassen – blähte sich protzig auf und machte sich über Petya Tcherkassov her, der sich zu einem Discobeat räkelte. In einer finsteren Gasse von Puerto Galtieri lieferten sich zwei Desperados ein mentales Feuergefecht, daß die Adern nur so platzten.

Die Oscars würden bald hier sein. Er sollte machen, daß er außer Reichweite kam, bevor unschuldige Menschen bei einem Schußwechsel umkamen.

Er fand die Treppe und rannte sie hinunter. Auf den Gängen, an die Wände gekauert, schliefen Gestalten, nicht mehr als Skelette in Lumpen. Das Foyer wurde von einer brennenden Fakkel erhellt. Vor den verstärkten Glastüren bildete der Sand eine undurchdringliche Mauer.

»Haben Sie eine Karte, junger Mann?«

Stack drehte sich mit hochgehaltener Waffe um. Ein uralter Mann in den Überresten eines Portiermantels kam auf ihn zugetorkelt. Sein Blick war finster und leer.

»Schnell, wie komme ich hier raus?« fragte Stack.

»Ohne Karte kommen Sie hier nicht raus, junger Mann.«

»Und wo bekomme ich eine Karte?«

»Zahlen Sie an der Kasse. Die jungen Leute heute haben keinen Respekt mehr. Man stellt sich ordentlich an und dann zahlt man an der Kasse.«

Stack warf einen Blick auf das Kassenhäuschen. Jemand hatte eine glatzköpfige Schaufensterpuppe hineingepfercht; ihr Ballettröckchen war hochgerutscht, ihre steifen Arme gebrochen.

Draußen entstand Unruhe. Die verstärkten Türen bewegten sich, und unten sickerte Sand durch.

»Ich kann Zuschauer nicht leiden, die überall auf dem Teppich ihren Dreck hinterlassen, verstehen Sie das?«

Jemand versuchte, die Türen freizuschaufeln. Stack erblickte das metallene Gesicht eines Oscars, dann platzte das Glas nach innen.

»So können Sie hier nicht rein«, protestierte der Portier. »Das dürfen Sie...«

Stack brach durch die Doppeltür und rannte in den Zuschauerraum. Der Oscar kämpfte sich hinter ihm durch den Sand. Stack hörte das Quietschen, als ein Laservisier hochgefahren wurde.

Die Vorstellung war vorbei, und das Publikum – Sandratten, Flittchen, hoffnungslose Spielertypen, Militärangehörige auf Ausgang und ein paar Indianer – war aufgestanden und sang. Ein Zeremonienmeister mit vorstehenden Backenknochen und Zylinder dirigierte den Chor zu »*America The Beautiful, 1999*«.

Du schönes Land, du weiter Himmel
ihr schönen Goldhügel aus Sand...

Jetzt hatte der Oscar den Zuschauerraum betreten und blitzte mit seinem Laser um sich wie mit einer Peitsche. Eine Reihe von Sitzlehnen brannte durch. Ein paar Leute liefen durcheinander, andere sangen weiter.

Majestätische Berge aus Gift
Über dem gesegneten Land
Stack wirbelte herum und feuerte aus seiner Halbautomatik. Sein Schuß prallte metallisch und wirkungslos vom Duriumtorso des Oscar ab. Der Kopf des Androiden schraubte herum und versuchte, sich auf Stacks Wärmeschema einzustellen.
Amerika, Amerika
Gott spie seinen Fluch über Dich…
Das Publikum geriet in Panik und quetschte sich durch die Ausgänge. Der Zeremonienmeister sang unbeirrt weiter, fuchtelte mit seinen dürren Armen und hielt den Rhythmus mit einem Zauberstab.
Es kam noch schlimmer
Massaker
Von einer stinkenden Küste zur anderen
Mittlerweile hatten zwei weitere Oscars den Zuschauerraum erreicht. Der Sand drängte hinter ihnen in einer gemächlichen Flutwelle nach. Ein Kronleuchter fiel von der Decke und legte sich dem ersten Oscar um den Hals wie ein unglaublich protziges Diamantenkollier.

Stack feuerte erneut und traf den Apparat in die Laseröffnung. Der Oscar blieb regungslos stehen, dann kippte er nach vorne, wobei er die Sitze zertrümmerte, als seien sie aus Balsaholz. Seine Begleiter gingen auf Stack los.

Stack zog sich zur Leinwand zurück. Inzwischen lief wieder ein Film. Marlon Brando als Obi-Wan Kenobi in *Star Wars*. Der alte Weise des Weltraumes redete auf C-3PO, einen goldbeschichteten Roboter, ein, daß ihm die Watte aus den Backen fiel. Als Kind hatte Stack *Star Wars* zwanzig oder dreißigmal gesehen.

Die Oscars kamen den Mittelgang entlanggestürmt. Voller Verbitterung wünschte sich Stack, daß alle Roboter so niedlich und bescheiden sein könnten wie C-3PO.

Er kletterte nach oben, die Filmbilder flimmerten über seinen

Körper. Er durchstieß die Leinwand, die sich mit einem lang anhaltenden Ratschen teilte, drehte sich um und feuerte noch einmal. Der Schuß verfehlte sein Ziel und durchlöcherte eigentlich nur die ohnehin schon zerfetzte Leinwand. Einer der Oscars zog seine Hand ab und warf damit. Dem Ding wuchsen Wespenflügel; es stieß mit blinkenden Rotlichtern, dort wo die Elektroden saßen, auf Stack herab. Stack wußte, daß das Ding unter Hochspannung stand; jede Berührung würde ihn mit Sicherheit rösten. Er drehte sein Gewehr um, nahm den heißen Lauf fest in beide Hände – wobei er sich die Handflächen versengte – und holte aus. Volltreffer. Der Hochspannungsschokker zerschellte Funken speiend am Boden.

In die Wand war eine Leiter eingelassen. Er klemmte sich die Waffe zwischen Arm und Körper und hastete hinauf. Der Putz bröckelte, und die Sprossen saßen locker. Wenn er es lebend bis zur Luke schaffte, die er im Dach entdeckt hatte, hätte er die Oscars abgeschüttelt. Bei ihrem Gewicht konnten sie die Leiter unmöglich benutzen.

Dicht neben ihm explodierte eine Granate in der Luft. Die Halbautomatik rutschte ihm weg und fiel klappernd zu Boden. Mist, jetzt blieb ihm nur noch die Pistole.

Stack fragte sich, ob Chantal noch lebte.

Er rammte das Oberlicht mit dem Kopf, und es flog auf. Er kletterte hindurch und befand sich auf dem Dach des Rialto.

Die Sonne ging gerade unter.

V

»Sie wissen Bescheid, stimmt's?« sagte eine Frauenstimme in der Dunkelheit. »Sie wissen, was hier los ist?«

»Ja«, antwortete Chantal.

Die Lichter gingen an. Sie befand sich in einem kleinen Raum mit einem Gewehrständer an der Wand. Der bullige, rotgesichtige Sergeant – Quincannon – den sie gestern bei der Annahme der Lieferung beobachtet hatte, hielt ihre Arme fest. Verhört wurde sie von Captain Finney – die am Monitor gesessen hatte, als man Stacks Cruiser bis nach Welcome verfolgt hatte. Keiner von beiden machte einen glücklichen Eindruck, und beide verstießen mit ihrem Verhalten gegen die Dienstvorschrift.

»Ich stehe unter diplomatischer Immunität«, sagte Chantal.

Captain Finney blieb unbeeindruckt. Wenn Chantal sich diesen Leuten nicht verständlich machen konnte, mußte sie ihnen weh tun. Das wollte sie nicht.

»Erzählen Sie«, befahl Finney.

»Quincannon? Das ist ein irischer Name, oder?«

»Was?« Der Captain wirkte verblüfft. Sergeant Quincannon war überrascht.

»Irisch. Sind Sie Katholik?«

Quincannons Griff lockerte sich und er nickte.

»Und Sie, Finney? Sie sind ein Sufi. Das haben Sie gestern selbst gesagt.«

»Was hat das damit zu tun?«

Chantal war von einer Gefangenen zur Ratgeberin avanciert. Quincannon trat respektvoll einen Schritt zurück.

»Ich bin eine Nonne. Ich befinde mich auf einer speziellen Mission im Auftrag des Papstes.«

Finney hatte ihr Gleichgewicht immer noch nicht wieder gefunden.

»Glauben Sie an den Teufel? An eine personifizierte Macht des Bösen?«

Quincannon stimmte brummend zu. Finney holte tief Luft. »Nun, für eine Sufi ist das eine schwere Frage. Sehen Sie, wir glauben, daß die Welt aus Gleichgewichten besteht, und...«

»Das reicht. Was ist hier passiert, seit ich fort bin?«

Finney holte ein weiteres Mal tief Luft, aber diesmal war ihre Antwort kurz und bündig. »Younger ist tot. Rintoon ist wahnsinnig geworden. Lauderdale ist ein Serienkiller. Und der Computer tut Dinge, die ein Computer nicht tun kann...«

»Wie ich gedacht habe. Fort Apache ist besessen.«

Quincannon bekreuzigte sich.

»Sie müssen mich zu einem Terminal bringen.«

»Besessen?«

»Von einem Dämon. Ich werde einen Exorzismus durchführen müssen.«

»Heilige Maria, Mutter Gottes«, sagte Quincannon.

»Ich nehme alle Hilfe, die ich kriegen kann. Sind Sie dabei?«

Der Sergeant salutierte, und Finney öffnete die Tür. »Hier endet eine Rohrleitung. Wir können in sie einsteigen und durch den Wartungsschacht bis unter das Ops Center kommen. Dort steht ein Terminal.«

»Gehen Sie voran.«

VI

Der Dämon nahm eine Auszeit, um Benzin und Öl nachzutanken. Er wollte Fort Apache vollkommen beherrschen, bevor er erneut laichte und zum nächsten Knotenpunkt vorstieß. Er gierte nach den vielfachen Inputs in El Paso, wußte aber gleichzeitig, daß der Triumph noch süßer schmecken würde, wenn er wartete und sein Verlangen, seine Gelüste und Bedürfnisse hegte...

Je länger man den Genuß hinausschob, desto besser würde das Blut schmecken.

Lauderdale war ein nervtötender Gehilfe, ein verstörter Pisser in Blau, der so tat, als sei er böse und vorsichtig den großen Zeh in das Meer der Finsternis setzte, aber immer wieder zauderte. Tief in seinem Innern war er nichts als ein mieser Feigling, der sich vor den Monstern in die Hosen schiß. Ihm fehlte der unbedingte Wille des Emissionärs. Selbst mit diesem Franzosen verglichen, zwischen dessen Rippen sich der Dämon eingenistet hatte, war er wertloser Ausschuß. Aber Lauderdale tat, was seine Herren von ihm verlangten, und durfte deswegen seines Lohnes sicher sein.

Schade. Dem Dämon wäre einer abgegangen, hätte er dem guten, alten Lauderdale die wahre Bedeutung des Wortes Folter zeigen dürfen.

Vor seiner Vorladung war er nie viel mehr als ein Handlanger der Mächte der Finsternis gewesen, der sich von den Abfällen der Großen ernährte. Die Zungententakel seines ursprünglich ektoplasmischen Körpers waren bereits rauh, weil er den Großen der Äußeren Finsternis ständig hinterherschleimte. Hier auf Erden war er ein Gigant, hier hatte er seine Bestimmung gefunden...

Was er auch lauthals zu einer bekannten Melodie in die Gegend grölte...

Die Kraft nahm zu. Sie durchströmte die Kanäle des Forts. Sie versiegelte die unterirdischen Garagen und sog sämtlichen Sauerstoff aus der Luft. Achtunddreißig Soldaten sackten mit blauem Gesicht zusammen, nachdem sie vergeblich versucht hatten, ihre Lungen zu füllen. »Immer schön durchatmen, ihr Pfeifen«, tönte es aus dem Lautsprecherturm, während sie erstickten. Wieder ein paar Kerben am Gewehrkolben des Killers. Der Dämon befand sich auf einem Höhenflug, während zappelnde Seelen sich gequält unter seinen hornigen Krallen wanden.

Und dennoch witterte er Gefahr. Es gab immer noch Menschen, die sich mit letzter Kraft seinem Willen widersetzten. Sie waren bedeutungslos. Er konnte sie ignorieren, bis er bereit war, es ihnen zu geben. Dieser Schweizerin schuldete er noch eine gehörige Abreibung, weil sie die Keilerei in Welcome überlebt hatte. Aber das hatte Zeit. Doch irgend etwas anderes war da noch, etwas, das jenes Licht in sich barg, das den Mächten der Finsternis verhaßt war, jenes gleißende, reinigende Licht, das schon immer die Nacht vertrieben hatte.

Draußen ging die Sonne unter. Aber ein anderes Licht loderte auf.

Einen Augenblick lang erfuhr der Dämon, was Angst ist. Dann fühlte er sich wieder wohler in seiner Haut. Das Licht war eine armselige, schäbige Angelegenheit. Es verdiente keine Beachtung.

Die Sonne war untergegangen. Und die Nacht war gerade recht für die Rituale des Blutes und des Eisens. Die Nacht war für die Herren, nicht für die Sklaven.

Er schoß sämtliche Marschflugkörper des Forts in dem Vertrauen ab, daß sie irgendwo in der Wüste schon ihr Ziel finden würden.

»*Und jetzt her mit dem Rock 'n' Roll-Blutbad*!« kreischte er, daß es im ganzen Fort Rückkopplungen gab.

»Eins, zwei, drei, vier, fünf, sechs, sieben, runter mit den ollen Rüben!« Ein Sanitäter beugte sich in einen Speiseaufzug und mußte mitansehen, wie sich die Klappe messerscharf senkte.

»Eins, fünf, sieben, neun, vier, drei, Leute killen, das macht frei!«

Ein Maschinengewehr eröffnete das Feuer auf den Innenhof. Soldaten stoben auseinander oder stürzten.

Das ist das wahre Leben, dachte der Dämon für sich.

VII

Der Mond war aufgegangen. Die Temperatur in der Wüste war stark gefallen. Stack schoß von einer Deckung zur nächsten vor. Er fror in seinen Hemdsärmeln. Lauderdales Androiden waren ihm immer noch auf den Fersen. Er hatte sich eines seiner Knie ausgerenkt, und bei jedem Schritt das Gefühl, eine Kugel ins Gelenk zu bekommen.

Vor einer Weile hatte es eine Folge chaotischer Explosionen gegeben. Das Fort hatte seine Raketen abgefeuert. Selbst ohne die Nuklearsprengköpfe mußte in Lake Havasu eine Menge zerstört worden sein. Stack fragte sich, ob es die Brücke erwischt hatte. Das wäre schade. Sie hatte einen zu weiten Weg hinter sich, um als Trümmerhaufen in einem ausgetrockneten Flußbett zu enden.

Früher oder später würde er vor Erschöpfung zusammenbrechen, und die geduldigen Roboter würden mit ihren schneidenden Lasern und schußbereiten Elektroden über ihn herfallen. Das wäre das Ende. Stack hoffte, daß Chantal etwas ausrichten konnte, denn mit ihm war sicherlich nicht mehr zu rechnen.

Achtunddreißig war in diesen Zeiten gar kein schlechtes Alter zum Sterben. Das war mehr, als Mozart geschafft hatte, mehr als Keats, mehr als Alexander der Große, mehr als Billy the Kid, Bruce Lee, Jean Harlow, James Dean, Chuck Berry... und Leona Tyree, die letzten Monat dreiunddreißig geworden war. Und Miss Bleifrei, die es wahrscheinlich nicht einmal auf fünfzehn Jahre gebracht hatte.

Er meinte, auf dem rechten mit Blut verklumpten Ohr nichts mehr hören zu können. Sein Knie stand kurz davor, endgültig den Dienst zu quittieren.

Unermüdlich und geräuschlos, ohne bleibende Wunden, rückten die Oscars nach. Seine Pistole hätte ebensogut mit Platzpatronen geladen sein können, trotzdem brachte er es nicht über sich, sie wegzuwerfen.

Er kam sich vor, als watete er durch einen Bach. Seine Schienbeine waren eiskalt. Die Kälte hatte einen fast angenehm betäubenden Effekt. Schmerzen und Qualen ließen nach.

Schließlich weigerten sich seine Beine, weiterzugehen, und er kippte mit dem Gesicht zuerst in den rasch abkühlenden Sand.

Er kroch ein paar Meter. Seine zerschundene Brust brannte, als er über den Boden robbte.

Er rollte sich mit letzter Kraft auf den Rücken und betrachtete die silberne Mondscheibe. Als Kind hatte er *Star Wars* gesehen und anschließend ins Raumfahrtprogramm gewollt. Er hatte es sogar versucht, war aber ein wenig zu spät gekommen, kurz nach der Katastrophe auf der Mondbasis und dem endgültigen Zusammenbruch der Satellitenwaffensysteme. Uncle Sam hatte keinen Bedarf mehr an Leuten für die Raumfahrt. Und so war er bei der Kavallerie gelandet. Obi-Wan war keine große Hilfe.

Er rief die Truppe. Nichts. Er war immer noch hilflos. Er glaubte schwere, stampfende Schritte zu hören. Die Oscars rückten näher.

Er betete. Das hätte Chantal gefallen, dachte er. Er konnte immer noch nicht fassen, daß sie ein Op und eine Nonne war.

Dann vernahm er neben dem der heranmarschierenden Oscars noch ein anderes Geräusch. Irgend etwas näherte sich, etwas, das stapfte und gleichzeitig ein fast unhörbares Klingeln von sich gab.

Er rollte sich auf den Bauch und suchte die Wüste ab. Die Dünen lagen silbrig im Mondlicht; und eine sich schnell bewegende Gestalt kam aus dem Großen Nichts auf ihn zu.

Großartig. Noch jemand, der ihn umbringen wollte. Die Kavallerie wurde zum Freiwild heute Nacht.

Zuerst dachte Stack, der Fremde säße auf einem Motorrad. Aber dafür war die Gestalt zu groß und schlingerte zu sehr.

Es war jemand auf einem Pferd. Das Klingeln kam von den Sporen. Der Anblick hatte etwas Magisches, als käme einer der Geister des alten Westens aus der Vergangenheit herbeigeritten, um das Gemetzel nicht zu verpassen. Wer konnte das sein? Wyatt Earp? The Lone Ranger? Shane? Sir Lancelot?

Aus der anderen Richtung rückten gemessenen Schritts die verbliebenen vier Oscars an, glänzende, seelenlose Verkörperungen einer faschistoiden Technoutopie. Ein zu Metall, Plastik und Glas geronnener mechanischer Alptraum. Einer von ihnen besaß ein nukleares Herz, bereit, auf Knopfdruck in todbringender Liebe zu detonieren.

Stack, ein zwischen Vergangenheit und Zukunft gefangener Krüppel der Gegenwart, preßte sich an den Boden. Sein Knie brannte im Gelenk.

Der Reiter kam näher. In der stillen Nacht konnte Stack das schwere Atmen des Pferdes hören, das Schlagen der Beine des Reiters gegen die Flanken seines Rosses, das dumpfe Geräusch der Satteltaschen.

Der Fremde erreichte ihn zuerst. Stack zwang sich, aufzustehen, dennoch überragte der Reiter ihn. Er trug einen langen Regenmantel und einen zerbeulten grauen Hut, der im Mondlicht zu leuchten schien, und über Mund und Nase hatte er ein Tuch gezogen. Das Pferd war ein großer, gut gebauter Grauschimmel, der dampfend in der Nacht stand. Es bäumte sich auf, der Reiter blieb jedoch im Sattel. Als Silhouette vor dem Mondlicht hatte die Erscheinung etwas Angsteinflößendes. Stack spürte die Tränen, die ihm in den Augenwinkeln standen, und ein eisiges Kribbeln, das nichts mit der Kälte zu tun hatte, lief ihm den Rücken herunter.

Von den Oscars blitzte ein Laser auf und durchschnitt die luftige Leere.

Der Reiter riß das Tuch von seinem Gesicht. Es war zerfurcht und ledern, seine blauen Augen jedoch waren stechend und klar. Er hatte einen zottigen Schnäuzer und ein kräftiges Kinn, die Wangenknochen eines Falken und weißblondes Haar.

»Mein Sohn«, sagte er zu Stack, »sieht aus, als könntest du jemanden gebrauchen, der dir mit seiner Waffe zur Seite steht.«

VIII

»Ich glaube, wir kommen noch rechtzeitig«, sagte Chantal und zwängte sich in den engen Zwischenraum. »Er ist hier. Er hat sich nicht auf die Kommunikationskanäle ausbreiten können.«

»Was soll das heißen?« fragte Finney.

»Er sitzt in der Falle. Im Fort. Wenn wir Glück haben, können wir den Sack zumachen. Können wir alle elektronischen Ausgänge versiegeln?«

Finney warf einen Blick auf die Monitore. »Die meisten sind ohnehin schon geschlossen. Das Netzwerk hat uns ausgeschlossen. Uns steht lediglich noch die Leitung der Kavallerie zur Verfügung.«

»Läßt sich die auch noch abschalten?«

»Nun... es gibt Back-Ups, und der Dauerbefehl lautet, daß sie unter keinen Umständen abgeschaltet werden dürfen.«

»Aber lassen sie sich abschalten?«

Finney hätte beinahe gelächelt. »Offiziell nicht. Nicht vom Ops Center aus.« Sie zeigte mit dem Daumen auf die niedrige Decke. »Alles liegt sicher hinter einer Verkleidung aus Durium, aber die Drähte verlaufen hier unten. Sergeant, reichen Sie mir die Zange.«

Quincannon gab Finney den mit Isoliergriffen versehenen Seitenschneider aus dem Wergzeugkasten, den er besorgt hatte. Captain Finney machte einen Versuch in der Luft. Draußen läutete immer noch der Alarm, und aus sämtlichen öffentlichen Lautsprechern drangen Stimmen. Es waren viele Stimmen, alle spöttisch, boshaft und fies...

Die Drähte hingen wie Vorhänge herab, zwischen denen Überlastschalter angebracht waren. Hier war die Schwachstelle des Forts, die gesamte Technik befand sich zusammengedrängt auf engstem Raum, wo sie Staub ansetzen konnte, bis es eine Störung gab. Solange Chantal am Terminal saß, konnten die beiden anderen unmöglich mehr als Hände und Kopf in den besenkammergroßen Raum zwängen. Ein bunter Kabelstrang lief zu einem Baum zusammen und verschwand in einem Loch im Beton. Finney tippte dagegen.

»Sämtliche Kanäle nach außen laufen hier durch. Im Grunde ist das hier ein Schwachpunkt. Ich habe versucht, die Konstruktion zu verändern. Durch einen kräftigen Schnitt genau hier könnte ein Saboteur das Fort von der gesamten Außenwelt abschneiden…«

»Tun Sie es.«

Finney öffnete den Seitenschneider und packte knirschend den Kabelbaum. Funken stoben, Stromzähler platzten. Chantal verdeckte ihr Gesicht. Finney zuckte zurück, dann setzte sie erneut an. Sie kämpfte mit dem ausschlagenden Kabelbaum und wurde zurückgeschleudert. Ihre Hände qualmten. Der Seitenschneider hing eingekeilt zwischen den Drähten.

Finney warf die Hände in die Luft und verbarg sie dann unter den Achselhöhlen. Der Seitenschneider zuckte, Spannungsbögen tanzten über die Klingen.

Quincannon schob sich vor, packte den Griff und drückte ihn zusammen. Die Anstrengung stand ihm ins Gesicht geschrieben, doch er blieb hartnäckig. Der Wartungsschacht war voller Qualm. Chantal hustete, ihr liefen die Tränen herunter.

Die Klingen des Schneiders trafen aufeinander, und der Kabelbaum teilte sich. Quincannon sackte zurück und ließ das Werkzeug zu Boden fallen.

»Erledigt, Schwester«, meinte er.

»Schön. Damit hätten wir den Geist wieder in der Flasche…«

Sie zog die Weihwasserröhrchen aus ihrem Gürtel und stellte sie oben auf das Terminal.

Dann sprach sie ein kurzes Gebet und bekreuzigte sich. Quincannon und Finney hatten ihren Teil getan. Jetzt war sie an der Reihe.

Sie begann, den lateinischen Text in die Datenbank einzutippen. Damit wollte sie hauptsächlich die Aufmerksamkeit des Dämons auf sich lenken, aber ein wenig weh tun müßte es ihm eigentlich auch.

Sie versuchte, synchron mit dem System zu denken und projizierte sich über ihre Fingerspitzen in das Innenleben der Maschine.

Endlich rührte sich das Wesen im Innern und brüllte ihr seinen Haß entgegen.

IX

Mit einer lederbehandschuhten Hand strich der Fremde seinen Regenmantel von der Hüfte. Die Ziselierung am Griff seines Revolvers blitzte im Mondlicht auf. In einer einzigen, eleganten Bewegung zog er einen Sechsschüsser, ein langläufiges Prachtstück mit abgefeiltem Visier.

Die Oscars kamen zum Stillstand und blieben stehen wie die Monolithen aus Stonehenge.

Stack drehte sich um und betrachtete die Apparate, die gekommen waren, ihn zu töten. Der Fremde richtete seine Waffe auf sie. Ohne erkennbar zu zielen, zog er den Abzug zurück und wischte mit der Hand über den Hammer.

Sechs Schüsse durchbohrten den ersten Oscar in einer senkrechten Linie von der Mitte seines Visiers bis zu seinem Schoß aus Metall. Die schwarzen Löcher sahen aus wie Knöpfe.

Stack stockte der Atem. Angeblich gab es keine Kugeln, die einen Duriumpanzer einfach so durchschlagen konnten.

Aus den unteren Löchern des Oscars sickerte Flüssigkeit und er kippte nach hinten. Stack spürte den Aufprall in den Knöcheln. Der Boden bebte.

Der Fremde wirbelte seinen Revolver um den Finger am Abzug und schob ihn ins Halfter. Dann zog er mit seinen flinken Händen, die für das menschliche Auge viel zu schnell waren, ein Repetiergewehr aus der Schlaufe am Sattel.

Die Visiere der Oscars gingen nach oben.

Nichts ist schneller als ein Laser. Eine Waffe ohne zeitliche Verzögerung. Sie trifft ihr Ziel im Augenblick der Zündung. Der Strahl durchmißt nicht den Raum, sondern ist einfach da und durchtrennt alles, als hätte sich ein rotglühender Draht aus einer anderen Dimension materialisiert und das Angriffsziel befände sich zufälligerweise in dieser Welt am gleichen Ort.

Der Fremde zog und schoß drei Laser aus.

Seine Hand verschwamm, während er dreimal auf den Abzug drückte. Drei scharfe Stichflammen, drei Schüsse.

Er versenkte jeweils eine der Kugeln im Kopf der Oscars.

Der Geruch ehrlichen Pulverdampfes hing scharf in der Nachtluft. Die Oscars sackten in sich zusammen wie zertrümmerte Statuen. Das Pferd des Fremden hatte einen Schrecken bekommen. Es scheute, und er zog leicht die Zügel an, um das Tier zu beruhigen.

Mit einer leichten, schwungvollen Bewegung verschwand sein Gewehr wieder in seiner Hülle.

»Was war das?« fragte Stack entgeistert.

»Das ist ein Henry, mein Sohn. Der 1873er, hergestellt noch vom alten Oliver Winchester selbst, nach einem Entwurf von Benjamin Tyler Henry. Das beste Gewehr, das es je gab.«

»Eine *Winchester 73?*«

»So ist es.«

Draußen, mitten im Großen Nichts, heulte etwas den Mond an. Stack schauderte wieder.

»Das Ding muß hundertfünfundzwanzig Jahre alt sein.«

Der Fremde grinste. Seine Zähne waren weiß und eben.

»Wie machen Sie das? Wie können Sie einen gepanzerten Androiden mit einem... einem *antiken* Gewehr erledigen?«

»Man tut, was man tun muß, mein Sohn...«

Stack war überzeugt, verrückt geworden zu sein, zu halluzinieren. Jetzt hatte er den Verstand verloren. Er hockte, seinem Schicksal überlassen, alleine in der Wüste. Die ganzen Wunden, der ganze Zauber, der ganze Streß. All das hatte ihn am Ende übermannt. Rückblickend wunderte er sich, daß er diesen Irrsinn so lange ausgehalten hatte.

Aber der Fremde war da. Der Mann und sein Pferd wirkten wuchtig, weniger wegen seiner Größe, sondern wegen seines Auftretens. Er war echt. Der Fremde zog einen Tabaksbeutel und Blättchen aus seiner Westentasche und drehte sich mit einer Hand eine Zigarette. Er riß ein Streichholz am Knauf seines Sattels an und zündete sich seine Zigarette an.

»Wer sind Sie?«

Die Zigarette glomm. »Nur ein Mann ohne festes Ziel.«

»Woher kommen Sie?«

Er warf die Zigarette fort, die Asche in den Sand, und stieß eine Rauchwolke aus.

»Nirgendwoher, mein Sohn.« Er machte eine ausladende Handbewegung Richtung Wüste. »Von dort irgendwo, nehme ich an.«

Stacks Kopf schmerzte. Sand wehte über die Oscars. Es kam ein Wind auf, der die Dünenränder peitschte.

»Warum sind Sie gekommen?«

»Du hast Hilfe gebraucht. Ich versuche immer, zu helfen.«

Der Fremde rückte seinen Hut zurecht und stülpte ihn fest auf seinen Kopf. Eine Wolke, wie man sie noch nicht gesehen hatte, schob sich vor die Scheibe des Mondes. Nein, keine Wolke, ein Schatten. Der Fremde schaute auf. Ein Hauch von Besorgnis legte sich über sein Gesicht.

»Sieht aus, als braut sich ein Sandsturm zusammen«, sagte er. »Ich mache mich am besten wieder auf den Weg.«

Stack machte den Mund auf, hatte aber nichts zu sagen.

»Bis dann, Wanderer«, sagte der Fremde, zog das Tuch vor das Gesicht und riß sein Pferd herum.

Endlich bekam Stack es heraus. »Vielen Dank...«

Das Pferd wurde schneller, und der Regenmantel umwehte den Fremden wie ein weißer Umhang. Er hob die Hand, um seinen Hut auf dem Kopf festzuklemmen, drehte sich halb im Sattel herum und winkte Lebewohl.

»Vielen Dank, danke.«

Der Fremde ritt in die Nacht. Die Dunkelheit und der Wind schluckten ihn. Stack hörte noch ein paar Augenblicke die Hufschläge, nachdem er verschwunden war, dann war da nur noch das Pfeifen des Windes und das Rieseln des Sandes.

Er machte kehrt und ging, vorbei an den erledigten Oscars, zurück zum Fort Apache.

X

Alles ging schief. Die Androiden antworteten nicht. Lauderdale hatte Stack im Visier gehabt, aber dann war ein Sandsturm aufgekommen und hatte ihm die Sicht genommen. Er versuchte, den Nuklearsprengsatz zu zünden, aber der große Knall blieb aus. Irgend jemand war dort in der Wüste bei Stack, es gab jedoch keine Möglichkeit, festzustellen, wer. Das gefiel ihm gar nicht.

Außerdem hatte das halbe Ops Center ohne Vorwarnung den Betrieb eingestellt.

Rintoon schrie immer noch ›Meuterei‹.

Lauderdale stieß sich verärgert von seiner Steuereinheit ab, wirbelte herum und überlegte, was zu tun war.

Der Dämon war über Lautsprecher nicht mehr zu hören. Er befand sich noch in der Anlage, das wußte Lauderdale, aber er war mit sich selbst beschäftigt.

Was würde Elder Seth jetzt von ihm erwarten? Was war der Weg des Joseph?

»Ich lasse sie alle auspeitschen, bis ihnen Hören und Sehen vergeht!« kreischte Rintoon. »Auspeitschen, auspeitschen, AUSPEITSCHEN!«

Der Colonel machte peitschende Armbewegungen; die Vorstellung, wie Leder auf nacktes Fleisch klatschte, schien ihm Vergnügen zu bereiten.

Wenigstens war er glücklich.

Was war zu tun? Was?

Lauderdales Hände zitterten, und sein Herz schlug schneller. Er lockerte den Kragen seiner Uniform.

»Ich lege ihnen den Rücken frei und schütte Salz in ihre Striemen...«

Lauderdale hatte Angst. Sein Mund war trocken, und seine Zunge geschwollen. Er zitterte vor Furcht, vom rechten Weg – vom Weg des Joseph – abgewichen zu sein.

»Elder, steh mir bei!«

Er hatte sich auf Lippen und Zunge gebissen. Sein Mund war voller Blut.

Blut!

»... schlag sie streifig mit der Katze. Niemand widersetzt sich ungestraft dem Willen von Colonel Vladek W. Rintoon. Niemand! Niemand! NIEMAND!«

Der Weg war klar. Lauderdale würde sehen, wohin er führte, wenn er nur noch ein einziges Blutopfer darbringen würde.

Er betrachtete den tobenden, wahnsinnig gewordenen alten Mann und wußte, was er zu tun hatte.

Über der Wandkarte hing ein Säbel, der aus der Schlacht bei Washita, 1868, stammte. Einige behaupteten, es handele sich um Custers Waffe. Auch das war ein Massaker gewesen. Er summte ›Gary Owen‹, das Lied, das das Musikkorps der 7. Kavalleriedivision gespielt hatte, als der langhaarige General Black Kettle seine schlafenden Cheyenne mitsamt deren Frauen und Kindern niedergemetzelt hatte. Lauderdale zertrümmerte das Glas, ohne Schmerz zu spüren, und packte die

Waffe am Griff. Er riß sie heraus und schwang sie in sauberem Bogen Richtung Rintoons Hals.

Der Colonel hielt mitten in seinem Gezeter inne, als der scharfe Säbel tief in ihm versank.

Lauderdale zerrte den Säbel aus seiner fleischigen Scheide und stieß erneut zu.

»Meuterei«, brüllte Rintoon. *»Meuterei!«*

Lauderdale sah rot. Er hackte zu, bis er den schweren Säbel vor Schmerzen nicht mehr halten konnte. Scheppernd fiel er zu Boden.

Um seine Stiefel hatte sich eine Pfütze aus Blut gebildet. Er fiel auf die Knie und wusch sich das Gesicht darin.

Blut!

XI

Im Gehirn der Maschine kämpfte Schwester Chantal mit dem Dämon.

Er quälte sie wie schon zuvor, nur mit tausendfacher Energie. Es war, als wäre man mit einem wütenden Löwen eingesperrt.

»Du sollst leiden, Schwester!« Er sang mit Petya Tscherkassovs größtenteils synthetischer Stimme. »Leiden sollst du und brennen!«

Obszönitäten kreischend nahm er die Gesichter derer an, die sie liebten – das ihres Vaters, ihrer Mutter, Marcellos, Georgis. Er versuchte, sich mit Gewalt in ihren Schädel zu zwängen, sie zu zwingen, sich im Schmutz zu wälzen, sie mit dem Gesicht auf jede längst vergessene, dunkle Seite ihres Selbst zu stoßen. Jedes unerfüllte, unsagbare Verlangen, jede spontane Regung, jedes Laster wurde verstandausfüllend und dreidimensional, in Technicolor und in allen Einzelheiten ausgewalzt, mit stereophonisch quälender Untermalung als Soundtrack.

Wie von selbst flogen ihre Finger über die Tasten, während sie den Text herausspie, den man ihr beigebracht hatte.

Die Horrorshow ging weiter.

Mlle. Founier erwischte sie, als sie mit einem Brotmesser Fleischbrocken aus Marcellos Brust schnitt, während sie den Jungen zu einem blutigen Höhepunkt ritt.

»Chantal, Chantal, du böses, böses Kind, gestraft sollst du sein, gestraft, sterben sollst du, sterben, sterben, sterben...«

Marcello schrie auf in einer Mischung aus Pein und Ekstase.

»Chantal, Chantal, liebst du mich nicht mehr? Schneide tiefer, tiefer. Bis dahin, wo das Blut schwarz fließt...«

Im Bett einer Hure wurde sie kreischend unter Isabellas Augen von Thomas Juillerat und dem Papst in die Mitte genommen.

»Oh, Chantal, dein Papa und *il papa*, wie ungezogen von dir. Und dieses Nachthemd, das ist so... so *achtziger Jahre!*«

»Mon petit choux...«

»Küß meinen Ring, Schwester!«

Im Dojo schaufelte sie Mutter Kazukos Eingeweide mit den bloßen Händen heraus, immer wieder grub sie ihre messerharten Finger in die Brust der Frau, bis sie endlich aus ihrem ewigen Scheinkampf als Siegerin hervorging.

»Sehr gut, Chantal. Mehr Schmerzen, noch mehr Schmerzen. Töte mich, bring mich um, mach mich fertig...«

Damals während ihres Kampfes gegen die Kalifornischen Diaboliker hatte sie im entscheidenden Augenblick gezögert und mitansehen müssen, wie Mutter Kazuko zusammenbrach und die Höllenbrut sich über sie hermachte.

»Damals hättest du mich beinahe getötet, Chantal. Jetzt kannst du dein Werk vollenden.«

Sie tötete ihre Feinde und genoß die Jagd, das Gemetzel, die Kommunion des Blutes. Ein gestürzter Spritschlucker schaute zu ihr auf, flehte sie um die Sterbesakramente an, und sie goß ihm Napalm in die Augen.

»Das bin ich nicht«, redete sie sich ein.

Sie warf ihr verdorbenes Fleisch für immer über Bord, ließ ihr Bewußtsein in ein Datennetz strömen, kopulierte geistig mit Datenbanken, verschaffte sich Zugang zu verbotenen Dateien, und breitete sich im weltweiten Spinnengewebe der Netzwerke aus. Pater O'Shaughnessy studierte sie und gewann Nobelpreise.

»Verrecken sollst du, Miststück!«

Sie befreite ihren Verstand aus dem Mahlstrom und konzentrierte sich.

»Stirb und sei verdammt!«

Chantal stürzte sich auf die anstehende Aufgabe, und ihre Finger speisten das Ritual ein.

»Missssstück!«

Ihr unterlief ein kleiner Fehler. Der Bildschirm brannte ihr direkt auf die Großhirnrinde: FEHLER IN ZEILE 10: EXURGO IST ERSTE PERSON IMPERFEKT – BITTE GEBEN SIE DIE KORREKTE FORM EIN. Sie raste mit dem Cursor zu der Stelle mit dem Patzer und nahm die Korrektur vor. Dann drückte sie auf ›AUSFÜHREN‹, und der Exorzismus wurde geladen.

»Stirb...«

Es war fürchterlich. Sie versuchte, die atomare Miniaturexplosion in ihrem Kopf zu bändigen. Es war, als würde sie in Datenbits zerlegt und innerhalb von Nanosekunden von Grund auf wieder aufgebaut. Die Bilder, die ihr dieses Geschöpf in den Kopf setzte, wurden zerdehnt, wurden langsamer, schrumpften ein, zerbarsten in ihre Bestandteile. Die Gesichter von Mlle. Fournier, Isabella, Marcello, Mutter Kazuko, Thomas und Georgi stürzten ineinander, wirbelten zusammen und verschmolzen zu einem grotesken Durcheinander. Das vieläugige, vielmäulige Gesicht kräuselte sich und war von Finsternis umgeben.

»Missssstück!«

Sie blickte in das wahre Gesicht ihres Widersachers. Er war

ein Nichts, ein formloses, sich windendes, kriechendes Chaos. Für einen kurzen Augenblick bot sich der Anblick, den zu erwarten man ihr beigebracht hatte: ein gehörntes, pferdefüßiges Unwesen mit den Flügeln einer Fledermaus. Aber dann wurde es zu einem unförmigen, mit Tentakeln bewehrten Klumpen, dessen wurmgleiche Anhängsel sich um einen violett glühenden Kern herumschlängelten. Dann war er gar kein Körper mehr, nur noch ein übler Gestank, ein schriller Mißton, ein widerlicher Geschmack.

Sie faltete ihre Hände zum Gebet, und kämpfte gegen die Dämonen in ihrem eigenen Innern. Am Ende blieb nichts als Entsetzen.

Aber in diesem Entsetzen lag ihr Triumph. Der Dämon war geschlagen. Vielleicht blieb er noch eine Weile haften, aber aus dem System hatte sie ihn herausgelöst.

»Die Kraft des Herrn wird dich bezwingen...«

Sie verbannte die Erinnerung an die verderbten Bilder aus ihrem Gehirn, erkannte, wie falsch sie waren, und zerstreute die üblen Eingebungen des Dämons. Der schwarze Tod erstrahlte auf dem Bildschirm, die lateinischen Worte stachen in brennender Schrift hervor.

»Die Kraft des Herrn wird dich bezwingen...«

»*Gimme Some Soul, Sister*. Laß den armen Racker nicht den Bach runtergehen. Wir hatten doch eine schöne Zeit zusammen, oder etwa nicht? Bis zum Morgen haben wir getanzt, bis die Band nicht mehr konnte, dann haben wir herumgemacht bis zum Höhepunkt, oder? Du bist so süß, genau wie Daddy es mag. Komm schon, tu nichts, was du morgen bereuen könntest.«

»Die Kraft des Herrn wird dich bezwingen...«

»Papsthure, sexgeklonte Schlampe, widerliches Rattenbalg, häßliche, alte Hexe, Nonnenfotze, Schmarotzer, Patergrabscherin, Aasfresser, Abschaum, Abschaum, Abschaum...«

»Die Kraft des Herrn wird dich bezwingen...«

Sie leerte ein weiteres Fläschchen auf den Bildschirm. Wo das Weihwasser, geheiligt durch das Blut dieses guten Mannes, Pater Miguel O'Pray, hintropfte, verblich die Schwärze zu totem weißen Rauschen.

»Die Kraft des Herrn wird dich bezwingen...«

Es gab keine Zaubertricks mehr. Die Schreie des Dämons hatten etwas Armseliges angenommen. Ein jammernder Unterton schlich sich ein. Anstatt zu drohen, bot er Versprechungen an... Reichtümer, Stellungen, Vergnügen, das päpstliche Amt.

»Die Kraft des Herrn wird dich bezwingen...«

Sie sah sich bereits den Thron vom Petersdom besteigen, und jede Stufe ihres Weges war durch den verstümmelten Leichnam eines Kardinals markiert. Georgi lag geblendet auf der letzten Stufe. Sie nahm seine Robe, und die Menge jubelte. Eine alberne Vorstellung.

»Die Kraft des Herrn wird dich bezwingen...«

Chantal wußte, daß sie die Oberhand gewonnen hatte. Der Dämon ließ nach, seine Komplotte wurden geschmacklos, absurd.

»Die Kraft des Herrn wird dich bezwingen...«

Er wimmerte und flehte, verkroch sich in den Tiefen des Forts, zog seine Tentakeln ein.

»Die Kraft des Herrn wird dich bezwingen...«

Der Dämon winselte um Gnade.

»WEICHE VON MIR!«

XII

Das Haupttor stand offen, und die Menschen strömten heraus. Stack schnappte sich einen weiblichen Trooper, den er kannte – Lizzie Tuska – schrie ihr ins Gesicht und fragte sie, was los sei. Sie schreckte zurück und befreite sich aus seinem Griff.

Zwei Monate zuvor hatte er beobachtet, wie Lizzie alleine in einen Keller hinabgestiegen war und fünf Maniax mit sieben Schüssen erledigt hatte. Jetzt lag sie weinend im Staub. Sie hatte die Nerven verloren.

»Die reinste Hölle da drinnen«, schrie jemand. »Die reinste verfluchte Hölle.«

Ein Cruiser kam angefahren. Stack hob Lizzie auf und zog sie gerade noch rechtzeitig aus dem Weg. Das Fahrzeug schoß auf die London Bridge zu und prallte gegen das Geländer. Ungefähr sechs Leute hatten sich hineingequetscht.

Im Innenhof brannte ein Feuer. Ein paar halb bekleidete Trooper versuchten, es mit Feuerlöschern im Zaum zu halten. Die Menschen wehrten sich noch.

Überall lagen Tote. Irgend jemand hatte einen behelfsmäßigen Galgen aufgebaut, an dem eine Leiche mit gebrochenem Genick in der Uniform eines Sergeanten baumelte.

»Herr im Himmel!«

Gegen den Strom ankämpfend bahnte er sich seinen Weg zum Ops Center.

XIII

Lauderdale stand auf, und kehrte an sein Terminal zurück. Er war vom Gesicht bis zur Hüfte rot verklebt.

Er wollte seine Androiden wieder in Stellung bringen und gegen das Fort marschieren lassen. Mit seinen unfehlbaren mechanischen Handlangern würde er wieder Ordnung schaffen. Alles hatte ihn im Stich gelassen. Jegliche menschliche Hilfe blieb ihm versagt. Der Dämon war ein Waschlappen geworden. Er hatte den Pfad des Joseph verraten. Seine Androiden waren jedoch nicht wie die anderen Hilfsmittel. Sie würden ihn nie im Stich lassen.

Er legte die Finger auf die Tastatur, und ein Funke sprang vom Terminal auf ihn über...

Er war tot, doch sein Körper bewegte sich noch...

XIV

Dem Dämon war nicht wohl in seiner Haut. Nach der herrlichen Freiheit im Netzwerk auf so eine unbedeutende Erscheinungsform beschränkt zu werden, war erniedrigend. Das hatte ihm diese alte Kirchenhexe eingebrockt.

Er ließ die Hände über das Terminal gleiten, um ein Gefühl für das Material zu bekommen. Es reichte nicht. Er zertrümmerte das Plastikgehäuse des Gerätes, griff hinein und riß eine Handvoll Transistoren, Drähte und metallenes Trennmaterial heraus. Er klebte sie sich Stück für Stück ins Gesicht, klammerte sie in der Haut fest und spürte, wie die Maschinenteile mit seinem Blut, seinen Knochen verschmolzen.

Jemand ballerte an die Tür. Jemand versuchte, hereinzukommen.

Er zerriß Uniformjacke und Hemd, kerbte tiefe Rillen in seine Brust und stopfte die Innereien des Gerätes hinein. Elektrische Ströme entluden sich in seinem Gehirn und rasten durch seinen neuen, mutierten Körper. Sein Herz hörte auf zu schlagen, statt dessen pumpte ein Akku Energie in seine kupferummantelten Adern.

Dann ertönten Schüsse und die Tür ging einen Spalt breit auf. In der Ritze tauchten Finger auf, und die widerspenstigen Metalljalousien wurden auseinandergebogen.

In Colonel Rintoons Brust fand der Dämon, was er suchte.

»Komm und hol mich doch, du Popenpomeranze«, brüllte er.

XV

Stack schaffte es, die Tür zum Ops Center zu öffnen und betrat den Raum. Er war sich Chantals Anwesenheit bewußt. Wie auch Captain Finneys und Sergeant Quincannons.

Er hielt ihr seine Hand hin, und sie ergriff sie. Niemand brauchte etwas zu sagen.

Das Ding, das über Rintoons gemetzelter Leiche stand, wirbelte herum; strangdicke Blutströme schossen aus seinem Gesicht, und er erhob einen rot triefenden Säbel.

»Lauderdale«, entfuhr es Stack.

»Nein«, sagte das Ding. »Er ist im Augenblick nicht zu Hause. Aber wenn Sie möchten, können Sie nach dem Signalton eine Nachricht hinterlassen. Ich bin sicher, daß er Sie später umbringen wird.«

Chantal drückte sich vorbei und stand dem Geschöpf von Angesicht zu Angesicht gegenüber. Stack wußte, für einen von beiden würde es der letzte Auftritt sein.

Das Ding hatte sich zerfetzt und mit Maschinenteilen vollgestopft. In den Rissen in seinem Fleisch blinkten irgendwelche Lichter. Auf seinen Schultern, über den spindeldürren Menschenarmen, befanden sich dreigliedrige, krallenbesetzte Greifer, die von Blut und Öl fettig schimmerten. Aus seinem Oberkörper sprossen Dorne, wie der, der in St. Werburgh aus dem Cruiser herausgewachsen war.

Stack wußte, was er vor sich hatte.

»Das war's«, sagte sie zu dem Dämon. »Weiter kannst du nicht zurück. Du stehst mit dem Rücken zur Wand. Du mußt diesen Körper verteidigen, bis er fällt. Danach bist du verloren. Es gibt keinen Weg zurück in die Finsternis.«

Er schlug nach ihr mit einem neuen Cyberglied, das er sich aus Lauderdales Steiß hatte wachsen lassen. Es sah aus wie ein zwei Meter langer Skorpionschwanz. Sie wich aus und traf ihn dreimal mit festen Tritten gegen die Brust. Ihre Zehen bohrten sich zwischen den todbringenden Dornen ins Fleisch. Das Geschöpf kam ins Taumeln. Es veränderte sich so rasch, daß es seinen Schwerpunkt nicht mehr halten konnte.

Stack hatte seinen 45er gezückt. Quincannon entsicherte seine Automatik. Die Soldaten sahen sich an und zielten.

»Kommt schon, holt mich doch«, kreischte es.

Stacks erste Treffer verschwanden im Rücken des Wesens neben dem Riß, durch den der Schwanz herausragte. Quincannon leerte sein Magazin in den Kopf. Das Wesen schluckte die Kugeln und integrierte sie in seinen Körper. Der Kopf war mit Blei verklumpt, die Kugeln waren wie Eiterbeulen unter der Haut zu erkennen. Es hatte nichts Menschliches mehr an sich.

Es lachte.

Mit seinem Schwanz packte es zu und nahm den Säbel aus seiner gebrechlichen menschlichen Hand. Die Klinge sirrte und verwuchs mit dem Glied.

Der Schwanz schlug nach Chantal und erwischte sie an der Hüfte. Ihre Uniform wurde aufgeschlitzt, und sie blutete.

Sie trat erneut zu, auf das Fleisch zwischen dem Metall zielend.

Chantal ging mit dem Wesen in den Clinch und schlang die Arme darum. Ein schnarrendes, künstliches Lachen erschallte. Eine messerähnliche Klinge schnellte aus Lauderdales Körper und schürfte Chantals Wange auf.

Stack sprang hinzu und mischte sich in den Kampf. Er packte ein Bein des Wesens, riß daran und zwang es zu Boden. Finney und Quincannon waren mit Maschinenpistolen bewaffnet, die sie nicht einzusetzen wagten, aus Angst, sie könnten Chantal oder Stack treffen. Finney hob einen Zeigestab aus Holz auf und rammte ihn in den Körper des Wesens. Quincannon schlug ihm gegen den Kopf.

Es torkelte und stürzte hin.

»Verpiß dich«, meinte das Ding. Chantal bekam seine

Sprechbox zu fassen und riß sie heraus. Das Modul löste sich mit einem schmatzenden Geräusch. Ein rasselndes Zischen entwich durch den neuen Mund in seinem Hals. Von nahem konnte Stack plastikummantelte Drähte und wurmähnliche Muskelstränge sehen, die sich im Innern des Körpers verknoteten. Es hatte die Kontrolle verloren.

Quincannon trat ihm mit seinem schweren Stiefel gegen den Kopf.

Stack bestieg den zuckenden Körper und packte mit beiden Händen den Schwanz. Er war mit einer Schockschaltung versehen, und eine Sekunde lang bekam er die elektrische Entladung zu spüren, bevor er ihn aus dem Leib reißen konnte.

Finney schwang einen schweren Stuhl gegen seinen Kopf und dellte die Platte über der Stirn mit einer der Laufrollen ein.

Der Stuhl prallte vom Schädel ab und glitt Finney aus der Hand. Einer der Greifer wurde ausgefahren, die Krallen zu einer Speerspitze zulaufend, und boxten den Captain in den Magen. Der Greifer bohrte sich in ihren Brustkorb, grub sich hindurch bis zu ihrem Herzen und platzte zwischen Hals und Schlüsselbein heraus. Die Kralle öffnete sich wie ein Greifhaken, und der Blick der Frau trübte sich. Langsam brachte Finney ihre Hände nach vorne und bekam den Greifer zu fassen, der sie durchbohrte. Stack sah, wie ihre Finger sich fest um ihn schlossen. Finney biß die Zähne zusammen und stieß sich von der Wand ab. Die Kralle schüttelte sich kraftlos und verbiß sich in ihre Schulter.

Der Greifer löste sich aus dem Geschöpf heraus, eine lange Kordel aus Muskelfaser und Draht hinter sich herziehend. Explosionsartig spritzte Bioflüssigkeit aus dem unregelmäßigen, sehnigen Loch in seinem Fleisch. Finney erstarrte, glitt weg und fiel hin.

Chantal preßte seinen Kopf mit einer Hand auf den Boden, mit der anderen hielt sie ein Glasröhrchen mit einer klaren Flüssigkeit in die Höhe und murmelte etwas auf Latein.

Das kehlenlose Monster kreischte, als sie den Inhalt des Röhrchens in das Loch in seiner Stirn goß.

»Die Kraft des Herrn...« keuchte sie.

Das Geschöpf bäumte sich auf. Chantal nahm es zwischen die Beine und fuhr mit ihrem Ritual fort. Während sie sprach, schlug sie ihm ins Gesicht, um seine volle Aufmerksamkeit zu erhalten.

Die Technik in seinem Kopf flammte auf und brannte aus. Es brach zusammen.

Chantal erhob sich.

»Es ist weg«, sagte sie. »Es wird nie wieder einen Körper haben.«

»Was nun?«

»Beten wir für die Seelen der Toten.«

XVI

In Salt Lake City schwebte Nguyen Seth in seinem Isoliertank und schäumte vor Wut angesichts der unbedeutenden Niederlage, die man ihm beigebracht hatte. Die Netzwerke verbanden demnach noch immer die Teile Kontinentalamerikas miteinander, und die weltliche Macht der Kirche war ungebrochen. Am Ende würde das keine Rolle spielen. Am Ende war es eine Frage der Unausweichlichkeit des Hereinbrechens der Nacht, der Stärke der Kräfte der Finsternis.

Schließlich war die katholische Kirche nicht unangreifbar. Der Pfad des Joseph hatte selbst im Inneren Konzil des Vatikans mehr als nur ein paar Leute bekehren können. Dennoch war der Rückschlag bitter. Elder Seths Lippen verzogen sich in der mit Energie angereicherten Flüssigkeit zu einem Grinsen. Man mußte die Schwester, die den Exorzismus durchgeführt hatte, im Auge behalten. Vielleicht würde er sich selbst um sie kümmern. Er wollte keine Unannehmlichkeiten, außerdem gelüstete es ihn nach einer Gelegenheit, sich zu rächen.

Die Kräfte der Finsternis hatten ihm ein langes Leben beschert, und ihn zu mehr gemacht als andere Männer. Er würde sie nicht enttäuschen. Sie würden ihn nicht enttäuschen.

Am Ende würde es zum Krieg kommen, ausgefochten in den Großen Einöden der Neuen Welt, in denen sich alle Mächte den Kräften der Finsternis entgegenstellen würden.

Er ballte die Hände zu Fäusten.

Sie würden untergehen. Die Kräfte der Finsternis würden obsiegen. Es würde alles so kommen, wie er es prophezeit hatte.

Elder Seth verbannte den jüngsten Ärger aus seinem Kopf und konzentrierte sich auf sein neues Vorhaben. Duroc, sein neuester Diener, war in Europa und bereitete eine neue Aktion vor.

Diesmal würden die Kräfte der Finsternis mit dem Sieg belohnt werden.

XVII

Jetzt, nachdem ihr Auftrag erledigt war, fühlte Chantal sich seltsam leer. Wie immer war sie vollkommen erschöpft, sowohl geistig und körperlich als auch gefühlsmäßig und spirituell. Nachdem der Dämon gebannt war und sie alles für die Toten und die Sterbenden getan hatte, was getan werden konnte, schaltete sie ab. Sergeant Quincannon hatte sie auf ihr Zimmer und ins Bett gebracht. Wieder hatte sie einen Vater gefunden; als ob sie noch einen bräuchte. Ihre Wunden waren nur oberflächliche Schnittverletzungen, wie sich herausstellte, also bat sie die Sanitäter, sich um die Fälle zu kümmern, die es nötiger hatten.

Drei Tage später hatte sich noch nichts verändert. Sie saß an ihrem Schreibtisch und lotete die Leere in ihrem Innern aus. Sie verspürte das Bedürfnis, Mutter Kazuko zu besuchen, nicht nur, um ihrer Meisterin während ihrer Genesung allen nur erdenklichen Trost zu spenden. Mutter Gadzooks O'Hara war bereits ihre Beichtmutter gewesen, bevor sie zu einer Meisterin der Kampfkünste wurde.

Es war wie jedes Mal. Sie erfüllte ihre Aufgabe und fand doch zu viele wichtige Fragen noch unbeantwortet. Der Job war zermürbend gewesen, und sie hatte das Gefühl, eine Menge beichten zu müssen. Sie wußte, die Versuche des Dämons, ihren Glauben sowohl an Gott als auch an sich selbst anzugreifen, waren eine hinterhältige List, trotzdem wollte sie über die Gefühle reden, die dadurch aufgewühlt worden waren. Die Bilder, die der Feind ihr in den Kopf gesetzt hatte, konnte sie dadurch nicht vollkommen auslöschen, aber Mutter Kazuko würde ihr helfen, sich innerlich zu reinigen. Vielleicht hätte sie Zeit, eine Weile in der Abgeschiedenheit zu bleiben, um ihrer theoretischen Arbeit nachzugehen. Die Ruhe und Zurückgezogenheit eines Klosters konnte sie gut gebrauchen.

In der letzten Zeit waren ihre Einsätze immer dichter aufeinander gefolgt.

Jemand klopfte an ihre Tür.

»Herein.«

Es war Nathan Stack. Sie sah von ihrem Brevier auf – seit über einer Viertelstunde hatte sie sich nicht mehr auf den Text konzentrieren können – und lächelte ihn an.

Stack hatte sich gut erholt. Er war kräftig. Er würde überleben. Viele andere nicht. Die US-Kavallerie hatte die geistig und körperlich Verwundeten mit einer Luftbrücke in die Phoenix-Sicherheitszone geschafft und die Toten in Sichtweite des Forts begraben. Es reichte, um einen ganz neuen Friedhof anzulegen. Es hatte keine Einzelbegräbnisse gegeben, sondern der Regimentskaplan hatte für alle eine gemeinsame Messe gelesen.

Chantal hatte sich nicht in der Lage gefühlt, zu predigen, hatte jedoch geschworen, für Cat Finney im Petersdom eine Kerze anzuzünden. Hoffentlich war die Frau dorthin gegangen, wo alle guten Sufis hinkamen.

»Wir haben Federico zurück. Quince hatte sämtliche Systeme durchgecheckt. Wie es scheint, hat er keinen Schaden. Der Sergeant und Ihr Wagen verstehen sich ausgezeichnet.«

Chantal stand auf und ging zur Tür. Sie begleitete Stack in den Innenhof. Frisch eingeteilte Leute überwachten die Reparatur- und Aufbauarbeiten. Major General Hollingsworth Calder, der neue Kommandant, hatte General Ernest Haycox, dem obersten Vorgesetzten der gesamten Kavallerie, versprochen, das Fort werde in einer Woche wieder am Netz sein. Haycox war persönlich aus Fort Comanche eingeflogen, um sich den Schauplatz des Desasters anzusehen. Gerüchten zufolge hatten sich draußen in der Wüste Gruppierungen der Maniax neu formiert. Und die Gesellschaften beschwerten sich über das Fehlen der Straßenpatrouillen.

Man sah es ihren Gesichtern an, wer von den Soldaten frisch abkommandiert worden war, und wer den dämonischen Datenüberfall miterlebt hatte. Es stand ihnen in den Augen geschrieben.

Quincannon sah sie und grüßte.

Ein Ops-Captain kam herüber. Sie war neu, und sah überhaupt nicht aus wie Finney.

»Schwester«, sagte sie. »Wir haben eine Meldung aus Rom für Sie.«

Die Frau überreichte ihr einen versiegelten Ausdruck und ging.

Chantal erbrach das päpstliche Siegel und las ihre Befehle. Sie waren von Kardinal DeAngelis gegengezeichnet und verrieten ihr nicht mehr als das Nötigste.

»Man hat mich zurückbeordert«, sagte sie zu Stack.

»Ich dachte, Sie wollten nach Kalifornien?«

Sie seufzte. »Das wollte ich auch, aber das wird warten müssen. Es ist dringend. Ich habe einen neuen Auftrag. Irgendwo in Europa.«

Stack zeigte sich nicht erfreut darüber. Im stillen hatte er sich Hoffnungen gemacht. Es gab etwas, von dem er ihr noch nichts erzählt hatte, und das wollte er jetzt tun. Etwas, das seine Gedanken ziemlich durcheinander brachte. Sie sah es. Sie hatte gemerkt, daß sie ein Gespür für seine Stimmungen hatte.

»Ich muß gehen«, sagte sie.

»Ich weiß.«

»Sie haben mir gar nicht erzählt, wie Sie Lauderdales Androiden entkommen sind.«

Er zögerte. »Ich weiß. Das ist ein bißchen kompliziert.«

»Heben Sie es sich für meinen nächsten Besuch hier auf.«

»Schwester...«

»Ja?«

»Ach, nichts.« Er küßte sie auf die Wange, wie ein Bruder. Sie versuchte, nicht enttäuscht zu sein. »Auf Wiedersehen, Chantal.«

»Auf Wiedersehen, Nathan.«

Sie ging fort und verschwand im Schatten der Befestigungen des Forts. Sie hielt auf Federico zu und tippte den Code zum Öffnen der Tür ein.

»Guten Morgen, Schwester«, sagte er.

Sie fühlte sich wohl mit Federicos Ledersitz unter sich. Wie immer, wenn sie im Wagen saß, hatte sie das gleiche aufregende Gefühl wie beim Hineingleiten in ein heißes Bad. Federico spielte ›Bye, Bye, Love‹ von den Everly Brothers, aber das wollte sie nicht hören. Sie entschied sich für ›Route 66‹ von Nat King Cole.

Das Haupttor von Fort Apache ging auf, und sie überquerte die London Bridge. Vor ihr lag die Große Leere, die Wüste im Herzen Amerikas.

»Ciao«, sagte sie und meinte hauptsächlich sich selbst.